# J. TOURGUÉNEFF

# NOUVELLES

## MOSCOVITES

LE JUIF — PÉTOUCHKOF — LE CHIEN — APPARITIONS

### TRADUCTION PAR P. MÉRIMÉE

ANNOUCHKA — LE BRIGADIER — HISTOIRE

DU LIEUTENANT YERGOUNOF

*Traduction par l'auteur.*

# PARIS

## J. HETZEL ET Cie ÉDITEURS

18, RUE JACOB, 18

# NOUVELLES

## MOSCOVITES

# NOUVELLES
# MOSCOVITES

## ANNOUCHKA[1]

### I

J'avais alors vingt-cinq ans,..... cela indique assez que ce sont de vieux souvenirs, fit-il en commençant. Maître de mes actions depuis peu, j'avais résolu de voyager, non pour compléter mon instruction, comme on disait dans ce temps-là, mais pour courir le monde. J'étais jeune, allègre et bien portant, possesseur d'une bourse bien garnie et libre de tout souci importun ; je ne me préoccupais point de l'avenir, me livrant à toutes mes fantaisies, en un mot je vivais comme une fleur qui s'épanouit au soleil. Cette idée que l'homme n'est pas une plante, et que sa fleur ne peut durer longtemps, ne s'était pas encore présentée à mon esprit. La jeunesse, dit un pro-

[1] Annouchka ou Assia, diminutif d'Anna.

verbe russe, se nourrit de pain d'épice doré, qu'elle
prend naïvement pour le pain quotidien, puis un jour
le pain même vient à manquer. Mais à quoi bon ces
digressions ?

Je voyageais au hasard, sans plan prémédité, faisant une halte aux endroits où je me trouvais bien,
partant immédiatement dès que j'éprouvais le besoin
de voir de nouvelles figures ; rien de plus.

C'étaient les hommes qui m'intéressaient exclu-
sivement ; j'avais une aversion prononcée pour les
monuments remarquables, les collections célèbres et
les ciceroni ; la *galerie verte*[1] de Dresde me donna
presque un accès de fureur. Quant au spectacle de la
nature, il me causait des impressions très-vives, mais
je ne recherchais pas le moins du monde ce qu'on
nomme communément ses beautés : les montagnes,
les rochers, les chutes d'eau, qui vous frappent d'é-
tonnement ; je n'aimais pas que la nature s'imposât à
mon admiration, qu'elle troublât mon esprit. En
revanche, je ne pouvais vivre sans mes semblables ;
leur parole, leur rire, leurs mouvements, étaient pour
moi des objets de première nécessité. Je me sentais
souverainement bien au sein de la foule ; je suivais
gaiement le flot des hommes, criant lorsqu'ils poussaient des cris, et les observant attentivement tandis
qu'il se livraient à ces transports. Oui, étudier les
hommes faisait en vérité mon bonheur, et encore
étudier est-il le mot ? Je les contemplais, me délectant
d'une immense curiosité.

[1] «·Grüne gewölbe. » Collection de pierres précieuses, perles,
émaux, etc.

Mais encore une fois je sors de mon sujet.

Ainsi donc, il y a vingt ans environ, j'habitais la petite ville de Z., sur les bords du Rhin. Je cherchais l'isolement; je venais d'être blessé au cœur par une jeune veuve dont j'avais fait la connaissance aux eaux. Jolie et spirituelle, elle coquetait avec tout le monde, et avec moi particulièrement; puis, après m'avoir encouragé, elle m'avait porté un coup cruel en me sacrifiant à un lieutenant bavarois aux joues roses. Cette blessure n'avait pas, à vrai dire, beaucoup de profondeur, mais je trouvai convenable de m'abandonner pour quelque temps aux regrets et à la solitude, et je m'établis à Z.

Ce n'était pas uniquement la situation de cette petite ville au pied de deux montagnes élevées qui m'avait frappé; elle m'avait séduit par ses vieilles murailles flanquées de tours, ses tilleuls séculaires, le pont escarpé sur lequel on traversait sa rivière limpide, confluent du Rhin, et principalement par son bon vin.

Après le coucher du soleil (nous étions au mois de juin), de charmantes petites Allemandes aux cheveux blonds descendaient se promener dans ses rues étroites, saluant l'étranger qu'elles rencontraient d'un *guten Abend* dit d'une voix gracieuse. Quelques-unes d'entre elles ne se retiraient pas encore après que la lune s'était levée derrière les toits pointus des vieilles maisons, faisant scintiller à la clarté de ses rayons immobiles les petites pierres dont les rues étaient pavées. J'aimais alors à errer dans la ville de Z.; la lune semblait la regarder attentivement du fond d'un ciel pur, et la ville sentait ce regard et se tenait calme et comme en éveil, tout inondée de cette clarté qui remplit l'âme d'un trouble mêlé de douceur. Le coq qui surmontait le clocher gothique brillait d'un pâle reflet d'or ; un semblable reflet rampait en petits serpents dorés sur le fond noir de la rivière ; aux étroites fenêtres, sous des toits d'ardoise, brillaient des lumières isolées... L'Allemand est économe ! La vigne élevait mystérieusement ses festons au-dessus des murs. Parfois un frôlement se faisait entendre dans l'obscurité, près de la vieille citerne creusée sur la place de la ville ; la garde de nuit y répondait par un coup de sifflet prolongé, et un honnête chien poussait un grognement sourd. Puis un souffle de vent venait si doucement vous caresser le visage, les tilleuls exhalaient un parfum si odorant, qu'involontairement la poitrine se dilatait de plus en plus, et que le nom de Marguerite, moitié exclamation moitié appel, voulait s'échapper des lèvres.

La ville de Z. est à deux kilomètres du Rhin. J'allais souvent admirer ce fleuve magnifique, et tout en ramenant dans mes rêves, non sans un certain effort, l'image de ma perfide veuve, je passais des heures entières sur un banc de pierre au pied d'un frêne gigantesque. Une petite madone aux traits presque enfantins dont la poitrine laissait voir un cœur rouge traversé de plusieurs glaives, me regardait mélancoliquement du milieu des branches. Sur la rive opposée s'élevait la ville de L., un peu plus grande que celle que j'habitais. J'étais venu un soir prendre place sur mon banc favori, je regardais tour à tour l'eau, le ciel et les vignes. En face de

moi des enfants à cheveux blonds grimpaient sur la
coque goudronnée d'un bateau qui avait été laissé
sur le sable du rivage, la quille en l'air. De petits
bâtiments aux voiles légèrement gonflées par la brise
s'avançaient avec lenteur ; des vagues verdâtres passaient devant moi en glissant, s'enflaient un peu et
expiraient avec un faible murmure. Tout à coup je
crus distinguer le bruit d'un orchestre qui retentis-
sait dans le lointain. Je prêtai l'oreille. On jouait une
valse dans la ville de L. La contrebasse ronflait
par intervalles, le violon chantait confusément, les
sifflements de la flûte étaient seuls distincts. Qu'est-ce
que c'est ? demandai-je à un vieillard qui s'était appro-
ché de moi. Il portait selon la mode du pays un gilet
de peluche, des bas bleus et des souliers à boucles.

« Ce sont des étudiants qui sont venus de B.
pour un *commersch*, me répondit-il, après avoir
fait passer sa pipe à l'autre coin de sa bouche.

—Voyons ce que c'est qu'un commersch, me dis-je ;
d'ailleurs, je n'ai pas vu la ville de L. » Je hélai un
batelier et me fis transporter sur l'autre rive.

## II

Bien des personnes ignorent probablement ce que
signifie ce mot de *commersch*. On désigne ainsi une
fête à laquelle viennent prendre part tous les étudiants d'un même pays ou d'une même société.
(*Landsmannschaft*). La plupart des jeunes gens qui

se rendent à ces réunions portent le costume tradi-
tionnel des étudiants allemands, qui se compose d'une
redingote à brandebourgs, de grandes bottes et d'une
petite casquette dont les galons sont de la couleur
du pays. Les étudiants se rassemblent pour le
banquet, que préside un *senior* ou ancien de la
bande, et restent à table jusqu'au matin. On boit, on
chante le *Landesvater*, le *Gaudeamus*, on fume, on
se moque des *Philistins*, et souvent on se donne le
luxe d'un orchestre.

C'était une réunion de ce genre qui avait lieu à L,
dans le jardin d'un hôtel, à l'enseigne du *Soleil*. La
maison et le jardin, qui donnaient sur la rue, étaient
pavoisés de drapeaux ; les étudiants étaient attablés
sous des tilleuls ; un énorme bouledogue reposait
sous l'une des tables ; dans un angle, sous un bos-
quet de lierre, étaient assis les musiciens qui jouaient
de leur mieux, en absorbant force bière pour se tenir
en haleine. Un grand nombre de curieux s'étaient rassemblés dans la rue, devant la grille peu élevée du
jardin, les bons bourgeois de la ville de L. n'ayant
pas voulu manquer l'occasion d'examiner de près les
hôtes qui leur étaient arrivés. Je me joignis à ce
groupe de spectateurs. J'avais du plaisir à observer
ces visages d'étudiants ; leurs embrassements, leurs
exclamations, l'innocente présomption de la jeunesse,
ces regards enthousiastes, ces rires sans motif, les meil-
leurs des rires possibles, ce joyeux bouillonnement
d'une vie encore pleine, cet élan impétueux vers
n'importe quel but, pourvu qu'il fût en avant, cet
abandon plein d'insouciance me touchait et m'entraî-

nait. Pourquoi n'irais-je pas à eux ? me demandai-je.

« Annouchka, n'en as-tu pas assez? dit tout à coup en russe une voix masculine derrière moi.

— Restons encore, lui répondit une voix de femme dans la même langue. »

Je me retournai vivement, et mes regards tombèrent sur un beau jeune homme en redingote de voyage, coiffé d'une casquette; il avait à son bras une jeune personne de petite taille, dont un chapeau de paille cachait presque entièrement les traits.

« Vous êtes Russes ? leur demandai-je d'un premier mouvement dont je ne fus pas le maître.

— Oui, nous sommes Russes, me répondit le jeune homme avec un sourire sur les lèvres.

— Je ne m'attendais pas, lui dis-je, dans un pays perdu, à rencontrer...

— Et nous de même, dit-il en m'interrompant. Permettez-moi, continua-t-il, de nous faire connaître de vous; je me nomme Gaguine, et voici... Il hésita un moment. Voici ma sœur. Et vous, monsieur? »

Je me nommai à mon tour, et nous liâmes conversation. J'appris que Gaguine voyageait ainsi que moi, pour son plaisir, et qu'étant arrivé depuis huit jours à L., il s'y était fixé momentanément.

Je dois confesser que je n'aime pas à me lier avec des Russes dans les pays étrangers. Du plus loin que je les vois, leur démarche, la coupe de leurs vêtements, principalement l'expression de leur visage, me les font aisément reconnaître. Cette expression, hautaine et dédaigneuse de sa nature, parfois impétieuse, s'empreint subitement de circonspection et

même de timidité. Ils semblent saisis d'une sorte
d'inquiétude; leur œil décèle une anxiété étrange :
Seigneur ! n'ai-je point dit quelque sottise ? ne me
raille-t-on pas, par hasard ? semble demander leur regard. Puis on les voit reprendre leur sérénité majestueuse, jusqu'à ce qu'un nouveau sentiment de
malaise vienne y jeter le trouble. Oui, je le dis encore une fois, j'évitais toute relation avec mes com-
patriotes; néanmoins je me sentis attiré vers Gaguine
du premier abord.

Il y a de par le monde de ces figures si heureuses
qu'on prend du plaisir à les regarder; elles reflètent
une chaleur qui vous gagne et vous fait du bien,
comme si l'on recevait une caresse. Celle de Gaguine
était du nombre. De grands yeux aussi doux que les
boucles de ses cheveux, une voix dont le son faisait
deviner qu'il avait le sourire sur les lèvres.

La jeune fille qu'il nommait sa sœur me sembla
charmante du premier coup d'œil. Il y avait une
expression toute particulière, piquante et gentille à
la fois, sur son visage rond et légèrement brun,
dont le nez était petit et effilé, les joues potelées
comme celle d'un enfant, les yeux noirs et lim-
pides. Quoique bien proportionnée, sa taille ne paraissait pas avoir acquis tout son développement. Du
reste, aucune ressemblance avec son frère.

« Voulez-vous entrer chez nous? me dit Gaguine.
Il me semble que nous avons assez regardé ces Alle-
mands.Des Russes auraient déjà mis en pièces les
verres et les chaises; mais cette jeunesse que nous
avons sous les yeux est trop réservée. Allons, An-

nouchka, n'est-il pas temps de retourner à la maison ? »

La jeune fille répondit par un signe de tête affirmatif.

« Nous demeurons hors de la ville, ajouta Gaguine, dans une petite maisonnette isolée sur un coteau au milieu des vignes. Vous verrez si c'est joli ! Venez, notre hôtesse nous a promis de nous préparer du lait caillé. D'ailleurs, le jour commence à baisser, et vous traverserez plus sûrement le Rhin au clair de la lune. »

Nous partîmes. Peu d'instants après nous franchissions la porte basse de la ville, qu'entourait une vieille muraille de cailloux qui conservait encore quelques créneaux. Nous avançâmes dans la campagne ; après avoir longé un mur pendant une centaine de pas, nous nous arrêtâmes devant une petite porte ; Gaguine l'ouvrit et nous fit prendre un chemin escarpé, sur les côtés duquel étaient étagées des vignes.

Le soleil venait de se coucher ; un ton pourpre d'une extrême finesse colorait les vignes, les échalas qui les soutenaient, la terre desséchée couverte de fragments d'ardoise, ainsi que les murs blancs d'une petite maison dont les fenêtres toutes claires étaient encadrées de barres noires, et vers laquelle se dirigeait le sentier que nous gravissions.

« Voici notre demeure ! s'écria Gaguine lorsque nous fûmes arrivés à peu de distance de la maison, et j'aperçois du même coup notre hôtesse qui nous apporte du lait pour nous rafraîchir. *Guten Abend,* madame, lui cria-t-il. Nous allons faire notre petite collation tout à l'heure, mais avant tout, dit-il, regardez autour de vous et dites-moi ce que vous pensez de ce point de vue. »

Le site qu'il me montrait était effectivement admirable. A nos pieds, les eaux argentées du Rhin, enflammées au milieu par le pourpre du couchant, coulaient entre des rives verdoyantes. La ville, paisiblement assise sur le rivage, étalait à nos yeux toutes ses maisons et toutes ses rues; les coteaux et les champs se déployaient à l'entour.

Si ce que nous avions à nos pieds était beau, plus ravissant encore était le spectacle au-dessus de nos têtes. On était frappé de la profondeur et de la limpidité du ciel, de la transparence et de l'éclat de l'air. Pures et légères, les ondulations de la brise s'agitaient mollement autour de nous; elle aussi semblait se complaire sur les hauteurs.

« Vous avez choisi une admirable habitation, dis-je à Gaguine.

— C'est Annouchka qui l'a découverte, me répondit-il. Allons, Annouchka, donne tes ordres. Faisnous tout apporter ici; nous souperons en plein air pour mieux entendre la musique. Avez-vous remarqué, ajouta-t-il en se tournant vers moi, que tel air de valse qui de près paraît détestable, entendu de loin, charme et fait vibrer toutes les cordes poétiques du cœur? »

Annouchka se dirigea vers la maison, et en ressortit bientôt accompagnée de l'hôtesse. Elles apportaient ensemble un énorme plateau sur lequel se trouvaient un pot de laitage, des cuillers, des assiettes, du sucre, des fruits et du pain. Nous nous assîmes et nous commençâmes à manger. Annouchka ôta son chapeau ; ses cheveux noirs, coupés court, tombaient en grosses boucles sur ses oreilles et son cou. Ma présence paraissait la gêner, mais Gaguine lui dit : « Allons, Annouchka, ne fais pas le hérisson, il ne te mordra pas. »

Ces mots la firent sourire, et peu d'instants après elle m'adressait la parole sans le moindre embarras. Elle ne restait pas une minute en repos. A peine assise, elle se levait, courait vers la maison et reparaissait de nouveau en chantant à demi-voix ; souvent elle riait, et son rire avait quelque chose d'étrange ; on eût dit qu'il n'était pas provoqué par ce que l'on disait devant elle, mais par des idées qui lui traversaient l'esprit. Ses grands yeux vous regardaient en face, ouvertement, avec hardiesse, mais parfois elle clignait ses paupières et son regard devenait tout à coup profond et caressant.

Nous causâmes pendant deux heures à peu près. Il y avait longtemps que le jour avait disparu, et la lumière du soir, d'abord resplendissante de feux, puis sereine et vermeille, plus tard enfin confuse et blafarde, se fondit peu à peu avec les ténèbres de la nuit. Cependant notre causerie se prolongeait encore. Gaguine fit apporter une bouteille de vin du Rhin, nous la vidâmes sans nous presser. La musique n'avait pas cessé, mais les sons que le vent nous apportait paraissaient plus suaves. Dans la ville et sur la rivière, des feux commençaient à s'allumer. Annouchka baissa subitement la tête, ses cheveux bouclés lui tombèrent sur le front, puis elle devint silencieuse et soupira. Au bout de quelques instants, elle nous dit qu'elle avait sommeil et rentra dans la maison. Je la suivis du regard et je la vis longtemps se tenant immobile dans l'ombre derrière la fenêtre fermée. Enfin la lune se montra à l'horizon, et ses rayons firent scintiller doucement les eaux du Rhin. Tout changea soudainement de face; des clartés, puis des ombres surgirent de toutes parts, et le vin de nos verres à facettes prit lui-même un éclat mystérieux. Le vent ne soufflait plus, il venait de s'arrêter brusquement, comme un oiseau qui plie ses ailes. Une odeur subtile et chaude s'élevait du sol.

« Il est temps de partir! m'écriai-je, sans cela je ne trouverais plus le passeur.

— Oui, il est temps, me répondit Gaguine. »

Nous prîmes le sentier qui descendait la montagne. Tout à coup nous entendîmes des cailloux qui roulaient derrière nous, c'était Annouchka qui venait nous rejoindre.

« Tu ne t'étais donc pas couchée? lui dit son frère. »

Mais elle ne répondit pas et continua de descendre en courant. Quelques-uns des lampions que les étudiants avaient fait allumer dans le jardin, jetaient encore une lueur mourante qui éclairait par l'envers le feuillage des arbres au pied duquel ils brûlaient et leur donnaient un aspect solennel et fantastique.

Nous retrouvâmes Annouchka au bord de l'eau; elle causait avec le passeur. Je sautai dans la barque et pris congé de mes nouveaux amis; Gaguine me promit sa visite pour le lendemain. Je lui tendis une main qu'il serra; je présentai l'autre à Annouchka, mais elle se borna à me regarder en hochant la tête.

Le batelet se détacha du bord et le courant l'entraîna avec rapidité. Le passeur, vieillard robuste, plongea ses avirons avec effort dans les eaux noires du fleuve.

« Vous venez d'entrer dans le reflet de la lune, me cria Annouchka, vous l'avez brisé. »

Je jetai les yeux sur la rivière; ses vagues sombres se pressaient autour du bateau.

« Adieu! fit-elle entendre encore une fois.

— A demain! ajouta Gaguine. »

Le bateau aborda. J'en descendis et regardai derrière moi, mais je ne vis plus personne sur l'autre rive. Le reflet de la lune s'étendait de nouveau, semblable à un pont d'or, d'un bord du fleuve à l'autre.

Les derniers accords d'une vieille valse de Lanner se fit entendre comme pour me jeter un adieu. Gaguine avait raison; ces sons lointains m'émurent singulièrement.

Je regagnai la maison à travers les champs, plongés dans une obscurité profonde, en aspirant avec lenteur l'air embaumé, et lorsque je rentrai dans ma petite chambre, je me sentis troublé jusqu'au fond de l'âme par l'attente confuse de je ne sais quel grand bonheur. Que dis-je! J'étais déjà heureux; pourquoi? je n'aurais su dire ni ce que je désirais, ni meme à quoi je songeais, et pourtant j'étais heureux.

Cette surabondance de sensations bizarres et délicieuses à la fois me faisant presque rire, j'entrai dans mon lit à la hâte, et j'étais au moment de fermer les yeux lorsque tout à coup je me rappelai que je n'avais pas songé de toute la soirée à mon inhumaine... Qu'est-ce que cela veut dire? me demandai-je : est-ce que je ne serais plus amoureux? Mais cette question resta sans réponse, et je m'endormis comme un enfant dans son berceau.

## III

Le lendemain matin, j'étais réveillé, mais encore dans mon lit, quand j'entendis le bruit d'une canne résonner sous ma fenêtre, et une voix que je reconnus pour celle de Gaguine m'envoya le chant suivant :

> Si je te trouve encor dans les bras du sommeil,
> Je viens te réveiller au bruit de ma guitare [1].

Je m'empressai de lui ouvrir ma porte.

« Bonjour, me dit-il en entrant; je vous dérange de bien bonne heure, mais le temps est si beau. Voyez, une fraîcheur délicieuse, la rosée, le chant des alouettes... »

[1] Vers d'une romance de Glinka.

Et lui-même, avec ses joues roses, ses cheveux bouclés et son col à demi-nu, avait toute la fraîcheur
du matin.

Je m'habillai; nous passâmes dans mon petit jardin et prîmes place sur un banc; on nous y apporta
le café et nous nous mîmes à causer.

Gaguine me fit part de ses projets d'avenir; possesseur d'une assez belle fortune et ne dépendant de
personne, il voulait se consacrer à la peinture et ne
regrettait qu'une chose, c'est de s'y être pris un peu
tard et d'avoir dépensé beaucoup de temps en pure
perte. Je lui confiai à mon tour les plans que j'avais
formés, et je saisis l'occasion de lui faire confidence
de mon amour malheureux. Il m'écouta patiem-
ment, mais je pus remarquer que les souffrances de
mon cœur ne lui inspiraient qu'un médiocre intérêt. Après avoir par politesse accueilli mon récit de
deux ou trois soupirs, il me proposa de venir chez lui
voir ses études. J'y consentis aussitôt. Nous partîmes.
Annouchka n'était pas à la maison. L'hôtesse nous
dit qu'elle devait être aux ruines. On appelait ainsi
les restes d'un vieux château féodal qui s'élevait à
deux ou trois kilomètres de la ville. Gaguine ouvrit
devant moi tous ses cartons. Je trouvai que ses études
avaient beaucoup de vie et de vérité, quelque chose
de large et de hardi, mais aucune n'était achevée et
le dessin me parut incorrect et négligé. Je lui expri-
mai franchement mon opinion.

« Oui, oui, me répondit-il en soupirant, vous
avez raison. Tout cela est mauvais et n'est pas
mûri par la réflexion. Qu'y faire? Je n'ai pas assez

travaillé, et notre maudite indolence slave finit toujours par l'emporter ! Tant que l'œuvre est à l'état de projet, on dirait d'un aigle qui plane dans les airs ; nous nous croirions de force à remuer le globe, puis au moment de l'exécution arrivent les défaillances et puis…. la fatigue. »

Je lui adressai quelques paroles d'encouragement, mais il m'interrompit d'un geste de la main, ramassa tous ses cartons et les jeta pêle-mêle sur le canapé.

« Si la persévérance ne me fait pas défaut, j'arriverai, dit-il entre ses dents ; dans le cas opposé, je végéterai en hobereau éternellement mineur.

— Allons chercher Annouchka ! »

## IV

Le chemin qui conduisait à la ruine longeait le flanc d'un vallon étroit et boisé. Au fond, un ruisseau rapide coulait avec bruit au milieu des pierres, comme s'il avait hâte d'aller se perdre dans le grand fleuve, qu'on voyait briller au loin derrière le sombre rempart de montagnes escarpées. Gaguine me fit remarquer plusieurs effets de lumière très-harmonieux, et ses paroles me révélèrent sinon un peintre de talent, du moins un véritable artiste. La ruine apparut bientôt à nos yeux. C'était, au sommet d'un roc aride, une tour carrée, complétement noircie, solide encore, mais comme fendue du faîte à la base par une lézarde profonde. Des murs couverts de mousse se rattachaient à la tour. Le lierre grimpait çà et là, des arbrisseaux rabougris s'échappaient des embrasures grisâtres et des voûtes effondrées. Un sentier pierreux conduisait à une porte d'entrée restée debout. Nous n'en étions plus guère éloignés, lorsqu'une forme féminine se montra tout à coup à nos yeux, bondit légèrement par-dessus un amas de décombres et se dressa sur la saillie d'un mur au bord d'un précipice.

« Je ne me trompe pas! s'écria Gaguine, c'est Annouchka. Quelle tête folle! »

Nous franchîmes la porte et nous nous trouvâmes dans une petite cour presque entièrement remplie d'orties et de pommiers sauvages. C'était bien An nouchka qui s'était assise sur la saillie de la muraille. Elle tourna la tête de notre côté et se mit à rire, mais sans bouger de sa place; Gaguine la menaça du doigt, moi je lui reprochai son imprudence en élevant la voix.

« Taisez-vous, me dit Gaguine à l'oreille, laissez-la faire; vous ne sauriez croire ce dont elle est capable quand on l'irrite, elle grimperait au sommet de la tour. Admirez plutôt l'esprit industrieux des gens du pays. »

Je me retournai, et j'aperçus dans un coin une baraque en planches, au fond de laquelle était blottie une vieille femme qui tricotait un bas, nous glissant de côté un regard sous ses lunettes. Elle tenait un débit de bière, de gâteaux et d'eau de seltz à l'usage des touristes.

Nous nous assîmes sur un banc et nous mîmes à

boire dans de lourds gobelets d'étain une bière qui
ne manquait pas de fraîcheur. Annouchka se tenait
toujours assise à la même place, ses pieds repliés
sous elle, la tête enveloppée de son écharpe de
mousseline ; le contour charmant de son visage
se détachait nettement sur le ciel bleu ; mais je
la regardais avec une certaine irritation. J'avais
déjà cru remarquer la veille que ses manières
étaient affectées et peu naturelles. Elle veut nous
étonner, pensai-je ; mais pourquoi ? Quelle lubie
d'enfant ! On eût dit qu'elle avait deviné ma pensée,
car, jetant sur moi un regard pénétrant et rapide, elle
se mit de nouveau à rire, descendit du mur en deux
sauts, puis s'approchant de la vieille, elle lui demanda
un verre d'eau.

« Tu crois que je veux boire ? dit-elle à son frère ;
non, je veux arroser là-bas sur le mur des fleurs qui
se meurent, desséchées par le soleil. »

Gaguine ne lui répondit pas ; elle partit, son verre
à la main et grimpa encore une fois sur les ruines.
S'arrêtant par instants, elle se baissait et versait avec
une gravité comique quelques gouttes d'eau qui
étincelaient au soleil. Ses mouvements étaient fort
gracieux, mais je continuais à la suivre des yeux
avec déplaisir, tout en admirant sa légèreté et son
adresse. Arrivée à un endroit dangereux, elle nous
alarma exprès en poussant un petit cri, et se prit
aussitôt à rire. Cela mit le comble à mon impatience.

« Mais c'est une véritable chèvre, marmotta entre
ses dents la vieille qui avait interrompu son ouvrage. »

La dernière goutte de son verre d'eau étant versée,

Annouchka vint enfin nous rejoindre en se balançant sur ses hanches d'un air mutin. Un sourire étrange contractait par moment ses lèvres et dilatait les ailes de son nez et l'arc de ses sourcils ; elle clignait ses yeux noirs d'un air de raillerie provoquante.

« Vous trouvez ma conduite inconvenante, semblait dire sa figure, peu m'importe ; je sais que vous m'admirez.

— Parfait ! charmant ! Annouchka, dit Gaguine. »

La jeune fille parut tout à coup éprouver un sentiment de honte, et baissant les yeux, elle vint s'asseoir timidement à nos côtés comme une coupable. Pour la première fois, j'examinai ses traits attentivement ; et j'en ai rarement vu de plus mobiles. Quelques instants s'étaient à peine écoulés que son visage avait complétement pâli, et s'était empreint d'une expression touchant presque à la tristesse ; il me sembla même que ses traits avaient pris de la grandeur, de la simplicité. Elle semblait entièrement absorbée.

Nous explorâmes minutieusement les ruines, Annouchka marchant derrière nous, et nous commençâmes à admirer les points de vue. Lorsque l'heure du dîner fut venue, Gaguine paya la vieille et lui demanda une dernière cruche de bière, puis se tournant vers moi, il me dit avec un sourire malin :

« A la dame de vos pensées !

— Il a donc... vous avez donc une dame à qui vous songez ? me demanda Annouchka.

— Eh qui n'en a pas ? répondit Gaguine. »

Annouchka resta quelques instants pensive, l'expression de sa figure changea de nouveau, et un sourire de défi presque insolent parut encore une fois sur ses lèvres.

Nous reprîmes le chemin de la maison, et Annouchka recommença à rire et à folâtrer, avec plus d'affectation encore qu'auparavant. Ayant cassé une branche d'arbre, elle la posa sur son épaule comme un fusil, et enroula son écharpe autour de sa tête. Je me souviens que nous rencontrâmes alors une nombreuse famille d'Anglais blondins, à l'air guindé; tous, comme s'ils eussent obéi à un mot d'ordre, arrêtèrent sur Annouchka leurs yeux de faïence, dans lesquels se peignit une stupéfaction froide; elle se mit à chanter à pleine voix comme pour les narguer. Lorsque nous rentrâmes, elle se retira immédiatement chez elle, et ne reparut plus qu'à l'heure du dîner, parée de sa plus belle robe, coiffée avec soin, sa taille serrée dans son corset et les mains gantées. A table, elle se tint avec dignité, goûta à peine à quelques plats et ne but que de l'eau. Il était évident qu'elle voulait jouer un nouveau rôle en ma présence: celui d'une jeune personne modeste et bien élevée. Gaguine la laissa faire, on voyait qu'il avait l'habitude de ne la contrarier en rien. Parfois seulement il se bornait à me regarder en haussant légèrement les épaules, et son œil bienveillant semblait me dire: c'est une enfant, soyez indulgent. Aussitôt après le dîner, elle se leva, nous fit une révérence, et, mettant son chapeau, elle demanda à Gaguine si elle pouvait aller voir dame Louise.

« Depuis quand as tu besoin de ma permission ?
m'a répondit-il avec son sourire habituel, qui cette
fois cependant était légèrement contraint ; tu t'ennuies donc avec nous ?

— Non, mais hier j'ai promis à dame Louise
d'aller la voir ; puis, je crois que vous serez plus à
votre aise sans moi ; monsieur, ajouta-t-elle en me
désignant, te fera peut-être encore quelque confidence. »

Elle partit.

« Dame Louise, me dit Gaguine en cherchant à
éviter mon regard, est la veuve de l'ancien bourgmestre de la ville. C'est une vieille femme un peu
simple, mais excellente. Elle a beaucoup d'amitié
pour Annouchka. Celle-ci, du reste, a la manie de se
lier avec des gens d'une condition inférieure, manie
dont, autant que j'ai pu le remarquer, la source est
presque toujours l'orgueil.

— Voyez-vous, ajouta-t-il après un moment de
silence, Annouchka est traitée par moi en enfant
gâtée, et cela ne peut être autrement : je ne sais
être exigeant envers personne, comment le serais-je
envers elle ? »

Je ne répondis rien. Gaguine mit la conversation
sur un autre sujet. Plus j'apprenais à le connaître,
plus il m'inspirait d'attachement. Je me rendis
bientôt compte de son caractère : c'était une
belle et bonne nature russe, droite, honnête et
simple, mais dépourvue malheureusement d'énergie,
et d'ardeur. Sa jeunesse ne jetait pas feu et flam-
mes, elle brillait d'une lueur douce et pâle. Il

avait de l'esprit et une grâce charmante, mai. combien il était difficile de présager ce qu'il ad. ien-
drait de lui à l'âge d'homme! Un artiste? non...
Tout art demande un labeur pénible, des efforts
assidus; et jamais, me disais-je en regardant ses traits
placides, en écoutant sa parole traînante, jamais il
ne saura s'astreindre à un travail constant et bien
dirigé. Et pourtant il était impossible de ne pas
l'aimer ; on s'attachait à lui involontairement.
Nous passâmes près de quatre heures ensemble,
tantôt côte à côte sur le divan, tantôt nous prome-
nant à pas lents devant la maison, et cet entretien
acheva de nous unir. Le soleil se coucha et je songeai à retourner chez moi.

Annouchka n'était pas encore rentrée.

. « Ah ! quelle enfant volontaire ! s'écria Gaguine,
Tenez, je vous reconduirai ; le voulez-vous? En passant, nous entrerons chez dame Louise pour savoir
si elle y est encore : cela ne vous fera pas faire un
grand détour. »

Nous descendîmes dans la ville, et après avoir
suivi quelques instants une rue étroite et tortueuse,
nous nous arrêtâmes devant une maison haute de
quatre étages, mais qui n'avait que deux fenêtres
dans sa largeur : le second étage avançait sur la rue
plus que le premier et ainsi des deux autres. Cette
étrange habitation aux moulures gothiques, juchée
sur deux énormes poteaux et dominée par un toit
pointu en tuiles, et une lucarne surmontée d'une
grue en fer allongée en forme de bec faisait l'effet
d'un oiseau énorme replié sur lui-même.

« Annouchka ! cria Gaguine, es-tu là ? »

Une fenêtre éclairée s'ouvrit au troisième étage, et nous y aperçûmes la tête brune de la jeune fille. Derrière elle se montra la figure édentée d'une vieille Allemande, aux yeux affaiblis par l'âge.

« Me voici, dit Annouchka en s'accoudant avec coquetterie sur l'appui de la croisée, je me trouve bien ici. Tiens, prends cela, ajouta-t-elle en jetant à Gaguine une branche de géranium. Figure-toi que je suis la dame de tes pensées. »

Dame Louise se mit à rire.

« Il s'en va, reprit Gaguine, il a voulu te dire adieu.

— Vraiment ? dit Annouchka. Eh bien ! puisqu'il part, donne-lui ma branche. Je vais rentrer tout à l'heure. »

Elle referma vivement la fenêtre et je crus la voir embrasser la vieille Allemande. Gaguine me tendit la branche en silence. Sans dire un mot je la mis dans ma poche, et m'étant rendu à l'endroit où l'on traverse le fleuve, je passai sur l'autre rive. Je me rappelle que je cheminais vers la maison le cœur singulièrement triste, quoique je ne songeasse à rien, lorsqu'une senteur bien connue de moi, mais assez rare en Allemagne, éveilla subitement mon attention. Je m'arrêtai, et vis près de la route un terrain ensemencé de chanvre. Le parfum que répandait cette plante de nos steppes me transporta soudainement en Russie, et provoqua dans mon âme un élan passionné vers la patrie : je conçus le désir ardent de respirer l'air natal et de sentir sous mes pieds le sol du pays. Que fais-je ici ? m'écriai-je, quel intérêt ai-je à errer sur une terre étrangère, parmi des hommes qui ne me sont rien ? Et l'oppression qui accablait mon cœur fit place aussitôt à une émotion violente et pleine d'amertume.

Je rentrai chez moi dans une disposition d'esprit diamétralement opposée à celle de la veille : je me sentais presque irrité et je fus longtemps à me calmer. J'éprouvais un profond dépit dont je ne pouvais me rendre compte; je finis par m'asseoir, et le souvenir de ma veuve perfide s'étant présenté à mon esprit (elle m'occupait officiellement chaque soir), je pris une de ses lettres, mais je ne l'ouvris même pas, car ma pensée avait pris son vol d'un autre côté. Je me mis à rêver, et Annouchka était le sujet de ma rêverie. Il me revint à la mémoire que dans le cours de notre conversation, Gaguine m'avait donné à entendre que certaines circonstances l'empêchaient de rentrer en Russie... Qui sait si c'est bien sa sœur ? me demandai-je à haute voix.

Je me couchai et j'essayai de m'endormir, mais une heure après j'étais encore appuyé sur mon coude et songeais de nouveau à cette capricieuse petite fille au rire forcé. Elle a les formes de *la Galathée* de Raphaël du palais Farnèse, murmurai-je... c'est bien cela... et ce n'est pas sa sœur. Pendant ce temps, la lettre de la veuve reposait tranquillement sur le plancher, éclairée par un pâle rayon de la lune.

## V

Le lendemain matin, je me rendis à L. Je me persuadais que j'aurais le plus grand plaisir à voir Gaguine, mais le fait est que j'étais secrètement poussé par le désir de savoir comment Annouchka se comporterait, si elle se montrerait aussi bizarre que la veille. Je les trouvai tous les deux dans le salon, et chose singulière, mais qui tenait peut-être à ce que j'avais longtemps pendant la nuit rêvé à la Russie, Annouchka me parut tout à fait Russe; je lui trouvai l'air d'une jeune fille du peuple, presque d'une de nos femmes de chambre. Elle portait une assez vieille robe, ses cheveux étaient rejetés derrière ses oreilles, et, assise auprès de la fenêtre, elle brodait lentement, d'un air calme, comme si elle n'avait jamais fait autre chose de sa vie. Les yeux fixés sur son ouvrage, elle ne parlait presque pas, et ses traits avaient une expression si terne, si vulgaire, que je songeai involontairement aux Macha et aux Katia [1] de chez nous. Pour compléter la ressemblance, elle se mit à fredonner la chanson :

O ma mère, ma douce colombe [2].

Pendant que j'observais son visage, les rêves que j'avais faits la veille me revinrent à l'esprit,

[1] Diminutifs de Marie et de Catherine.
[2] Air national russe.

2

et je sentis mon cœur se serrer sans pouvoir me dire pourquoi. Le temps était magnifique. Gaguine nous dit qu'il avait l'intention d'aller dessiner d'après nature. Je lui demandai la permission de l'accompagner, si toutefois cela ne le gênait pas.

« Au contraire, me dit-il, vous pourrez me donner de bons conseils. »

Il mit une blouse, se coiffa d'un chapeau rond à la Van Dyck, prit son carton sous le bras et partit. Je le suivis, Annouchka resta à la maison. En partant, Gaguine la pria de veiller à ce que la soupe ne fût pas trop claire. Elle lui promit de jeter un coup d'œil à la cuisine.

M'ayant amené dans la vallée que je connaissais déjà, Gaguine s'assit sur une pierre et se mit à dessiner un vieux chêne touffu.

Je m'étendis sur l'herbe et pris un livre, mais j'en lus deux pages tout au plus. Gaguine de son côté ne fit qu'un mauvais barbouillage. En revanche, nous ne nous fîmes pas faute de discourir très-amplement, et à mon avis non sans esprit et justesse, sur la meilleure méthode à suivre pour travailler avec fruit, sur les écueils à éviter, le but auquel il faut tendre, et la mission du véritable artiste dans le siècle où nous vivons. Gaguine finit par déclarer que pour aujourd'hui il ne se sentait pas suffisamment en verve, et vint se coucher auprès de moi. Pour lors, nous nous livrâmes à l'entraînement irrésistible de l'une de ces causeries si chères à la jeunesse, causeries tantôt enthousiastes, tantôt rêveuses et mélancoliques, mais toujours sincères et toujours

vagues, dans lesquelles nous autres Russes nous
aimons tant à nous épancher. Après avoir bavardé
à satiété, nous reprîmes le chemin de la ville, très-
satisfaits de nous-mêmes, comme si nous venions
d'accomplir une tâche difficile ou de mener à bonne
fin une grande entreprise. Nous retrouvâmes Annouchka, absolument telle que nous l'avions quittée.
J'eus beau l'observer avec l'attention la plus minu-
tieuse, je ne pus découvrir en elle ni une ombre de
coquetterie, ni le plus léger indice dénotant un rôle
étudié ; il était impossible cette fois de lui trouver la
prétention de se singulariser.

« Décidément, dit Gaguine, elle jeûne et fait
pénitence. »

Vers le soir, elle bâilla deux ou trois fois sans
aucune affectation et se retira de bonne heure. Je
pris congé de Gaguine bientôt après, et rentré chez
moi je n'ouvris pas la porte aux rêveries. La journée
prit fin sans que mon esprit éprouvât le moindre
trouble ; seulement il me semble qu'en me couchant
je prononçai involontairement à haute voix : Oh!
cette petite fille... c'est une véritable énigme. Et
pourtant, ajoutai-je après m'être un instant recueilli,
et pourtant ce n'est pas sa sœur!

## VI

Il s'écoula deux semaines après ces événements.
J'allais chaque jour rendre visite à Gaguine. Annouchka semblait m'éviter, et ne se permettait plus

aucun de ces coups de tête qui m'avaient tellement
choqué aux premiers jours de notre connaissance.
Elle semblait cacher un chagrin ou une gêne secrète,
elle riait de plus en plus rarement. Je continuais
à l'observer avec curiosité.

Le français et l'allemand lui étaient assez fami-
liers, mais une foule de choses faisait deviner que les
soins d'une femme avaient fait défaut à son enfance,
et qu'elle avait reçu une éducation bizarre, décousue,
tout à fait différente de celle de Gaguine. Dans celui-
ci, malgré sa blouse et son chapeau à la Van Dyck,
on retrouvait bien vite le gentilhomme russe, nonchalant et légèrement efféminé, tandis qu'elle ne
ressemblait nullement à une demoiselle noble : tous
ses mouvements accusaient une sorte d'inquiétude :
c'était un sauvageon nouvellement greffé, un vin
qui fermentait encore. Naturellement timide et
défiante d'elle-même, elle était irritée de se sentir
gauche, et cherchait dans son dépit à se donner un
air dégagé et hardi, mais n'y réussissait pas toujours.
J'amenai plusieurs fois la conversation sur son
passé et son genre de vie en Russie ; je remarquai
qu'elle répondait d'assez mauvaise grâce à mes
questions. Tout ce que je parvins à savoir, c'est que
jusqu'au moment de son départ de Russie, elle avait
habité la campagne. Un jour je la trouvai seule et
lisant. Sa tête était appuyée sur ses deux mains,
ses doigts enfoncés dans ses cheveux; elle dévorait
des yeux un livre qui était devant elle.

« Bravo ! m'écriai-je en m'approchant. Quel
amour de l'étude ! »

Elle releva la tête, et me regardant d'un air sérieux et digne :

« Vous pensiez donc que je ne savais que rire ? » me dit-elle, et elle se leva comme pour sortir.

Je jetai les yeux sur le titre du livre, c'était un mauvais roman français.

« Vous auriez pu faire un meilleur choix, lui dis-je.

— Que faut-il donc lire ? s'écria-t-elle, et jetant le livre sur la table, elle ajouta : Puisque c'est ainsi, je vais m'amuser. » Et elle courut vers le jardin.

Le même jour, dans la soirée, je lisais à Gaguine *Hermann et Dorothée.* Au commencement de cette lecture, Annouchka allait et venait sans cesse de côté et d'autre, puis tout à coup elle s'arrêta, prêta l'oreille, s'assit doucement près de moi et écouta jusqu'à la fin.

Le lendemain je fus encore une fois surpris, en ne reconnaissant plus l'Annouchka de la veille. Je finis par comprendre qu'elle s'était mis tout à coup dans la tête d'être une ménagère pénétrée de ses devoirs, comme l'était Dorothée. En un mot, son caractère me paraissait inexplicable. Malgré l'amour-propre excessif que je découvrais en elle, je me sentais séduit, même lorsqu'elle me fâchait. Un seul point acquit pour moi la force d'une certitude, c'est qu'elle n'était pas la sœur de Gaguine. Je ne lui trouvais pas envers elle la conduite d'un frère ; d'une part trop d'égards et de condescendance, de l'autre un peu trop de contrainte.

Une circonstance étrange sembla, selon toutes les apparences, devoir fortifier mes soupçons. Un soir, en m'approchant du clos de vigne qui entourait la maison de Gaguine, j'en trouvai la porte fermée. Sans m'arrêter à cet obstacle, je gagnai un endroit où, quelques jours auparavant, j'avais remarqué qu'une partie de la haie était détruite, et je sautai par-dessus la clôture; à peu de distance de là, à quelques pas du sentier, il y avait un petit berceau d'acacias; à peine l'avais-je dépassé que je distinguai la voix d'Annouchka qui s'écriait avec chaleur et en pleurant :

« Non, je n'aimerai jamais un autre que toi ; non, non, c'est toi seul que je veux aimer et pour toujours !

— Allons, calme-toi, lui répondit Gaguine, tu sais bien que je te crois. »

Leurs voix partaient du berceau. Je les aperçus à travers le feuillage peu touffu, ils ne me remarquèrent pas.

« Toi, toi seul, répéta-t-elle. Et se jetant à son cou, elle l'étreignit avec des sanglots convulsifs, en le couvrant de baisers.

— Calme-toi, calme-toi! » continuait-il de dire en passant sa main dans les cheveux de la jeune fille.

Je restai quelques instants immobile; enfin je retrouvai mes esprits..... Faut-il m'approcher d'eux ?

« Non, pour rien au monde, » me dis-je aussitôt.

Je regagnai la haie à grands pas, et l'ayant franchie d'une enjambée, je repris en courant le chemin de ma maison. Je souriais, je me frottais les mains, je m'étonnais du hasard qui avait inopinément confirmé mes suppositions : le moindre doute ne me

semblait plus possible, et en même temps je me
sentais au cœur une profonde amertume.

« Il faut avouer, me dis-je, qu'ils savent bien
dissimuler! Mais quel est leur but? Et moi, pourquoi me prendre pour dupe? Je ne m'attendais pas
de sa part à un procédé pareil!... Puis, quelle scène
de mélodrame! »


## VII


Je passai une mauvaise nuit. M'étant levé de
grand matin, je jetai sur mes épaules mon sac de tou-
riste, j'avertis mon hôtesse que je ne rentrerais pas
de la journée, et me dirigeai à pied du côté des montagnes en cotoyant en amont la rivière sur les bords
de laquelle s'élève la petite ville de L. Ces montagnes dont la chaîne porte le nom de *Hundsrück*
(Dos du Chien) sont d'une formation très-curieuse :
on y remarque surtout des bancs de basalte très-régu-
liers et d'une grande pureté de formes, mais pour le
moment je ne songeais guère à faire des observations
géologiques. Je ne me rendais pas compte de ce que
j'éprouvais, seulement je sentais clairement que je
ne voulais plus revoir ni Gaguine ni Annouchka.
Je voulais me persuader à moi-même que l'unique
cause de l'éloignement subit qu'ils m'inspiraient
était mon dépit d'avoir été trompé par eux. Rien ne
les avait obligés à se donner pour parents. Au reste
je cherchais à chasser leur souvenir de mon esprit.

Je parcourais, sans trop de hâte, des montagnes et des vallées ; je fis de longues haltes dans des auberges de village ; liant une conversation calme avec les hôtes et les voyageurs, ou bien me couchant sur quelque pierre plate, chauffée par le soleil, je regardai courir les nuages. Heureusement pour moi le temps était admirable. C'est ainsi que j'occupai mes loisirs pendant trois jours, et j'y trouvai un certain charme, quoique parfois je me sentisse le cœur gros. L'état de mon esprit était en accord parfait avec la nature tranquille de ces contrées.

Je m'abandonnai tout entier aux caprices du hasard, à toutes les impressions qui venaient me frapper : elles se succédaient lentement et me laissèrent au fond de l'âme une sensation générale dans laquelle se fondait harmonieusement tout ce que j'avais vu, senti et entendu durant ces trois jours, qui tout sans exception : l'odeur pénétrante de la résine dans les bois, le cri et les coups de bec des piverts, le bruissement incessant des clairs ruisseaux où des truites bigarrées se jouent sur un fond de sable, les silhouettes ondoyantes des montagnes, les rochers sourcilleux, les petits villages proprets, avec leurs respectables vieilles églises, les cigognes dans les prés, les jolis moulins aux roues rapides, les figures épanouïes des campagnards vêtus de vestes bleues et de bas gris, les charrettes criardes traînées lentement par de lourds chevaux et quelquefois par des vaches, les jeunes compagnons voyageurs à cheveux longs marchant par groupes sur les routes unies, bordées de poiriers et de pommiers.

Maintenant encore je trouve du charme dans le souvenir de ces impressions.

Salut à toi! humble coin du sol germanique, séjour d'un bien-être modeste, où l'on rencontre à chaque pas les traces d'une main diligente, d'un travail lent, mais plein de persévérance. A toi mes vœux et mon salut !

Je ne rentrai que dans la soirée du troisième jour. J'ai oublié de dire que, dans mon dépit contre Annouchka, j'avais essayé de ressusciter dans ma pensée l'image de ma veuve au cœur de roche, mais j'en avais été pour mes efforts. Je me rappelle qu'au moment où je me cramponnais à son souvenir, je me trouvai face à face avec une petite villageoise de cinq ans environ, au visage rond et innocent, aux yeux animés par une curiosité naïve. Elle me regardait avec une expression tellement candide, que je me sentis tout honteux devant son regard ; il me répugna de me mentir à moi-même en sa présence, et mon ancienne idole disparut de mon souvenir à tout jamais.

En rentrant chez moi, je trouvai une lettre de Gaguine. Il me témoignait l'étonnement que lui avait causé mon départ subit, me reprochait de ne pas l'avoir pris pour compagnon et me priait de venir les voir aussitôt que je serais de retour.

Cette lettre me causa une impression pénible, mais je ne m'en mis pas moins en route pour L. dès le lendemain.

# VIII

Gaguine me fit un accueil amical et m'accabla de reproches affectueux; quant à Annouchka, comme si elle l'eût fait exprès, du plus loin qu'elle m'aperçut, elle éclata de rire sans le moindre motif, et s'enfuit aussitôt selon son habitude. Gaguine en parut embarrassé, lui cria en balbutiant qu'elle était folle, et me pria de l'excuser. J'avoue qu'étant déjà fort mal disposé, je, fus d'autant plus blessé de cette hilarité forcée, et de cette affectation bizarre. Je feignis cependant de n'y attacher aucune importance, et racontai à Gaguine les détails de ma petite excursion. De son côté il m'informa de ce qu'il avait fait pendant mon absence; néanmoins la conversation languissait, et Annouchka qui entrait à tout moment dans la chambre en ressortait aussitôt. Je finis par prétexter un travail indispensable, et manifestai l'intention de me retirer. Gaguine essaya d'abord de me retenir, puis, m'ayant jeté un coup d'œil scrutateur, il s'offrit à m'accompagner. Dans l'antichambre, Annouchka s'approcha tout à coup de moi et me tendit la main; je pressai légèrement le bout de ses doigts et m'inclinai à peine.

Je traversai le Rhin avec Gaguine, et lorsque nous fûmes auprès du frêne à la petite madone, nous nous assîmes sur le banc pour admirer le point de vue.

Là s'engagea entre nous une conversation que je n'oublierai jamais.

Nous avions d'abord échangé quelques paroles banales, puis il s'était fait un silence. Nos yeux se fixaient sur les eaux transparentes du fleuve.

« Je voudrais bien savoir, me dit tout à coup Gaguine avec son sourire habituel, ce que vous pensez d'Annouchka ? N'est-il pas vrai qu'elle vous paraît tant soit peu fantasque ?

— Oui, répondis-je assez surpris de la question, car je ne l'attendais guère sur ce terrain.

— Cela tient à ce que vous ne la connaissez pas suffisamment, aussi ne pouvez-vous la bien juger, dit-il. Elle a un excellent cœur, mais une très-mauvaise tête. On a du mal avec elle ! Au reste, on ne peut lui en faire un reproche et si vous saviez son histoire...

— Son histoire ? m'écriai-je ; elle n'est donc pas votre... »

Gaguine m'arrêta du regard.

« N'allez pas vous imaginer qu'elle n'est point ma sœur, reprit-il, sans faire attention à mon embarras. Si, elle est bien la fille de mon père. Prêtez-moi votre attention. J'ai confiance en vous et vais tout vous conter.

» Mon père était un excellent homme, ayant de l'intelligence et un esprit cultivé, mais dont l'existence fut néanmoins fort triste. Ce n'est pas qu'il eût été plus maltraité qu'un autre par la fortune, mais il n'avait pas eu la force de supporter une première disgrâce. Jeune, il avait fait un mariage d'amour ; sa femme, qui fut ma mère, ne vécut pas longtemps :

je n'avais que six mois lorsqu'elle mourut. Mon père
alors m'emmena à la campagne, et, pendant douze
ans, ne mit pas les pieds hors de son domaine. Il
commença lui-même mon éducation, et il ne se serait
jamais séparé de moi si son frère, mon oncle paternel,
n'était venu le trouver dans sa propriété. Cet oncle
habitait constamment Pétersbourg, et y occupait un
poste assez important. Il parvint à persuader à mon
père de me confier à lui, puisqu'il ne pouvait se décider à quitter ses terres; il lui représenta que l'isolement était nuisible à un enfant qui était déjà grand,
et qu'entre les mains d'un précepteur triste et taci-
turne comme l'était mon père, je resterais fort en arrière des enfants de mon âge, et que mon caractère
même en pourrait souffrir.

» Mon père résista longtemps à ses instances, mais il
finit par céder. Je pleurai en me séparant de lui, car
je l'aimais, quoique je n'eusse jamais vu un sourire
sur ses lèvres. Arrivé à Pétersbourg, j'oubliai bientôt
le lieu triste et sombre où s'était écoulée mon enfance.
J'entrai à l'école des cornettes, puis dans un régiment
de la garde. J'allais tous les ans à la campagne pour
y passer quelques semaines. Chaque fois je trouvais
mon père plus morose, plus concentré, et rêveur jusqu'à en devenir parfois farouche. Il allait tous les
jours à l'église, et avait presque entièrement perdu
l'habitude de parler.

» Pendant une de ces visites (j'avais environ vingt
ans), j'aperçus pour la première fois une fille maigre,
aux yeux noirs, âgée d'une dizaine d'années : c'était
Annouchka. Mon père me dit que c'était une orphe-

line dont il prenait soin, et je ne fis guère attention
à cette enfant sauvage, silencieuse et agile comme
une petite bête fauve. Dès que j'entrais dans la chambre de prédilection de mon père, vaste pièce où ma
mère était morte, et tellement sombre qu'on y conservait des lumières en plein jour, Annouchka se cachait
derrière un grand fauteuil ou la bibliothèque. Le hasard voulut que pendant trois ou quatre années apres
cette dernière visite, je fus empêché par des affaires
de service de me rendre chez mon père, mais tous les
mois je recevais quelques lignes de sa main, dans lesquelles il était rarement question d'Annouchka, et
toujours sans entrer dans aucun détail à son sujet.
Il avait déjà cinquante ans passés, mais paraissait
encore un jeune homme. Aussi figurez-vous mon
saisissement quand je reçois tout à coup une lettre
de notre intendant, dans laquelle il m'annonce
que mon père est dangereusement malade, et qu'il
me conjure d'arriver au plus vite si je veux lui dire
adieu.

Je pars en toute hâte, et trouve mon père vivant
encore, mais au moment de rendre le dernier soupir.
Il fut heureux de me revoir, me serra dans ses bras
décharnés, attacha sur moi un regard, qui semblait à la fois sonder ma pensée et m'adresser une
prière muette, et m'ayant fait promettre de remplir
son dernier vœu, il ordonna à son vieux valet de
chambre de faire venir Annouchka.

Le vieillard l'amena; elle se soutenait à peine et
tremblait de tous ses membres.

« Tiens! me dit mon père avec effort, je te confie

3

ma fille, ta sœur. Iakof t'apprendra tout, » ajouta-t-il en me montrant le serviteur.

Annouchka se mit à sangloter et tomba sur le lit en se cachant le visage. Une demi-heure après mon père expira.

Voici ce que j'appris : Annouchka était la fille de mon père et d'une ancienne femme de chambre de ma mère, nommée Tatiana. Je me rappelle fort bien cette Tatiana : elle était de haute taille, avait de grands yeux sombres, les traits nobles, sévères, intelligents, et passait pour une fille fière et peu abordable. Autant qu'il me fut possible de le comprendre par le récit plein de réticences respectueuses que fit Iakof, mon père n'avait remarqué Tatiana que plusieurs années après la mort de ma mère. A cette époque Tatiana ne demeurait plus dans la maison seigneuriale; elle vivait avec une de ses sœurs mariée et chargée de surveiller la basse-cour. Mon père l'avait vite prise en affection, et lorsque j'eus quitté la campagne, il songea même à l'épouser, mais elle s'y opposa malgré toutes ses instances. « La défunte Tatiana Vlassievna, prononça Iakof en se tenant révérencieusement près de la porte, les mains derrière le dos, était une personne d'un grand jugement; elle ne voulut point porter préjudice à monsieur votre père. — Moi, devenir votre femme, la maîtresse ici, vous n'y pensez pas? s'écria-t-elle, s'adressant ainsi à monsieur votre père en ma présence. » Inflexible sur ce point, Tatiana ne voulut même pas changer d'habitation ; elle continua à demeurer chez sa sœur avec Annouchka. Lorsque j'étais enfant, je ne me sou-

viens d'avoir vu Tatiana que les jours de fête à l'é-
glise. Coiffée d'un mouchoir foncé, un châle jaune
sur les épaules, elle se tenait avec les autres gens
du village, tout auprès de l'une des fenêtres ; on
voyait son profil sévère se dessiner nettement sur les
vitraux, et elle priait avec une gravité modeste,
s'inclinant profondément, suivant la coutume du
vieux temps, et touchant la terre du bout des doigts
avant de la frapper avec le front.

A l'époque où mon oncle m'avait emmené, la petite Annouchka n'avait que deux ans, et c'est à neuf
qu'elle perdit sa mère. Après la mort de Tatiana,
mon père prit l'enfant auprès de lui ; il en avait déjà
plusieurs fois témoigné le désir, mais Tatiana s'y
était toujours opposée. Vous concevez ce que dut
éprouver Annouchka quand on l'établit à demeure
chez celui qu'on nommait « le maître. » Jusqu'à présent même elle a conservé le souvenir du jour où
pour la première fois on lui fit mettre une robe de
soie, où l'on lui baisa la main. Sa mère l'avait élevée
avec sévérité ; mon père ne lui imposa point la moindre contrainte. Il se chargea de son éducation ; elle
n'eut point d'autre maître. Ce n'était point qu'il la
gâtât ou qu'il l'entourât de soins inutiles, mais l'ai-
mant avec passion, il ne pouvait lui refuser quoi
que ce fût. Son âme délicate se trouvait des torts
graves envers sa fille. Annouchka apprit bientôt
qu'elle était le personnage principal de la maison ;
elle sut que le maître était son père, puis en même
temps elle eut le sentiment de sa fausse position, et
un amour-propre maladif et plein de défiance gran-

dit en elle. De mauvaises habitudes prirent racine ; sa naïveté disparut. Elle voulait, me confia-t-elle plus tard, forcer le monde entier à oublier son origine ; parfois elle en rougissait, puis, honteuse d'avoir rougi, elle se montrait orgueilleuse de sa mère. Vous voyez qu'elle savait et sait encore beaucoup de choses qu'on devrait ignorer à son âge ; mais à qui la faute ? La fougue de sa jeunesse éclatait impétueusement en elle, et il n'y avait aucune main amie pour la diriger. Il est si difficile de faire un bon usage d'une complète indépendance. Ainsi, ne voulant pas être au-dessous des autres filles de seigneurs, elle se jeta dans la lecture ; mais quel profit put-elle en tirer ? Son existence, commencée dans une voie fausse, s'y maintenait fatalement, mais son cœur resta pur.

Me voilà donc seul à l'âge de vingt ans avec la charge d'une fille de treize. Pendant les premiers jours qui suivirent la mort de mon père, le son de ma voix suffisait pour lui donner la fièvre ; mes caresses lui causaient des angoisses et ce ne fut que peu à peu et presque insensiblement qu'elle finit par s'habituer à moi. Il est vrai que plus tard, lorsqu'elle vit que je la considérais et l'aimais comme une sœur, elle s'attacha à moi avec passion : elle ne peut rien ressentir à demi.

Je la conduisis à Pétersbourg, et quoiqu'il me fût pénible de m'en séparer, ne pouvant la garder auprès de moi, je la plaçai dans l'une des meilleures pensions de la ville. Annouchka comprit la nécessité de cette séparation, mais elle en tomba malade et faillit mourir. Plus tard elle se fit à ce nouveau genre de vie. Elle resta quatre ans en pension, et, contre mon attente, elle en sortit à peu près comme elle y était entrée. La maîtresse de pension eut souvent à me faire des plaintes sur son compte. « Les punitions ne lui font aucun effet, me disait-elle, et les marques d'affection la trouvent également insensible. » Annouchka était fort intelligente, elle étudiait avec application et l'emportait à cet égard sur toutes ses compagnes ; mais rien ne pouvait la plier à la règle commune : elle demeurait volontaire et d'une humeur farouche. Je ne pouvais lui donner tout à fait tort ; elle était dans une position qui n'admettait que deux manières d'être : la servilité complaisante ou la sauvagerie fière. Parmi toutes ses compagnes, elle ne se lia qu'avec une seule : c'était une jeune fille assez laide, pauvre et persécutée. Les autres élèves de la pension, la plupart filles de bonne maison, ne l'aimaient pas, et la poursuivaient continuellement de leurs sarcasmes. Annouchka leur tenait tête sur tous les points. Un jour que le prêtre chargé de l'enseignement religieux parlait des défauts de la jeunesse, Annouchka dit à haute voix : « Il n'y a pas de plus grands défauts que la flatterie et la lâcheté! » En un mot, son caractère ne changea pas, seulement ses manières se polirent, quoiqu'elles laissent encore beaucoup à désirer.

Elle atteignit ainsi ses dix-sept ans ; il fallut songer à la retirer de pension. Ma position était assez embarrassante ; mais il me vint tout à coup une heureuse idée : c'était de quitter le service, de passer deux ou trois ans en pays étranger et d'emmener ma

sœur avec moi. Aussitôt cette résolution prise, je la
mis à exécution, et voilà comment nous nous trou-
vons tous deux sur les bords du Rhin, moi m'essayant à peindre, elle continuant de faire tout à sa
guise, sans autre règle que sa fantaisie. Maintenant
du moins j'espère que vous ne la jugerez pas trop
sévèrement, car je vous préviens qu'Annouchka, tout
en feignant de ne tenir à rien, est très-sensible à l'o-
pinion qu'on a sur son compte, et à la vôtre surtout. »

En prononçant ces derniers mots, Gaguine sourit
avec le calme qui lui était habituel. Je lui serrai
cordialement la main.

« Tout cela n'est rien, reprit-il, mais je tremble
d'avance pour elle. C'est une nature des plus inflam-
mables. Jusqu'à présent personne ne lui a plu, mais
si jamais elle venait à aimer, qui sait ce qui en ré-
sulterait ? Je ne sais parfois quelle conduite tenir avec
elle. Figurez-vous que ces jours-ci elle s'était mise à
vouloir me prouver que je m'étais refroidi à son
égard, tandis qu'elle n'aimait que moi, et n'aimerait
jamais un autre homme ; et, ce disant, elle pleurait à
chaudes larmes.

— C'est donc pour cette raison ?... commençai-je à
dire, mais je m'arrêtai aussitôt. — Puisque nous
sommes sur le chapitre des confidences, repris-je,
permettez-moi une question. Est-ce que vraiment
personne ne lui a plu jusqu'à présent ? Cependant à
Pétersbourg elle a dû voir bien des jeunes gens ?

— Ils lui ont tous déplu souverainement. Voyez-
vous, Annouchka voudrait trouver un héros, un
homme extraordinaire ou quelque beau berger habi-

tant une grotte dans la montagne. Mais il est temps
que je m'arrête, je vous retiens, ajouta-t-il en se levant.

— Non, lui dis-je, allons plutôt chez vous; je
n'ai pas envie de rentrer.

— Et votre travail? » me demanda-t-il.

Je ne lui répondis pas. Gaguine sourit avec bonhomie et nous revînmes à L. En revoyant le clos
de vigne et la maison blanche de la montagne, je
ressentis je ne sais quelle émotion douce qui pénétrait
mon âme : c'était comme si on m'avait versé du
baume dans le cœur.

Le récit de Gaguine m'avait grandement soulagé.


## IX


Annouchka vint à notre rencontre sur le seuil de
a porte. Je m'attendais à un nouvel éclat de rire,
mais elle s'approcha de nous pâle, silencieuse, les
yeux baissés.

« Je le ramène, dit Gaguine, et il est bon de te
dire qu'il l'a voulu lui-même. »

Elle me regarda d'un air interrogateur. Je lui tendis la main à mon tour et cette fois, je pressai cha-
leureusement ses doigts froids et tremblants. Je me
sentais pour elle une pitié profonde, je comprenais
maintenant bien des côtés de son caractère qui m'a-
vaient paru inexplicables. Cette agitation qu'on
devinait en elle, ce désir de se mettre en évidence,

joint à la crainte de paraître ridicule, tout enfin s'était éclairci pour moi.

Un poids secret l'oppressait constamment, son amour-propre inexpérimenté se butait et s'effarouchait sans cesse, mais tout son être cherchait la vérité. Je compris ce qui m'attirait vers cette jeune fille étrange : ce n'était pas uniquement le charme à demi-sauvage répandu sur son jeune corps gracieux et souple, c'était son âme aussi qui me captivait. Gaguine se mit à fouiller dans ses cartons, je proposai à Annouchka de m'accompagner dans les vignes. Elle y consentit immédiatement d'un air gai et presque soumis. Nous descendîmes jusqu'au milieu de la montagne et nous nous assîmes sur une pierre.

« Et vous ne vous êtes pas ennuyé sans nous ? me demanda-t elle.

— Vous vous êtes donc ennuyée sans moi ? » lui répondis-je.

Annouchka me regarda à la dérobée.

« Oui ! » me dit-elle ; et presque aussitôt elle reprit :

« Cela doit être beau, les montagnes ! Elles sont hautes, plus hautes que les nuages. Racontez-nous ce que vous avez vu. Vous en avez déjà fait le récit à mon frère, mais je n'ai rien entendu.

— C'est que vous ne l'avez pas voulu, puisque vous êtes sortie.

— Je suis sortie parce que... Vous voyez bien que je ne m'en vais pas maintenant, ajouta t-elle d'un ton caressant ; mais ce matin vous étiez fâché.

— J'étais fâché ?

— Oui !

— Allons donc ! à quel propos ?

— Je n'en sais rien ; mais vous étiez fâché et vous êtes parti dans la même disposition. J'étais très-contrariée de voir que vous vous en alliez ainsi, et je suis satisfaite de vous voir revenu.

— Moi aussi, je suis bien aise d'être ici, » lui répondis-je.

Annouchka fit un mouvement d'épaules comme en font les enfants lorsqu'ils ont du plaisir.

« Oh ! je sais deviner, reprit-elle ; autrefois, à la manière dont mon père toussait, je devinais s'il était content de moi ou non. »

C'était la première fois qu'elle me parlait de son père, cela me surprit.

« Vous aimiez beaucoup votre père ? » lui demandai-je ; et tout à coup je sentis, à mon grand déplaisir, que je rougissais.

Elle ne me répondit pas et rougit aussi.

Nous gardâmes le silence pendant quelques instants. Dans le lointain la fumée d'un bateau à vapeur s'élevait sur le Rhin ; nous la suivîmes des yeux.

« Et votre récit ? me dit-elle à demi-voix...

— Pourquoi vous êtes-vous mise à rire tantôt en m'apercevant ? lui demandai-je.

— Je n'en sais rien. Quelquefois j'ai envie de pleurer, et je me mets à rire. Il ne faut pas me juger d'après ma manière d'agir. A propos, qu'est-ce que c'e t que cette légende sur la fée Loreley ? C'est son rocher qu'on voit d'ici? On dit qu'autrefois elle noyait tout le monde, mais qu'étant devenue amoureuse, elle se précipita elle-même dans le Rhin. Ce conte me plaît. Dame Louise en sait beaucoup, elle me les dit tous. Dame Louise a un chat noir aux yeux jaunes... »

Annouchka leva la tête et secoua les boucles de ses cheveux.

« Ah! je suis bien contente! » me dit-elle.

En ce moment des sons monotones et lents commencèrent à se faire entendre par intervalles. Quelques centaines de voix psalmodiaient en chœur, avec des interruptions cadencées, un chant religieux. Une longue procession se montra au-dessous de nous, sur la route, avec des croix et des bannières.

« Si nous allions nous joindre à eux... me dit Annouchka en prêtant l'oreille aux chants qui arrivaient jusqu'à nous en s'affaiblissant peu à peu.

— Vous êtes donc bien pieuse?

— Nous irions en quelque lieu bien éloigné pour nous dévouer, pour accomplir une œuvre périlleuse! ajouta-t-elle. Sans cela les jours s'écoulent, la vie se passe inutilement...

— Vous êtes ambitieuse, lui dis-je; vous ne voudriez pas quitter la vie sans laisser de traces de votre passage?

— Est-ce donc impossible?

— Impossible! allais-je lui répondre; mais je regardai ses yeux qui brillaient d'ardeur, et me bornai à lui dire : Essayez !

— Dites-moi, reprit-elle après un moment de silence pendant lequel je ne sais quelles ombres passèrent sur son visage, qui avait pâli de nouveau... Elle vous plaisait donc beaucoup, cette dame? Vous savez bien, celle dont mon frère a porté la santé sur les ruines, le lendemain du jour où nous avons fait votre connaissance? »

Je me mis à rire.

« Votre frère plaisantait; aucune femme ne m'a occupé, ou du moins ne m'occupe maintenant.

— Et qu'est-ce que vous aimez chez les femmes? me demanda-t-elle en renversant sa tête avec une curiosité enfantine.

— Quelle singulière question ! « m'écriai-je.

Annouchka se troubla aussitôt.

« Je n'aurais pas dû vous en adresser une pareille, n'est-ce pas? Pardonnez-moi, j'ai l'habitude de dire tout ce qui me passe par la tête, c'est pourquoi je crains de parler.

— Parlez, je vous en prie! ne craignez rien, je suis si heureux de vous voir moins sauvage. »

Annouchka baissa les yeux, et pour la première fois j'entendis un rire doux et léger sortir de sa bouche.

« Allons! contez-moi votre voyage, reprit-elle en arrangeant les plis de sa robe sur ses genoux, comme si elle s'installait pour longtemps; commencez, ou bien récitez-moi quelque chose, comme ce que vous avez lu d'Onéguine [1]. »

---

[1] Poëme de Pouchkine.

Elle devint tout à coup pensive et murmura à voix basse :

« Où sont aujourd'hui la croix et l'ombrage
» Qui marquaient la tombe de ma pauvre mère? »

— Ce n'est pas tout à fait ainsi, lui dis-je, que s'exprime Pouchkine [1].

— J'aurais voulu être Tatiana [2], continua-t-elle toujours pensive. Allons, parlez, » reprit-elle avec vivacité.

Mais je n'y songeais guère. Je la regardais; inondée par la chaude lumière du soleil, elle me paraissait si calme, si sereine... Autour de nous, à nos pieds, au-dessus de notre tête, la campagne, le fleuve, le ciel, tout était radieux, l'air même semblait tout saturé de splendeur.

« Voyez! comme c'est beau, dis-je en baissant la voix involontairement.

— Oh oui, très-beau! me répondit-elle sur le même ton, sans me regarder. Si vous et moi nous étions des oiseaux, comme nous nous élancerions dans l'espace, dans tout ce bleu infini! Mais nous ne sommes pas des oiseaux.

— Oui, mais il peut nous pousser des ailes.

— Comment cela?

— La vie vous l'apprendra. Il y a des sentiments qui nous élèvent au-dessus de cette terre ; soyez tranquille, les ailes vous viendront.

[1] Au lieu de : mère le texte russe dit : nourrice.
[2] Héroïne du poème.

— En avez-vous jamais eu?

— Que vous dirai-je? Il me semble que je n'ai pas pris mon vol jusqu'à présent. »

Annouchka devint pensive encore une fois.

Je me penchai de son côté.

« Savez-vous valser? me dit-elle tout à coup.

— Oui, répondis-je, un peu surpris de cette question.

— Alors venez vite; venez. Je vais prier mon frère de nous jouer une valse. Nous nous représenterons que les ailes nous sont poussées et que nous volons dans l'espace. »

Elle courut vers la maison, je m'élançai à sa suite, et quelques minutes étaient à peine écoulées que nous tournions déjà dans la chambre étroite, aux sons d'une valse de Lanner. Annouchka dansait avec beaucoup de grâce et d'entrain; je ne sais quel charme féminin apparut tout à coup sur sa figure virginale. Longtemps après, ma main garda encore l'impression de sa taille délicate; longtemps je sentis son souffle précipité se rapprocher de moi et je rêvais aux yeux sombres, immobiles et à demi clos de ce visage animé quoique pâle, autour duquel voltigeaient les boucles d'une chevelure parfumée.

## X

Toute cette journée se passa on ne peut mieux. Nous nous divertîmes comme des enfants. Annouchka était gentille et simple. Gaguine la regardait tout joyeux. Je les quittai fort tard. Après avoir atteint le milieu du Rhin, je priai le passeur de laisser le bateau descendre le courant. Le vieillard souleva ses avirons, et le fleuve majestueux nous emporta. Je regardais autour de moi, j'écoutais, je me souvenais... Tout à coup je sentis un grand trouble dans mon cœur. Étonné, je levai les yeux vers le ciel; mais là aussi il n'y avait pas de calme. Parsemé d'étoiles, le ciel tout entier semblait se mouvoir, palpiter, frémir... je me penchais vers la rivière : mais là-bas, dans ces froides et sombres profondeurs, tremblaient et se remuaient aussi des étoiles. Tout paraissait animé d'une agitation inquiète et mon propre trouble ne faisait qu'augmenter. Je m'accoudai sur le bord du bateau... Le bruissement du vent dans mes oreilles, le clapotement de l'eau, qui se creusait en sillon derrière la poupe, m'irritaient, et la froide haleine de la vague ne me rafraîchissait pas. Un rossignol se mit à chanter près du rivage, et le miel de cette voix mélodieuse m'envahit comme un venin délicieux et brûlant. Mes yeux se remplirent de larmes, mais ce n'étaient pas les larmes d'une exaltation sans motif; ce que j'éprouvais n'était pas l'émotion confuse des désirs vagues... Ce n'était pas cette effervescence de l'âme qui voudrait tout étreindre dans un vaste embrassement parce qu'il lui semble qu'elle comprend et qu'elle aime tout ce qui existe; non, la soif du bonheur s'était allumée en moi. Je n'osais pas encore le préciser —mais le bonheur, le bonheur jusqu'à satiété —voilà ce que désirais, ce que je voulais ardemment... Cependant la barque continuait à descendre le courant, et le vieux passeur sommeillait, penché sur ses avirons.

## XI

En sortant le lendemain pour me rendre chez Gaguine, je ne me demandai pas si j'étais amoureux d'Annouchka, mais je ne cessais de songer à elle, de me préoccuper de son sort ; je me réjouissais de notre rapprochement imprévu. Je sentais que je la comprenais seulement depuis la veille ; jusqu'alors elle s'était détournée de moi. Maintenant, enfin, qu'elle s'était dévoilée à moi, quelle lumière charmante entourait son image, combien elle était nouvelle et que ne promettait-elle pas !

Je suivais délibérément le chemin que j'avais parcouru tant de fois en jetant à chaque pas les yeux sur la petite maison blanche qui se montrait dans le lointain. Je ne songeais nullement à un avenir éloigné, je n'étais même pas préoccupé du lendemain ; j'étais heureux !

Lorsque j'entrai dans la chambre, Annouchka rougit ; je remarquai qu'elle avait de nouveau fait toilette, mais l'expression de sa physionomie n'allait point à sa mise : elle était triste. Et moi qui arrivais tout joyeux ! Je crus même m'apercevoir que, suivant son habitude, elle avait été sur le point de s'enfuir, mais qu'ayant fait un effort sur elle-même, elle était restée. Gaguine se trouvait dans cet état particulier d'exaltation qui, comme un accès de fureur, prend subitement aux dilettanti lorsqu'ils s'imaginent avoir saisi et pris la nature sur le fait.

Il se tenait tout ébouriffé, tout barbouillé de couleurs, devant une toile et donnant à droite et à gauche de larges coups de pinceau.

Il me salua d'un signe de tête qui avait quelque chose de farouche, se recula de quelques pas, ferma les yeux à demi, et se précipita de nouveau sur son tableau. Je me gardai bien de le déranger et j'allai m'asseoir près d'Annouchka. Ses yeux sombres se tournèrent lentement de mon côté.

« Vous n'êtes pas aujourd'hui comme hier, dis-je après avoir vainement essayé de la faire sourire.

— C'est vrai, je ne suis pas la même, me répondit-elle d'une voix lente et sourde ; mais cela ne fait rien. Je n'ai pas bien dormi ! j'ai réfléchi toute la nuit.

— A quoi ?

— Ah ! mon Dieu, à beaucoup de choses. C'est une habitude de mon enfance, du temps où je vivais encore auprès de ma mère. »

C'est avec effort qu'elle prononça ce dernier mot, mais elle répéta de nouveau :

« Lorsque je vivais auprès de ma mère... je me demandais souvent pourquoi personne de nous ne sait ce qui doit lui arriver, et quelle est la cause qui fait que, tout en prévoyant un malheur, on ne peut l'éviter. Et pourquoi aussi on ne peut pas dire toute la vérité. Je pensais encore, cette nuit, qu'il fallait m'instruire, que je ne sais rien : j'aurais besoin d'une nouvelle éducation, j'ai été fort mal élevée. Je n'ai appris ni le dessin, ni le piano ; c'est à peine si je sais coudre. Je n'ai aucun talent, on doit s'ennuyer beaucoup avec moi.

— Vous êtes injuste envers vous-même, lui répondis-je ; vous avez beaucoup lu, et avec votre esprit...

— Est-ce que j'ai de l'esprit ? demanda-t-elle d'un air curieux tellement naïf que je ne pus m'empêcher de rire.

— Ai-je de l'esprit, mon frère ? » demanda-t-elle à Gaguine.

Celui-ci ne répondit pas et continua à peindre avec acharnement, en changeant sans cesse de brosse, et en levant la main très-haut à chaque coup de pinceau.

« Je ne sais vraiment parfois ce que j'ai dans la tête, reprit Annouchka toujours d'un air pensif. Quelquefois, je vous jure, je me fais peur à moi-même. Ah ! j'aurais voulu... Est-il vrai que les femmes ne doivent pas lire beaucoup ?...

— Beaucoup n'est pas nécessaire, mais...

— Dites-moi ce que je devrais lire, ce que je devrais faire. Je suivrai vos conseils en tout, » ajouta-t-elle, en se tournant vers moi avec un élan de confiance.

Je ne trouvai pas sur-le-champ ce que je devais lui répondre.

« Voyons ! ne craindriez-vous pas de vous ennuyer auprès de moi ?

— Quel doute étrange !

— Eh bien, merci pour cette parole, dit-elle, car

j'avais peur que vous ne trouvassiez de l'ennui dans ma société... » Et de sa petite main brûlante elle serra la mienne.

« Dites donc! N..., s'écria Gaguine en ce moment, ce ton n'est-il pas trop foncé? »

Je m'approchai de lui, la jeune fille se leva et s'éloigna.

## XII

Elle reparut au bout d'une heure environ sur le pas de la porte et m'appela d'un signe de la main.

« Écoutez, me dit-elle. Si je venais à mourir, en seriez-vous fâché?

— Quelles singulières idées vous avez aujourd'hui! m'écriai-je.

— Je m'imagine que je ne vivrai pas longtemps; il me semble souvent que tout ce qui m'entoure me fait ses adieux. — Plutôt mourir que de vivre comme... Ah! ne me regardez pas ainsi, je vous assure que je ne feins pas; sans cela je recommencerai à avoir peur de vous.

— Avez-vous donc eu peur de moi?

— Si je suis étrange, reprit-elle, il ne faut pas me le reprocher. Voyez, je ne peux déjà plus rire... »

Elle resta triste et préoccupée jusqu'à la fin de la soirée. Je ne pouvais comprendre ce qui se passait en elle. Ses yeux s'arrêtaient souvent sur moi; mon cœur se serrait sous ce regard énigmatique. Elle paraissait calme, et pourtant en fixant mes yeux sur elle, je me retenais pour ne pas lui dire de modérer son trouble. Je la contemplais avec émotion ; je trouvais un charme touchant dans la pâleur répandue sur ses traits, dans la timidité de ses mouvements indécis.

Elle, pendant ce temps, s'imaginait, je ne sais pourquoi, que j'étais de mauvaise humeur.

« Écoutez, me dit-elle avant mon départ, je crains par-dessus tout que vous ne me preniez pas au sérieux. Ajoutez foi dorénavant à tout ce que je vous dirai ; mais vous, à votre tour, usez de franchise avec moi, soyez sûr que je ne vous dirai jamais que la vérité : je vous en donne ma parole d'honneur ! »

Cette expression de « parole d'honneur » me fit sourire encore une fois.

« Ah ! ne riez pas, me dit-elle avec vivacité, sans quoi je vous répéterai ce que vous m'avez dit hier : « Pourquoi riez-vous ? » Vous rappelez-vous, ajouta-t-elle après un moment de silence, qu'hier vous me parliez d'ailes ? Ces ailes me sont poussées, mais je ne sais où voler.

— Allons donc ! lui répondis-je, tous les chemins vous sont ouverts. »

Elle me regarda fixement pendant quelques instants.

« Vous avez aujourd'hui une mauvaise opinion de moi, me dit-elle en fronçant un peu les sourcils.

— Moi ! une mauvaise opinion de vous ?...

— Qu'avez-vous donc à vous tenir là, avec ces faces

de carême? demanda Gaguine en ce moment. Voulez-vous que je vous joue une valse comme hier?

— Non, non! s'écria-t-elle en joignant les mains; aujourd'hui pour rien au monde!

— Calme-toi! je ne veux pas te contraindre...

— Pour rien au monde! » répéta-t-elle en pâlissant.

« Est-ce qu'elle m'aimerait? » pensai-je en m'approchant du Rhin, dont les eaux presque noires roulaient avec rapidité.

## XIII

« Est-ce qu'elle m'aimerait? » me demandai-je le lendemain matin en m'éveillant. Je craignais de m'interroger davantage. Je sentais que son image, l'image de la jeune fille au « rire forcé » s'était gravée dans mon esprit, et que je ne l'en effacerais pas facilement. Je me rendis à L. et j'y restai toute la journée, mais je ne vis Annouchka qu'en passant. Elle était indisposée, elle avait la migraine. Elle ne descendit que pour quelques minutes, le front entouré d'un mouchoir. Pâle et chancelante, elle avait les yeux à moitié fermés. Elle sourit un peu et me dit :

« Cela passera, ce n'est rien. Tout passe, n'est-ce pas? »
Et elle sortit.

Je me sentis pris d'ennui, dominé par une sensation de vide et de tristesse, et pourtant je ne pouvais me décider à partir. Je rentrai tard à la maison sans l'avoir revue.

Je passai toute la matinée du lend:main dans une sorte de somnolence morale. J'essayai de me mettre à travailler : impossible, je ne pus rien faire ; je voulus m'efforcer de ne songer à rien, cela ne me réussit pas davantage. J'errai dans la ville, je rentrai à la maison, puis je ressortis de nouveau.

« N'êtes-vous pas monsieur N...? » dit tout à coup derrière moi la voix d'un petit garçon.

Je me retournai, un enfant m'aborda :

« De la part de mademoiselle Anna. »

Et il me remit une lettre.

Je l'ouvris et reconnus son écriture rapide et incorrecte.

« Il faut absolument que je vous voie, me disait-
» elle. Trouvez-vous aujourd'hui, à quatre heures,
» dans la chapelle en pierre, sur la route qui con-
» duit aux ruines. J'ai fait une grande imprudence...
» Venez, au nom du ciel ! vous saurez tout ; dites au
» porteur : Oui. »

« Y a-t-il une réponse ? demanda le petit garçon.

— Dis à la demoiselle *oui*, » lui répondis-je.

Et il s'éloigna en courant.

## XIV

Je rentrai dans ma chambre. et, m'asseyant, je me mis à réfléchir. Mon cœur battait avec force. Je relus plusieurs fois la lettre d'Annouchka. Je regardai à ma montre : il n'était pas midi.

La porte s'ouvrit, et Gaguine entra. Je lui trouvai l'air sombre. Il me prit la main et la serra avec force. On voyait qu'il était sous l'impression d'une profonde émotion.

« Que vous est-il arrivé ? » lui demandai-je.

Gaguine prit une chaise et s'assit à côté de moi.

« Il y a trois jours, me dit-il avec un sourire contraint et une voix mal assurée, je vous ai raconté des choses qui vous ont surpris ; aujourd'hui, je vais vous étonner encore davantage. A un autre qu'à vous, je ne m'ouvrirais pas aussi franchement ; mais vous êtes un homme d'honneur, et, je veux le croire, un ami ; donc écoutez-moi : ma sœur Annouchka vous aime. »

Je tressaillis et me levai subitement.

« Votre sœur ? me dites-vous....

— Oui, reprit-il brusquement, je vous le dis, c'est une folle, et elle me fera perdre la tête. Heureusement elle ne sait pas mentir et me confie tout. Ah ! quel cœur elle a, cette enfant ! mais elle se perdra, c'est sûr !

— Vous êtes certainement dans l'erreur, m'écriai-je en l'interrompant.

— Non, je ne puis me tromper. Hier elle est restée couchée presque toute la journée sans rien prendre. Il est vrai qu'elle ne se plaignait de rien. Au reste, elle ne se plaint jamais. Je n'éprouvais aucune inquiétude, quoique vers le soir elle eût un peu de fièvre. Mais, vers les deux heures du matin, notre hôtesse vint me réveiller.

— Allez voir votre sœur, me dit-elle ; je la crois malade. »

Je courus à la chambre d'Annouchka et la trouvai
encore habillée, dévorée de fièvre, tout en larmes ; elle
avait la tête en feu ; ses dents claquaient.

« Qu'as-tu ? » lui demandai-je.

Elle se jeta à mon cou et me fit force prières
de l'emmener au plus vite si je tenais à sa vie.
Sans pouvoir rien comprendre, j'essaie de la tranquilliser ; ses sanglots redoublent, et, tout à coup,
au plus fort de sa douleur, elle m'avoue... en un
mot j'apprends qu'elle vous aime... Tenez ! vous
et moi nous sommes des hommes faits, gouver-
nés par notre raison ; eh bien ! nous ne parvien-
drons jamais à comprendre combien les sentiments
qu'Annouchka éprouve sont profonds et avec quelle
violence ils se manifestent ; c'est quelque chose
d'imprévu et d'irrésistible à la fois, comme l'explo-
sion d'un orage. Vous êtes sans doute un homme
fort aimable, continua Gaguine ; mais cependant
comment lui avez-vous inspiré une passion aussi
violente ? c'est ce que je ne conçois pas, je vous
l'avoue ! Elle prétend que dès le premier jour où elle
vous vit, elle s'attacha à vous. C'est pour cela qu'elle
pleurait tant dernièrement en m'assurant qu'elle ne
voulait au monde aimer que moi. Elle pense que
vous la dédaignez, connaissant probablement son
origine. Elle m'a demandé si je vous avais raconté
son histoire ; je lui ai dit que non, comme vous pouvez le supposer ; mais sa pénétration m'effraie. Elle
ne désire qu'une chose, c'est de partir, de partir au
plus vite. Je suis resté auprès d'elle jusqu'au matin ;
elle m'a fait promettre de nous mettre en route dès

demain, et alors seulement elle s'est assoupie. Après mûre réflexion, je me suis décidé à venir conférer avec vous sur ce sujet. Selon moi, ma sœur a raison; le mieux est de partir, et je l'aurais emmenée dès aujourd'hui s'il ne m'était pas venu une idée qui m'a arrêté. Qui sait? il se pourrait que ma sœur vous plût; alors, pourquoi nous séparer? Aussi j'ai pris mon parti, et mettant mon amour-propre de côté, m'appuyant sur quelques observations que j'ai faites... oui... je me suis décidé à venir... à venir vous demander... »

Ici Gaguine, déconcerté, s'arrêta court.

« Veuillez m'excuser... de grâce... Je ne suis pas habitué à des entretiens de ce genre. »

Je lui pris la main.

« Vous voulez savoir, lui dis-je avec fermeté, si votre sœur me plaît? — oui, elle me plaît! »

Gaguine fixa ses yeux sur moi... « Mais enfin, reprit-il avec hésitation... l'épouseriez-vous?

— Comment voulez-vous que je réponde nettement à cette question? Je vous en fais juge... Est-ce que je le puis maintenant?...

— Je le sais, je le sais, s'écria Gaguine, non, je n'ai pas le droit d'exiger une réponse de vous, et la question que je vous ai faite blesse en tous points les convenances, mais force m'a été d'agir ainsi. Il est imprudent de jouer avec le feu! Vous ne vous doutez pas de ce que c'est qu'Annouchka. On peut s'attendre ou à la voir tomber malade, ou s'enfuir, ou bien... ou bien vous donner des rendez-vous... Une autre saurait cacher ses sentiments et patienter, mais elle ne le peut pas. C'est sa première épreuve, voilà le mal! Si vous aviez été témoin de la manière dont elle sanglotait aujourd'hui à mes pieds, vous partageriez mes craintes. »

Je me mis à réfléchir; les paroles de Gaguine : « *vous donner des rendez-vous,* » me serrèrent le cœur. Il me paraissait honteux de ne pas répondre par un aveu loyal à son honnête franchise.

« Oui! lui dis-je enfin, vous avez raison, j'ai reçu il y a une heure de cela une lettre de votre sœur : la voilà. » — Il la prit, la parcourut rapidement, et laissa retomber ses mains sur ses genoux. La surprise qu'exprimaient ses traits aurait été plaisante, si j'avais pu songer à rire en ce moment.

« Vous êtes un homme d'honneur, me dit-il; je n'en suis pas moins embarrassé de ce que j'ai à faire. Comment! elle me demande à fuir, et dans cette lettre elle se reproche son imprudence! Mais quand donc a-t-elle eu le temps de vous écrire? et quelles sont ses intentions à votre égard? »

Je le rassurai et nous nous appliquâmes avec autant de sang-froid qu'il nous fut possible à discuter ce que nous avions à faire. Voici le parti auquel nous nous arrêtâmes enfin pour prévenir tout malheur; il fut convenu que j'irais au rendez-vous et m'expliquerais loyalement avec Annouchka : Gaguine s'engagea à rester chez lui sans paraître savoir qu'il avait vu la lettre, et il fut en outre décidé que nous nous retrouverions le soir.

« J'ai pleine confiance en vous, me dit-il en me

4

serrant la main, ayez des ménagements pour elle et pour moi ; mais nous n'en partirons pas moins demain, ajouta-t-il en se levant, puisqu'il est certain que vous ne l'épouserez pas.

— Donnez-moi jusqu'à ce soir, lui répondis-je.

— Soit ! mais vous ne l'épouserez pas ! »

Il sortit ; je me jetai sur le divan et fermai les yeux. J'avais des vertiges : trop d'impressions s'étaient à la fois heurtées dans ma tête. J'en voulais à Gaguine de sa franchise, j'en voulais à Annouchka : son amour me pénétrait de joie... et pourtant je m'en sentais alarmé.

Je ne pouvais m'expliquer ce qui l'avait engagée à faire à son frère un aveu complet. Ce qui me causait surtout un véritable supplice, c'était la nécessité fatale de prendre une décision soudaine et presque instantanée.

« Épouser une fille de dix-sept ans, d'un naturel comme le sien : c'est impossible ! » m'écriai-je en me levant.

## XV

A l'heure convenue je passai le Rhin, et la première personne que je rencontrai sur le bord, fut le même petit garçon qui était venu me trouver le matin. Il semblait m'attendre. « De la part de Mademoiselle Anna, » me dit-il, en baissant la voix, et il me remit un nouveau billet.

Annouchka m'annonçait que le lieu du rendez-vous était changé. Elle me disait de me trouver dans une heure et demie, non pas à la chapelle, mais chez dame Louise; je devais frapper à la porte, entrer et monter trois étages.

« Encore une fois *Oui?* me demanda le petit garçon.

— *Oui,* » lui répondis-je, et je me dirigeai le long du rivage. Je n'avais pas assez de temps devant moi pour revenir à la maison, et je ne voulais pas errer par les rues. Derrière les murs de la ville s'étendait un petit jardin avec un jeu de quilles recouvert d'un toit et des tables pour les buveurs de bière. J'y entrai.

Plusieurs Allemands d'un âge mûr jouaient aux quilles; les boules roulaient avec bruit, des acclamations se faisaient entendre de temps à autre. Une jolie petite servante aux yeux gonflés par les larmes m'apporta une cruche de bière; je la regardai en face, elle se détourna brusquement et s'éloigna.

« Oui, oui! murmura un gros bourgeois aux joues vermeilles qui était assis près de moi: notre Hannchen est aujourd'hui très-affligée, son fiancé s'est enrôlé.» Je la regardai en ce moment: retirée dans un coin, elle avait une joue appuyée sur sa main, et de grosses larmes coulaient lentement le long de ses doigts. Quelqu'un demanda de la bière, elle lui en apporta une cruche et alla reprendre sa place. Cette douleur rejaillit sur moi, je me mis à songer à mon rendez-vous avec tristesse et inquiétude. — Ce n'était pas avec un cœur léger que je me rendais à cette entrevue, je ne devais pas m'y abandonner aux joies d'un amour partagé, je devais y tenir ma parole, remplir une tâche difficile. « *Jouer avec le feu est imprudent.* » Cette expression dont Gaguine s'était servie en parlant de sa sœur, avait pénétré comme une flèche acérée jusqu'au fond de mon âme. Pourtant trois jours auparavant, dans ce bateau que les flots emportaient, n'étais-je pas tourmenté par une soif de bonheur? Maintenant je pouvais la satisfaire et j'hésitais : je repoussais ce bonheur, je me voyais obligé de le repousser : ce qu'il présentait d'imprévu m'effrayait. Annouchka elle-même, avec sa tête ardente, son éducation, cette fille étrange et pleine de séduction, je l'avoue, franchement, elle me faisait peur.

Ces sentiments se combattirent longtemps en moi. Le moment fixé approchait. « Je ne puis pas l'épouser, me dis-je enfin ; elle ne saura pas que je l'ai aimée ! »

Je me levai, mis un thaler dans la main de la pauvre Hannchen (elle ne me remercia même pas), et je me dirigeai vers la maison de dame Louise.

Les ombres du soir descendaient déjà dans l'air, et au-dessus de la rue obscure s'étendait une étroite bande de ciel empourprée par le soleil couchant. Je frappai doucement à la porte, elle s'ouvrit immédiatement.

Je franchis le seuil et me trouvai dans une obscurité complète.

« Par ici, me dit une voix cassée, on vous attend. »

Je fis quelques pas à tâtons, une main osseuse saisit la mienne.

« Est-ce vous, dame Louise ? demandai-je.

— Oui ! me répondit la même voix, c'est moi, mon beau jeune homme. »

La vieille me fit monter un escalier très-roide et s'arrêta sur le palier du troisième étage. Je reconnus alors à la faible lueur que laissait pénétrer une petite lucarne la figure ridée de la veuve du bourgmestre. Un sourire malin et doucereux entr'ouvrait sa bouche édentée et faisait grimacer ses yeux éteints. Elle me montra une porte. Je l'ouvris d'un mouvement convulsif et la refermai avec force derrière moi.

## XV.

La petite chambre dans laquelle je me trouvai était assez sombre et je fus quelques instants avant d'y apercevoir Annouchka.

Elle se tenait assise près de la fenêtre, enveloppée d'un grand châle, la tête tournée et presque cachée, comme un oiseau effarouché. Je me sentis pour elle une compassion profonde; je m'approchai, elle détourna la tête encore davantage.

« Anna Nikolaëvna ! » lui dis-je.

Elle se retourna vivement et voulut attacher son regard sur le mien, mais n'en eut point la force. Je m'emparai de sa main, elle resta comme celle d'une morte, immobile et froide dans la mienne.

« Je voulais, dit-elle, avec un effort pour sourire... mais ses lèvres pâles ne s'y prêtèrent pas... je voulais... Non ! impossible, » murmura-t-elle, et elle se tut ; en effet, sa voix faiblissait à chaque mot.

Je m'assis auprès d'elle.

« Anna Nikolaëvna ! » dis-je encore une fois, et à mon tour, je ne pus rien ajouter. Il se fit un grand silence. Retenant sa main dans la mienne, je la contemplais. Affaissée sur elle-même, elle respirait avec peine et mordait doucement sa lèvre inférieure, afin de retenir, de ne pas laisser échapper des larmes qui brûlaient de se frayer un passage. Je continuais à la regarder ; il y avait dans son attitude immobile et craintive une expression de faiblesse profondément touchante. On eût dit qu'elle était tombée anéantie sur cette chaise d'où elle ne pouvait bouger. Mon cœur fut pénétré de pitié.

« Annouchka ! » lui dis-je à voix basse.

Elle leva lentement ses yeux vers moi.

O regard de la femme dont le cœur vient de s'ouvrir à l'amour ! où trouver des mots pour te décrire ?... Ils suppliaient, ces yeux, ils interrogeaient, ils s'abandonnaient... Je ne pus leur résister, un feu subtil courut dans mes veines, je me penchai sur sa main et la couvris de baisers... Soudain, mon oreille fut frappée d'un son frémissant, semblable à un sanglot brisé, je sentis passer sur mes cheveux une main qui tremblait comme une feuille. Je levai la tête et j'aperçus son visage... Quelle transfiguration subite s'y était opérée !... l'effroi en avait disparu, le regard s'enfuyait je ne sais où et m'invitait à le suivre, ses lèvres s'étaient légèrement entr'ouvertes, son front seul conservait la pâleur du marbre, tandis que les boucles de ses cheveux flottaient derrière sa tête comme si un souffle du vent les avait repoussées !

J'oubliai tout, je l'attirai vers moi par sa main qui n'opposait aucune résistance et dont l'impulsion fut suivie par le corps ; puis son châle glissa le long de ses épaules, sa tête s'inclina et se posa doucement sur ma poitrine, sous les baisers de mes lèvres ardentes...

« A vous !... » murmura-t-elle d'une voix mourante.

Tout à coup le souvenir de Gaguine me frappa comme la foudre.

« Que faisons-nous ? m'écriai-je en me rejetant convulsivement en arrière... Votre frère sait tout, il sait que nous sommes ici ensemble ! »

Annouchka retomba sur la chaise.

« Oui, lui dis-je, en me levant et m'éloignant d'elle, votre frère sait tout !... J'ai été forcé de lui tout avouer.

— Forcé ? » balbutia-t-elle ; on voyait qu'elle me comprenait à peine.

— Oui, oui, répétai-je avec une sorte de dureté ; et c'est votre faute, à vous, à vous toute seule ! Quel motif aviez-vous pour livrer votre secret ? Étiez-vous contrainte de tout avouer à votre frère ? Il est venu ce matin et m'a répété tout votre entretien. »

Je tâchais de ne plus la regarder et marchais à grands pas dans la chambre.

« Maintenant, repris-je, tout est perdu, tout, absolument tout. »

Annouchka voulut se lever.

« Restez ! m'écriai-je. Restez, je vous en conjure, ne craignez rien, vous avez affaire à un homme d'honneur. — Mais au nom du ciel, parlez ! Quelle a été la cause de vos alarmes ? Avais-je changé de conduite à votre égard ? Quant à moi, lorsque votre frère est venu me trouver aujourd'hui, je ne pouvais faire autrement que de lui avouer où nous en étions ensemble. »

« Pourquoi lui dire tout cela ? » pensais-je en moi-même, et l'idée que j'étais un lâche séducteur, que Gaguine était instruit de notre rendez-vous, que tout était dévoilé, perdu sans retour, me traversait incessamment l'esprit.

« Je n'ai pas fait appeler mon frère cette nuit, dit-elle d'une voix étouffée, il est venu de lui-même.

— Voyez pourtant à quoi cela vous a menée ? Maintenant vous voulez partir...

— Oui, il faut que je parte, me dit-elle d'une voix tout aussi faible. Je ne vous ai prié de venir ici que pour vous faire mes adieux.

— Et vous croyez peut-être, m'écriai-je, que me séparer de vous ne coûtera rien à mon cœur ?

— Mais alors, pourquoi fallait-il que vous fissiez des confidences à mon frère ? reprit Annouchka d'un ton de stupeur.

— Je vous le répète, je ne pouvais faire autrement. Si vous ne vous étiez pas trahie vous-même...

— Je m'étais enfermée dans ma chambre, reprit elle naïvement, je ne savais pas que l'hôtesse eût une autre clef. »

Cette excuse innocente me mit en ce moment presque en colère... et maintenant, je ne puis y songer
sans une émotion profonde. Pauvre enfant, âme honnête et franche!...

« Ainsi, tout est fini, repris-je encore une fois,
fini... et il faut nous quitter... »

Je la regardai à la dérobée... Le rouge lui montait au
visage; la honte et la terreur, je ne le sentais que trop,
s'emparaient d'elle. De mon côté, j'allais et je venais,
tout en parlant comme en proie à un accès de fièvre.

« Il y avait dans mon âme, continuai-je, un sentiment qui commençait à éclore, et auquel vous
n'avez pas laissé le temps de se développer! Vous-
même avez brisé le lien qui nous unissait : vous avez
manqué de confiance envers moi. »

Tandis que je parlais, Annouchka s'était de plus
en plus penchée en avant... Tout à coup, elle tomba à
genoux, cacha son visage dans ses mains et se mit à
sangloter. Je courus à elle, j'essayai de la relever,
mais elle opposait une résistance opiniâtre.

Des larmes de femme me bouleversent de fond en
comble. Je m'écriai :

« Anna Nicolaëvna !... Annouchka... de grâce...
au nom du ciel... calmez-vous... je vous en conjure ! »

Et je repris sa main dans les miennes.

Mais au moment où je m'y attendais le moins,
elle se releva subitement, puis, avec la rapidité de
l'éclair, courut vers la porte et disparut.

Dame Louise, qui entra quelques instants après
dans la chambre, me trouva à la même place comme
frappé de la foudre.

Je ne pouvais comprendre comment cette entrevue avait pu se terminer aussi promptement et d'une manière aussi ridicule, avant que j'eusse exprimé la centième partie de ce que je me proposais de dire, avant que j'eusse pu seulement prévoir quelles en seraient les conséquences.

« Mademoiselle est-elle donc partie ? » me demanda dame Louise en levant ses sourcils jaunes jusqu'au sommet de son front.

Je la regardai d'un air hébété et sortis.

## XVII

Je traversai la ville et marchai droit devant moi dans les champs. Un dépit violent me rongeait le cœur. Je m'accablais de reproches. Comment ne m'étais-je pas rendu compte du motif qui avait porté la jeune fille à changer le lieu de notre entrevue ? Comment n'avais-je pas apprécié ce qu'il lui en avait coûté pour se rendre chez cette vieille ? comment enfin ne l'avais-je pas retenue ?

Seul avec elle dans cette chambre sombre, isolée, j'avais eu le courage de la repousser et de lui faire des remontrances, et maintenant son image me poursuivait, je lui demandais pardon... sa figure pâle, ses yeux timides et pleins de larmes, ses cheveux en désordre tombant sur son col incliné, le contact de son front qui s'était appuyé sur ma poitrine, tous ces souvenirs me mettaient hors de moi, et je croyais encore l'entendre murmurer : « *A vous !* »

Je me répétais : j'ai obéi à la voix de ma conscience... Mais non ! c'était faux, car, bien certainement, je n'aurais jamais appelé de mes vœux un dénoûment pareil. — Et puis, m'en séparer, vivre
sans elle, en aurai-je bien la force ?... Insensé ! misérable insensé que je suis, m'écriai-je enfin avec colère.....

Pendant ce temps, la nuit était venue. Je me dirigeai à grands pas vers la demeure d'Annouchka.

## XVIII

Gaguine vint à ma rencontre. « Avez-vous vu ma
sœur ? me cria-t-il de loin.

— Elle n'est donc pas à la maison ? lui demandai-je.

— Non.

— Elle n'est pas rentrée ?

— Non.... mais j'ai un reproche à me faire, continua-t-il : malgré la promesse que je vous avais faite,
je n'ai pu m'empêcher d'aller à la chapelle. Je ne l'y
ai pas trouvée. Ne s'y est-elle donc pas rendue ?

— Non, elle n'a pas été à la chapelle.

— Et vous ne l'avez pas vue ? »
Je fus obligé d'avouer que je l'avais vue.

« Où donc ?

— Chez dame Louise... je l'ai quittée il y a une
heure, je pensais qu'elle était de retour.

— Attendons-la, » me dit Gaguine.

Nous entrâmes dans la maison et je m'assis auprès de lui.

Nous étions silencieux ; une contrainte pénible nous tenait tous les deux. L'oreille tendue au moindre bruit, tantôt nous nous regardions à la dérobée, tantôt nous fixions nos yeux sur la porte.

« Je n'y tiens plus ! dit-il, en se levant. Elle me fera mourir d'inquiétude. Allons à sa recherche.

— Oui, partons ! »

Nous sortîmes. Il faisait déjà nuit.

« Voyons, comment cela s'est-il passé ? demanda Gaguine, en enfonçant son chapeau sur ses yeux.

— Notre entrevue n'a duré que cinq minutes, tout au plus, et je lui ai parlé comme nous en étions convenus.

— Savez-vous, me dit-il, je crois que nous ferions mieux de nous séparer. Cherchons-la, chacun de notre côté, c'est le moyen de la rencontrer plus tôt : mais dans tous les cas, revenez à la maison dans une heure. »

## XIX

Je descendis rapidement le sentier qui traversait les vignobles et j'entrai dans la ville ; après en avoir parcouru toutes les rues à la hâte et jeté les yeux partout, même sur les fenêtres de dame Louise, je gagnai le Rhin et me mis à suivre le rivage en courant ;

çà et là j'apercevais des formes féminines, mais point d'Annouchka. Ce n'était plus le dépit qui me rongeait, c'était une terreur secrète; plus encore, c'était le repentir que je ressentais, la pitié la plus ardente, l'amour enfin, oui, l'amour le plus tendre. Je me tordais les bras, j'appelais Annouchka, au milieu des ténèbres croissantes de la nuit, d'abord à demi-voix, puis de plus en plus haut ; je répétais cent fois que je l'aimais en jurant de ne la point abandonner : j'aurais donné tout au monde pour presser de nouveau sa main froide, pour entendre de nouveau sa voix timide, pour la revoir devant mes yeux. Elle avait été si près de moi; elle était venue à moi avec tant de résolution, dans toute la franchise de son cœur, elle m'avait apporté sa jeunesse, sa candeur... et moi, je ne l'avais pas serrée dans mes bras, je m'étais privé du bonheur de voir son charmant visage s'épanouir..... Cette pensée me rendait fou !

« Où peut-elle être allée? Qu'a-t-elle pu faire?...» m'écriai-je dans la rage impuissante de mon désespoir.

Quelque chose de blanchâtre m'apparut tout à coup sur le bord de l'eau. Je connaissais cet endroit. Là, sur la tombe d'un homme qui s'était noyé soixante-dix ans auparavant, s'élevait une croix de pierre à demi enfoncée dans le sol et couverte de caractères presque illisibles. Mon cœur battait à se rompre. Je courus à la croix, la forme blanche avait disparu.

« Annouchka ! » criai-je d'une voix tellement sauvage que j'en fus effrayé moi-même.

Mais personne ne répondit : je me décidai enfin à aller savoir si Gaguine ne l'avait pas retrouvée.

## XX

En montant rapidement le chemin des vignobles, j'aperçus de la lumière dans la chambre d'Annouchka. Cette vue me calma un peu. Je m'approchai de la maison, la porte d'entrée était fermée : je frappai. Une fenêtre qui n'était pas éclairée s'ouvrit doucement à l'étage inférieur, et Gaguine y passa la tête.

« Vous l'avez retrouvée ? lui demandai-je.

— Elle est revenue, me répondit-il à voix basse ; elle est dans sa chambre et va se coucher. Tout est pour le mieux.

— Dieu soit loué ! m'écriai-je dans un accès de joie indicible : Dieu soit loué ! Maintenant tout va bien, mais vous savez que nous avons encore à causer ensemble.

— Pas maintenant, me répondit-il, en fermant à demi la fenêtre ; une autre fois... en attendant : adieu !

— A demain ; lui dis-je, demain tout se décidera.

— Adieu, » répéta Gaguine.

La fenêtre se ferma.

Je fus sur le point d'aller y frapper. — J'avais envie de dire à Gaguine à l'instant même que je demandais la main de sa sœur! mais une proposition de mariage à pareille heure... « A demain, pensai-je, demain je serai heureux... »

Le bonheur n'a pas de lendemain : il n'a pas non plus d'hier; il ne se souvient pas du passé, il ne pense pas à l'avenir; il ne connaît que le présent, et encore ce présent n'est-il pas un jour, mais un instant.

Je ne sais pas comment je revins à Z... Ce n'étaient pas mes jambes qui me portaient, ce n'était pas un bateau qui me transporta sur l'autre rive; j'étais soulevé par je ne sais quelles ailes larges et puissantes.

Je passai devant un buisson où chantait un rossignol. Je m'arrêtai, je l'écoutai longtemps, il me sembla qu'il chantait mon amour et ma félicité.

## XXI

En approchant le lendemain matin de la maison blanche, je fus frappé de voir les fenêtres ouvertes, ainsi que la porte d'entrée. Des morceaux de papier étaient éparpillés sur le seuil; une servante, son balai à la main, parut à la porte. Je me dirigeai de ce côté.

« Ils sont partis! me cria-t-elle, avant que je lui eusse demandé si Gaguine était chez lui.

— Partis! répétai-je, comment cela ? Où vont-ils ?

— Ils sont partis ce matin à six heures, et n'ont pas dit où ils allaient. Mais n'êtes-vous pas Monsieur N... ?

— Oui.

— Eh bien ! ma maîtresse a une lettre pour vous. »

Elle monta et revint une lettre à la main.

« Tenez, dit-elle, la voici.

— Il doit y avoir erreur, c'est impossible ! balbutiai-je... »

La servante me regarda d'un air stupide et se remit à balayer.

J'ouvris la lettre ; elle était de Gaguine. Pas une ligne d'Annouchka !

En commençant il me priait de lui pardonner ce départ précipité : il ajoutait que lorsque je serais de sang-froid, j'approuverais, sans doute, sa détermination. C'était le seul moyen de sortir d'une position embarrassante et qui pouvait devenir périlleuse.

« Hier soir, » me disait-il, « pendant que nous » attendions silencieusement Annouchka, je me con- » firmai dans la nécessité d'une séparation. Il y a des » préjugés que je respecte ; je comprends que vous ne » pouviez pas l'épouser. Elle m'a tout raconté, et » pour son repos j'ai dû céder à ses pressantes sup- » plications. »

A la fin de la lettre il exprimait le regret qu'il éprouvait de rompre si tôt nos relations amicales ; puis il faisait des vœux pour mon bonheur, me serrait la main et me demandait en grâce de ne pas chercher à les rejoindre.

« Il est bien question de préjugés ! m'écriai-je,

comme s'il pouvait m'entendre..... Sottises que tout cela ! De quel droit peut-il me l'enlever ? » Je me pris la tête avec désespoir.

La servante s'étant mise à appeler sa maîtresse à grands cris, son effroi me fit rentrer en moi-même. Je me sentis sous l'empire d'une pensée unique : les retrouver, les retrouver à tout prix ! Supporter un semblable coup, se résigner à un dénoûment de ce genre était vraiment au-dessus de mes forces ! J'appris de l'hôtesse qu'ils étaient partis à six heures pour descendre le Rhin en bateau à vapeur. Je me rendis au bureau, on me dit qu'ils avaient pris des places pour Cologne. Je retournai chez moi pour emballer mes effets et suivre immédiatement leur trace.

Comme je passais devant la maison de dame Louise, je m'entendis appeler. Je levai la tête et aperçus la femme du bourgmestre à la fenêtre de la chambre où la veille j'avais vu Annouchka. Sur ses lèvres errait ce sourire déplaisant que je lui connaissais. Elle me fit un signe d'appel. Je me détournai et me disposais à passer outre, mais elle me cria qu'elle avait quelque chose à me remettre : ces paroles m'arrêtèrent et j'entrai dans la maison. Comment vous exprimer mon émotion, lorsque je me retrouvai dans cette petite chambre ?

« A vrai dire, commença la vieille en me montrant un billet, je n'aurais dû vous remettre cela que si vous étiez venu chez moi, de votre propre mouvement; mais vous êtes un si beau jeune homme... tenez ! »

Je pris le billet, je lus sur un petit morceau de papier les lignes suivantes tracées à la hâte, au crayon :

« Adieu ! nous ne nous reverrons plus. Ce n'est
» pas par fierté que je m'éloigne, c'est que je ne puis
» faire autrement. Hier, lorsque je pleurais devant
» vous, si vous m'aviez dit un *mot*, un *seul mot*, je
» serais restée. Vous ne l'avez pas prononcé... Qui
» sait ? Peut-être est-ce mieux que cela ait été ainsi.
» Adieu pour toujours ! ».

Elle n'avait attendu qu' « *un seul mot!* » Insensé
que j'étais ! Ce *mot*, je le répétais la veille avec
des larmes, je le jetais au vent, je le criais au
milieu des champs déserts, mais je ne le lui avais
pas dit, je ne lui avais pas dit que je l'aimais ! Oui, il
m'avait alors été impossible de prononcer ce mot.
Dans cette chambre fatale où je m'étais trouvé vis-à-
vis d'elle, je n'avais pas encore nettement conscience
de mon amour ; il ne s'était pas éveillé alors même
que, dans un silence morne et stupide, je me tenais
auprès de son frère..... il n'avait éclaté, subit et irrésistible, que peu d'instants après, lorsque, épouvanté
par la pensée d'un malheur, je m'étais mis à la chercher en l'appelant à grands cris : mais alors déjà il
était trop tard !.... — C'est impossible, me dira-t-on;
— je ne sais si c'est possible, mais je sais que ce fut
ainsi. Annouchka ne serait pas partie, si elle avait eu
la moindre coquetterie, si elle ne se fût trouvée dans
une position essentiellement fausse. Une situation
indécise que toute autre femme eût acceptée, elle
l'avait trouvée intolérable. Ceci ne m'était pas venu à
l'esprit. Mon mauvais génie, lors de ma dernière
entrevue avec Gaguine, sous sa fenêtre obscure, avait
retenu cet aveu qui était sur mes lèvres, et ainsi le

dernier fil que je pouvais saisir encore s'était échappé de mes mains.

Je retournai le même jour à L. avec mes bagages et partis pour Cologne. Je me souviens qu'au moment où le bateau quittait la rive, et où je disais adieu à toutes ces rues, à tous ces lieux que je ne devais plus oublier, j'aperçus Hannchen, la petite servante. Elle était assise sur un banc près du rivage : quoique encore pâle, sa figure n'était plus chagrine. Un beau jeune garçon était à côté d'elle, et lui parlait en riant ; tandis qu'à l'autre bord du Rhin, ma petite madone, perdue dans le sombre feuillage du vieux frêne, me suivait tristement du regard.

## XXII

A Cologne, je retrouvai la trace de Gaguine et de sa sœur. J'appris qu'ils étaient partis pour Londres. Je me dirigeai immédiatement vers cette ville : toutes les recherches que j'y fis, restèrent infructueuses. Longtemps je ne me laissai pas décourager ; longtemps je fis preuve d'une persistance opiniâtre, mais il me fallut enfin renoncer à tout espoir de les rejoindre.

Et je ne les revis plus ! je ne revis plus Annouchka !.... On me donna plus tard des nouvelles assez vagues de son frère : quant à elle, je n'en ai jamais plus entendu parler, je ne sais même pas si elle vit encore.

Il y a quelques années, dans un voyage que je fis, j'entrevis un instant, à la portière d'un wagon, une femme dont la figure avait une ressemblance avec ces traits que je n'oublierai jamais : mais cette ressemblance n'était sans doute que l'effet du hasard! Annouchka est demeurée dans mon souvenir la jeune fille qu'à notre dernière entrevue je vis, pâle et tremblante, s'appuyant au dos d'une chaise en bois, dans l'angle obscur d'une chambre isolée.

D'ailleurs je dois avouer que le cours de ma douleur ne fut pas de longue durée. Bientôt j'en vins à me persuader que le sort m'avait été favorable en empêchant mon mariage avec elle, et qu'une femme de ce caractère ne m'eût certainement pas rendu heureux. J'étais jeune encore à cette époque, et ce temps si court et si restreint qu'on nomme l'avenir me semblait infini : ce que j'ai rencontré une fois sur ma route, me disais-je, ne puis-je pas le retrouver de nouveau plus charmant et plus complet? J'ai connu depuis d'autres femmes, mais ce sentiment si tendre, que jadis Annouchka m'avait inspiré, ne s'est plus renouvelé. Non, aucun regard n'a remplacé pour moi le regard de ces yeux attachés sur les miens; il ne m'a plus été donné d'étreindre contre ma poitrine un cœur aux battements duquel le mien répondît avec une ivresse aussi joyeuse. Condamné à l'existence solitaire de l'homme errant, sans foyer domestique, je touche aux jours les plus tristes de la vie; mais je conserve comme une relique ses deux petits billets et une branche desséchée de géranium, celle qu'un jour elle me jeta par la fenêtre; elle exhale maintenant encore une faible odeur, tandis que la main qui me l'a donnée, cette main que je ne pus presser sur mes lèvres qu'une seule fois, est peut-être depuis longtemps réduite en poussière. Et moi-même, que suis-je devenu? Qu'est-il resté en moi de l'homme d'autrefois, de toutes ces agitations, de mes projets, de mes espérances ambitieuses ?..... Ainsi la senteur légère d'un brin d'herbe survit à toutes les joies, à toutes les douleurs humaines, survit à l'homme lui-même!

# LE JUIF

« Racontez-nous donc quelque chose, colonel, »
dis-je à Nikolaï Ilitch.

Le colonel sourit, lança un filet de fumée à travers ses moustaches, passa la main sur ses cheveux
blancs, & se mit à réfléchir. — Nous aimions & res-
pections beaucoup Nikolaï Ilitch, pour sa bonté, son
rare bon sens, et l'indulgence avec laquelle il nous
traitait, nous autres jeunes gens. C'était un homme
robuste, d'une haute taille, aux épaules carrées ; il
avait « une de ces belles figures russes, » comme
dit Lermontof, le teint hâlé, le regard franc, intelli-
gent, un sourire plein de bonhomie, la voix mâle
et sonore ; en un mot, tout plaisait et attirait dans
sa personne.

« Allons ! je le veux bien, dit-il ; écoutez-moi.
C'était en 1813, devant Dantzig. J'étais alors dans
les cuirassiers de G...., et s'il m'en souvient, je venais
de passer cornette. Rien de plus agréable que d'être

en marche et d'aller au feu ; mais un siége est la chose du monde la plus ennuyeuse. Obligés de rester des semaines entières dans quelque logement, sous la tente, dans la boue ou sur la paille, nous jouions aux cartes depuis le matin jusqu'au soir. De temps en temps pour nous désennuyer, nous allions voir passer les bombes ou les boulets rouges. Au commencement du siége les Français nous donnaient parfois le divertissement d'une sortie ; mais cela ne dura pas longtemps. Le service de fourrageurs finit par nous sembler insipide ; en un mot, nous en avions par-dessus les épaules. J'étais alors dans ma vingtième année, et j'avais la santé et la vigueur de mon âge ; je croyais que les Français, et le reste, vous comprenez...., m'aideraient à tuer le temps : ah bien oui ! rien ne venait. Le désœuvrement me jeta dans le jeu. Une nuit que j'étais en perte d'une somme considérable, la chance tourna tout à coup, et le matin je me trouvais avoir beaucoup gagné. Épuisé de fatigue, je sortis pour respirer le grand air, et me couchai sur l'herbe. La matinée était calme ; la longue ligne que formaient nos retranchements se perdait dans le brouillard. Après avoir regardé tout cela un bout de temps, je finis par m'endormir ; quelqu'un toussant avec précaution à côté de moi me réveilla ; j'ouvris les yeux et j'aperçus un juif d'une quarantaine d'années, en longue redingote, portant des souliers et coiffé d'une calotte noire. Cet homme, qui se nommait Hirschel, était toujours fourré dans notre camp, et nous apportait du vin, des vivres et une foule de bagatelles ; il était petit, maigre, grêlé, son nez était de travers, il clignait sans cesse des yeux, et toussaillait continuellement.

Il se mit à tourner autour de moi en me saluant avec humilité.

« Que veux-tu ? lui demandai-je.

— C'est comme ça; j'étais venu savoir si Votre Honneur n'avait rien à me...

— Je n'ai pas besoin de toi, laisse-moi en repos.

— Comme vous voudrez; comme il vous plaira..., je pensais que je pourrais peut-être...

— Tu m'ennuies; va-t'en.

— C'est bien; je vais vous obéir. Mais Votre Honneur a eu du bonheur cette nuit; permettez-moi de vous féliciter.

— Comment sais-tu que je suis en gain ?

— Je sais toujours ces choses-là...; vous avez beaucoup gagné. Oh ! oui... beaucoup.

— La belle affaire ! répondis-je avec dépit; à quoi diable l'argent peut-il servir ici ?

— Oh ! ne dites pas ça, Votre Honneur ! ah ! ne le dites pas. L'argent, c'est une bonne chose. On en a toujours besoin; et que ne peut-on pas avoir pour de l'argent, Votre Honneur ? tout ! Dites seulement ce que vous voulez au facteur[1], et il vous le procurera. Oui, Votre Honneur, tout, tout !

— Tais-toi donc, imbécile !

— Eh! eh! reprit Hirschel en secouant ses longs cheveux frisés[2]. Votre Honneur ne me croit pas. »

---

[1] C'est ainsi que l'on désigne les commissionnaires juifs.
[2] Les juifs polonais portaient alors les cheveux longs et pendants sur les tempes.

Le Juif ferma les yeux et se mit à hocher la tête.

« Et moi, je sais bien ce que M. l'officier doit désirer... Je le sais... Oh! oui, je le sais bien ! »

Le juif sourit d'un air fin.

« Ah ! vraiment, » lui répondis-je.

Il regarda craintivement autour de lui, se baissa et me dit :

« Une si jolie fille, Votre Honneur! Une beauté ! »

Hirschel ferma de nouveau les yeux et avança les lèvres. « Votre Honneur, ordonnez... et vous verrez. Tout ce que je pourrais vous dire... ce n'est rien ! vous ne me croiriez pas..., ordonnez-moi plutôt de vous montrer... Voilà ! croyez-moi. »

Je le regardais sans rien dire.

« Allons ! voilà qui est convenu ! voilà qui est bien ; je vous la montrerai. » — Hirschel se mit à rire et me donna une légère tape sur l'épaule, mais il retira aussitôt la main, comme s'il s'était brûlé.

« Seulement, Votre Honneur, il faudrait une petite avance...

— Tu me tromperas ou tu m'amèneras quelque vieille sorcière ?

— Comment pouvez-vous le croire ! reprit le juif avec vivacité et en levant les mains. Si je vous trompais, Votre Honneur, faites-moi donner cinq cents..., quatre cent cinquante coups de bâton..., ajouta-t-il avec volubilité. Ordonnez seulement...»

En ce moment un de mes camarades souleva la portière de la tente et m'appela. Je me levai précipitamment et jetai un ducat au juif.

« Ce soir, ce soir... » me dit-il à demi-voix, et il s'éloigna.

Je vous avoue, messieurs, que j'attendis la nuit avec une certaine impatience.

Le jour même, les Français firent une sortie ; notre régiment marcha. La nuit vint ; nous nous rangeâmes autour des feux ; les soldats se mirent à préparer leur gruau. Les officiers causaient. J'étais couché sur mon manteau, buvant du thé et écoutant les autres. On me proposa de jouer, mais je refusai. Je me sentais agité. Les officiers rentrèrent peu à peu dans leurs tentes ; les soldats se dispersèrent aussi ou s'endormirent sur place ; le bruit se calma. J'étais toujours devant le feu, à quelques pas de mon *brosseur* accroupi, qui « méditait à la suisse » ou « pêchait à la ligne[1]. » Je le renvoyai. Tout le camp devint silencieux et sombre. Une ronde passa ; puis, on releva les sentinelles. Je restais toujours couché, attendant quelque chose. Le ciel brillait d'étoiles. Je regardai longtemps encore la flamme mourante, le feu s'éteignit enfin tout à fait. « Ce maudit juif m'a attrapé, » me dis-je avec dépit, et je fis un mouvement pour me lever.

« Votre Honneur ! » murmura quelqu'un à mon oreille d'une voix tremblante. Je me retournai ; c'était Hirschel. Il était très-pâle.

« Veuillez vous rendre dans votre tente, » me dit-il en balbutiant.

---

[1] Expressions usitées pour désigner les mouvements de tête involontaires, que fait faire le sommeil qui vous gagne et auquel vous ne pouvez vous livrer.

Je me levai et le suivis. Le juif marchait, ramassé sur lui-même et avec précaution, sur l'herbe courte et humide. J'aperçus à peu de distance de nous une figure immobile enveloppée dans un manteau. Le juif lui fit signe de la main ; elle s'approcha. Ils se parlèrent à voix basse ; puis le juif se tourna vers moi, m'invita par un mouvement de tête à avancer, et nous entrâmes tous les trois dans la tente. J'ai honte de le dire, le cœur me battait.

« Voilà, Votre Honneur, me dit le juif avec effort. Voilà. Elle est un peu effrayée pour le moment ; mais je lui ai dit que M. l'officier est un brave homme, un joli monsieur... Et toi, n'aie pas peur, continua-t-il, n'aie pas peur... »

L'inconnue ne bougeait pas. J'étais moi-même singulièrement ému ; je ne savais que dire. Hirschel restait cloué à la même place, remuant les bras d'une façon étrange.

« Voyons, lui dis-je, fais-moi le plaisir de filer. »

Hirschel obéit, mais de mauvaise grâce.

Je m'approchai de l'inconnue, et rejetai doucement le capuchon de son manteau. Il y avait un incendie dans la ville, et, à la lueur vacillante de ce feu lointain, je distinguai les traits pâles d'une jeune juive. Sa beauté me frappa. Debout devant elle, je l'admirai quelque temps en silence. Elle ne levait pas les yeux. Un léger frôlement se fit entendre derrière moi. Je me retournai ; c'était Hirschel qui avait soulevé un des coins de la tente et avançait la tête. Je fis un mouvement d'impatience ; il se retira.

« Comment t'appelles-tu ? dis-je enfin à la jeune fille à voix basse.

— Sarah, » répondit-elle, et au même instant je vis briller dans l'obscurité le blanc de ses grands yeux et ses petites dents bien rangées. Je pris deux coussins de cuir, je les jetai par terre et l'invitai à s'asseoir. La jeune fille quitta son manteau et prit place. Elle portait une veste, s'ouvrant sur la poitrine, avec des boutons d'argent ciselés et des manches larges. Son épaisse chevelure noire était nattée et faisait deux fois le tour de sa tête fine et bien plantée ; je me plaçai à côté d'elle, et pris sa petite main hâlée. Elle ne la retira pas, mais elle paraissait craindre de me regarder, et soupirait de temps en temps. Je contemplais avec délice son profil oriental, et pressais légèrement ses doigts froids et contractés.

« Sais-tu le russe ? lui demandai-je.

— Oui, un peu.

— Et tu aimes les Russes ?

— Oui.

— Alors, tu dois m'aimer ! »

Je voulus l'attirer dans mes bras, mais elle se recula vivement.

« Non, non, je vous en prie, monsieur, je vous en prie...

— Au moins regarde-moi. »

Elle arrêta sur moi ses yeux noirs et perçants, rougit et se détourna en souriant.

Je baisai sa main avec feu. Elle me regarda en dessous et se mit à rire.

« Pourquoi ris-tu ? »

Elle se couvrit la figure avec sa manche, et se mit à rire de plus belle.

Hirschel parut à l'entrée de la tente et la menaça du doigt. Elle se tut.

« Veux-tu t'en aller, lui dis-je entre les dents : tu es insupportable. »

Hirschel ne bougeait pas.

Je pris dans mon porte-manteau une poignée de ducats, je les lui mis dans la main et le poussai dehors.

« Monsieur, donnez-m'en aussi, » me dit la jeune fille.

Je lui jetai quelques ducats sur les genoux ; elle les saisit avec la vivacité d'un chat.

« Maintenant, il faut que je t'embrasse.

— Non, je vous en prie, je vous en prie, murmura-t-elle d'une voix suppliante.

— Que crains-tu ?

— J'ai peur.

— Allons donc !

— Non, je vous en prie... »

Elle me regarda avec timidité, pencha un peu la tête de côté, et elle joignit les mains. Je la laissai tranquille.

« Si tu veux, tiens, » me dit-elle après un moment de silence, et elle approcha sa main de mes lèvres.

Je la baisai sans trop de ravissement. Sarah se mit de nouveau à rire.

J'étais tout bouleversé. Je me dépitais contre moi-même et ne savais que faire. Il faut que je sois un grand imbécile ! me disais-je.

Je me tournai de nouveau vers Sarah.

« Écoute, lui dis-je, je suis amoureux de toi.

— Je le sais.

— Tu le sais ? et cela ne te fâche pas ? M'aimes-tu aussi ? »

Sarah secoua la tête.

« Voyons, réponds-moi franchement.

— Laissez-moi vous voir un peu, » me dit-elle.

Je me baissai vers elle. Sarah me posa les mains sur les épaules, se mit à examiner mes traits, tantôt souriant et tantôt fronçant ses sourcils... Je n'y tins pas, je lui baisai lestement la joue... Elle se redressa et d'un bond fut à l'entrée de la tente.

« Quelle petite sauvagesse ! »

Elle ne me répondit pas et resta immobile.

« Approche donc...

— Non, monsieur, adieu, à un autre jour. »

Hirschel montra de nouveau sa tête rousse, et lui dit quelques mots ; elle se glissa hors de la tente comme un serpent.

Je voulus courir après elle, mais il me fut impossible de la retrouver. Hirschel aussi avait disparu.

Je ne pus fermer l'œil de toute la nuit.

Le lendemain j'étais à jouer, mais sans le moindre plaisir, dans la tente de mon chef d'escadron, lorsque mon brosseur entra.

« On demande Votre Honneur, me dit-il.

— Qui cela ?

— Un juif qui veut vous parler.

— Serait-ce Hirschel ? me dis-je. Lorsque la taille fut finie, je me levai et sortis. C'était effectivement Hirschel.

« Eh bien ! Votre Honneur, me dit-il avec un sourire familier, êtes-vous content ?

— Ah ! S... (le colonel se retourna), il n'y a pas de dames ici à ce que je crois ! Au reste, peu importe ! Ah ! drôle, je crois que tu te moques de moi !

— Comment ça ?

— Tu me le demandes ? C'est un peu fort !

— Ah ! monsieur l'officier, comme vous êtes ! reprit Hirschel d'un ton de reproche, mais toujours souriant. La fille est jeune, timide..., vous l'avez effrayée ; oui, vous l'avez effrayée.

— Fameuse timidité ! elle n'en a pas moins pris mon argent.

— Comment ? quand on vous donne de l'argent, il faut bien le recevoir.

— Écoute, Hirschel, dis-lui de revenir seule ; tu n'y perdras pas... Mais fais-moi le plaisir de ne plus montrer ta chienne de figure dans ma tente. M'entends-tu ? »

Les yeux de Hirschel étincelèrent.

« Vous plaît-elle ?

— Oui, vraiment.

— C'est une beauté ! elle n'a pas sa pareille. Et vous me donnerez l'argent tout de suite ?

— Une parole donnée vaut mieux que de l'argent. Tu seras payé. Amène-la, et va-t'en au diable. Je la reconduirai moi-même chez elle.

— Impossible ! tout à fait impossible, me répondit le juif avec vivacité. Hélas ! c'est tout à fait impossible....., mais je veux bien marcher autour de la tente, Votre Honneur ; je veux bien... rester au de-

hors. Je serai toujours prêt à servir Votre Honneur;
Je veux bien me tenir au dehors pour vous être
agréable. Pourquoi pas ? je m'éloignerai... un
peu.

— Fais-y bien attention... Amène-la donc ; m'entends-tu ?

— Avouez qu'elle est belle ! n'est-ce pas, monsieur
l'officier ? Qu'en dites-vous ? hein, Votre Honneur ? »

Hirschel se tenait un peu courbé en avant et me
regardait fixement.

« Oui, elle est bien.

— Alors, donnez-moi un ducat... »

Je lui jetai un ducat, et nous nous séparâmes.

La journée se passa, la nuit vint. Je restai longtemps seul dans ma tente. Le ciel était couvert. Il
sonna deux heures dans la ville. Je commençais déjà
à pester contre le juif...., lorsque Sarah entra brusquement; elle était seule. Je m'élançai, l'entourai de
mes bras, et effleurai sa joue de mes lèvres... Elle
avait la joue froide comme un morceau de glace. Je
pouvais à peine distinguer ses traits... Je la fis asseoir ; et, m'étant mis à genoux devant elle, je pressais ses mains, j'enlaçais sa taille... Elle restait immobile, sans dire un mot; tout à coup elle se mit
à sangloter convulsivement. J'essayai de la calmer...
Je la caressais, j'essuyais ses larmes; elle ne résistait
pas comme la veille, mais ne répondait pas à mes
questions, et elle pleurait toujours. Cela finit par me
serrer le cœur; je me levai et sortis de la tente. Le
juif parut tout à coup devant moi comme s'il fût
sorti de terre.

« Hirschel, lui dis-je, voici l'argent que je t'ai promis. Emmène Sarah. »

Le juif courut à la jeune fille. Celle-ci cessa aussitôt de pleurer et se cramponna à lui.

« Adieu, Sarah, lui dis-je, tu peux t'en aller. Que Dieu t'accompagne; nous nous reverrons un autre jour. »

Hirschel me salua sans dire mot; Sarah se baissa, prit ma main, et la pressa contre ses lèvres; je me détournai...

Pendant cinq à six jours, messieurs, la juive ne me sortit pas de la tête. Hirschel ne se montrait plus, et personne ne l'avait vu dans le camp. Mon sommeil était agité; je voyais constamment ces yeux noirs brillants, aux longs cils; mes lèvres ne pouvaient oublier la joue qu'elles avaient effleurée, cette joue lisse et fraîche comme la peau d'une prune. On m'envoya avec un détachement de fourrageurs dans un hameau éloigné. Pendant que mes soldats fouillaient les maisons, je restais dans la rue sans descendre de cheval. Quelqu'un me saisit tout à coup par la jambe.

« Comment, Sarah ! »

Elle était pâle et agitée.

« Monsieur l'officier, secourez-nous, sauvez-nous; les soldats nous maltraitent. Monsieur l'officier... »

Elle me reconnut et rougit.

« C'est donc ici que tu demeures?

— Oui.

— Où cela ? »

Sarah me montra une petite maison de mauvaise

apparence. Je donnai de l'éperon à mon cheval, et j'y courus au galop. En entrant dans la cour, j'aperçus une vieille juive, difforme et échevelée, qui s'efforçait d'arracher à mon maréchal des logis Siliavka un cochon de lait et trois poules. Il tenait son butin au-dessus de sa tête en riant; les poules et le petit cochon criaient à qui mieux mieux. Deux autres cuirassiers chargeaient leurs montures de foin, de paille et de sacs de farine. Des cris et des jurons petits-russiens se faisaient entendre dans la maison... Je rappelai mes hommes, et leur défendis de rien prendre aux juifs. Ils obéirent; le maréchal des logis remonta sur sa jument baie Proserpine, qu'il nommait Projerpile, et me suivit dans la rue.

« Eh bien! dis-je à Sarah, es-tu contente de moi?

Elle me regarda en souriant.

« Qu'es-tu donc devenue? »

Elle baissa les yeux.

« J'irai vous voir demain. »

— Le soir?

— Non, monsieur, le matin.

— Fais-y bien attention, ne me trompe pas.

— Non..., non, je ne vous tromperai pas. »

Je la regardai attentivement. Elle me parut encore plus belle au grand jour. Ce qui me frappa surtout, je m'en souviens, c'est sa peau d'un jaune d'ambre, et le reflet bleuâtre de ses cheveux noirs...; je me penchai et serrai fortement sa petite main.

« Adieu, Sarah; ne manque pas de venir.

— Je viendrai. »

Elle rentra dans la maison. Je donnai ordre au ma-

réchal des logis de me suivre avec le détachement, et
partis au galop.

Le lendemain matin je me levai de très-bonne
heure et sortis de ma tente. La matinée était magnifique; le soleil venait de se lever, sur chaque brin
d'herbe étincelait une goutte de rosée empourprée.
Je grimpai sur le parapet et m'assis près d'une
embrasure. Au-dessous de moi une grosse pièce de
campagne avançait vers la plaine sa bouche noire. Je
promenais mes yeux de tous côtés, au hasard, quand
j'aperçus tout à coup, à une centaine de pas, une
forme humaine recouverte d'une tunique grisâtre.
Je reconnus bientôt que c'était Hirschel. Il resta
longtemps immobile; puis, s'éloigna rapidement,
s'arrêta, se retourna d'un air inquiet..., poussa un
cri étouffé, s'accroupit, allongea le cou comme pour
écouter, et regarda de nouveau attentivement de tous
côtés. Je distinguais fort bien ses moindres mouvements. Il fourra sa main dans son sein, en tira un
rouleau de papier, et se mit à griffonner avec un
crayon. Il s'interrompait à chaque instant, tressail-
lait et flairait l'air comme un lièvre; puis parfois il
serrait précipitamment son papier, levait le nez, clignait les yeux, et se remettait à l'ouvrage. Enfin, il
s'assit sur l'herbe, ôta un de ses souliers, et y fourra
son papier; mais il n'avait pas eu le temps de se relever que tout à coup, à une dizaine de pas de lui, la
tête du maréchal des logis Siliavka et bientôt après le
corps long et roide du vieux troupier se dressèrent
sur la crête du glacis. Le juif lui tournait le dos. Siliavka s'approcha rapidement et lui posa sa lourde

main sur l'épaule. Hirschel ploya sous elle jusqu'à terre, et jeta un cri maladif, un cri de lièvre. Siliavka, l'apostrophant avec vigueur, le saisit au collet. Je ne pouvais entendre leur conversation, mais les gestes désespérés du juif et son air suppliant me firent soupçonner de quoi il s'agissait. Le juif se jeta deux ou trois fois aux pieds du sous-officier; il plongea sa main dans sa poche, en sortit un vieux mouchoir de couleur, dénoua un des coins du mouchoir, en tira un ducat... Siliavka accepta le cadeau d'un air grave, mais n'en continua pas moins à entraîner le juif. Hirschel s'arracha de ses mains et s'élança à travers champs; Siliavka se mit à le poursuivre. Le juif courait très-vite; ses pieds, chaussés de bas bleus, avaient une agilité surprenante; mais après deux ou trois randonnées, Siliavka finit par l'attraper, et l'ayant soulevé, il le prit dans ses bras et se dirigea vers le camp. Je me levai et allai à sa rencontre.

« Ah! Votre Honneur, me cria-t-il, je vous apporte un espion; oui, un espion!.... Le front du robuste Petit-Russien était ruisselant de sueur. — Finiras-tu de te démener comme ça, diable de juif! allons donc! prends garde, je pourrais bien t'écraser.»

Le malheureux Hirschel appuyait faiblement ses deux coudes contre la poitrine de Siliavka, agitait faiblement les jambes... les prunelles de ses yeux se renversaient convulsivement.

« Qu'a-t-il fait? demandai-je au sous-officier.

—Tenez, Votre Honneur, veuillez tirer son soulier droit: je suis trop gêné.» J'ôtai le soulier, il en tomba un papier plié avec soin. C'était un tracé de notre

6

camp, avec l'indication de nouveaux ouvrages en terre qu'on venait d'y ajouter. La feuille était accompagnée de notes, d'une écriture fine en hébreu.

Lorsque j'eus pris le papier, Siliavka posa le juif sur ses jambes. Celui-ci ouvrit les yeux, et, m'ayant aperçu, il se jeta à mes pieds.

Je lui montrai le papier.

« Qu'est-ce que cela veut dire ?

— C'est que comme ça... monsieur l'officier, rien... comme ça... » Et la voix lui manqua.

« Tu nous épiais ? »

Il ne me comprit pas, et continua à balbutier des paroles inintelligibles, en me pressant les genoux.

« Tu es un espion ?

— Ah ! s'écria-t-il aussitôt d'une voix faible et en branlant la tête. Comment pouvez-vous le croire ? Moi, jamais ! Oh ! non. C'est tout à fait impossible. Je suis prêt, tout de suite. Je donnerai de l'argent... je payerai. » Ses yeux se fermèrent.

Sa calotte avait glissé sur sa nuque ; ses cheveux, tout mouillés de sueur, tombaient en mèches sur son front.

Nous fûmes bientôt entourés de soldats. Je ne voulais d'abord que faire peur à Hirschel, puis j'aurais recommandé le silence à Siliavka ; mais nous n'étions plus seuls, et je ne pouvais me dispenser d'en faire mon rapport à nos officiers supérieurs.

« Conduis-le chez le général, dis-je au sous-officier.

— Monsieur l'officier ! Votre Honneur ! reprit le juif d'une voix désespérée, je suis innocent... Faites-moi relâcher, faites-moi...

— Son Excellence débrouillera l'affaire, dit Siliavka, marchons !

— Votre Honneur ! me cria le juif pendant que je
m'éloignais, faites-moi relâcher ; ayez pitié... »

Ces supplications me faisaient mal ; je doublai le pas.

Notre général, Allemand d'origine, était un brave
et honnête homme, mais rigoureux observateur de
la discipline militaire. J'entrai dans la petite cabane
en bois qu'il habitait, et lui exposai en peu de mots
le motif de ma visite. Connaissant la sévérité des lois
militaires, je ne prononçai pas le mot d'espion, et
m'efforçai de présenter l'affaire comme une bagatelle.
Mais malheureusement pour Hirschel, le général,
quand le règlement parlait, faisait taire la compassion.

« Jeune homme, me dit-il, vous êtes sans expérience. Oui, vous avez encore peu d'expérience dans
la science militaire. L'affaire que vous venez de m'ex-
poser est grave, très-grave... Mais où est l'homme qui
a été pris ? où est-il donc ? »

Je sortis de la cabane et donnai ordre d'amener le
juif.

On l'amena.

« Où est le plan qui a été trouvé sur cet individu ?»
me demanda le général.

Je lui remis le papier. Le général le déroula, s'éloi
gna un peu, et releva les sourcils.

« C'est véritablement fort extraordinaire ! reprit-il ;
par qui cet homme a-t-il été arrêté ?

— Par moi, Votre Excellence, s'écria Siliavka avec
vivacité.

— Ah ! très-bien ! fort bien !.... Eh bien ! mon brave homme, quelle espèce de justification pouvez-vous présenter maintenant ?

— Vo... Votre... Excellence, balbutia Hirschel, je... ayez pitié de moi... Votre Excellence... je suis innocent... demandez... à monsieur l'officier. Je suis facteur, Votre Excellence, un honnête facteur.

— Il est nécessaire de procéder à son interrogatoire, reprit le général en baissant la voix et avec une inclination de tête pleine de gravité. Voyons, mon cher ami, comment as-tu pu faire cela ?

— Je ne suis pas coupable, Votre Honneur.

— Cela me paraît pourtant difficile à croire. Tu as été pris dans le fait, comme nous disons, nous autres Russes.

— Permettez, Votre Excellence, je suis innocent.

— Tu dessinais un plan, tu es un espion soudoyé par l'ennemi.

— Ce n'est pas moi ! s'écria subitement Hirschel, ce n'est pas moi ! »

Le général regarda Siliavka.

« Il ment, Votre Excellence. Monsieur l'officier a tiré lui-même le papier de son soulier. »

Le général me regarda. Je fus obligé de faire un signe de tête affirmatif.

« Tu es bien un espion de l'ennemi, mon cher ami ; c'est indubitable.

— Ce n'est pas moi... pas moi... dit le juif d'une voix éteinte.

— Tu as déjà fourni à l'ennemi beaucoup de renseignements pareils ?

— Oh! non, non...

— Tu ne m'attraperas pas, mon cher petit ami.
Tu es bien un espion. »

Le juif ferma les yeux, secoua la tête, et souleva les
pans de sa tunique[1].

« Qu'on le pende, dit le général très-distincte-
ment, après un moment de silence ; conformément à
la légalité. Où est M. Schlikelmann ? »

On courut chercher Schlikelmann, l'aide de camp
du général. La figure de Hirschel devint verdâtre ;
il ouvrit la bouche, écarquilla les yeux... L'aide de
camp parut. Le général lui donna des ordres. L'écrivain montra sa figure maigre et marquée de la petite
vérole. Deux ou trois officiers jetèrent par curiosité
les yeux dans la chambre.

« Laissez-vous attendrir, Votre Excellence, dis-je
au général dans un assez mauvais allemand, faites-le
mettre en liberté.

— Jeune homme, me répondit-il en russe, langue
qu'il parlait fort mal, je vous répète que vous êtes
sans expérience militaire, et c'est pourquoi je vous
prie de vous taire et de ne plus m'importuner. »

Hirschel poussa un cri et se jeta aux pieds du général.

« Votre Excellence, ayez pitié de moi. Cela ne
m'arrivera plus jamais, Votre Excellence ; j'ai une
femme, Votre Excellence, une fille !... ayez pitié de
moi.

— Que veux-tu que j'y fasse ?

[1] Geste familier aux juifs.

— J'avoue la faute, Votre Excellence, je suis coupable ; mais c'est pour la première fois, Votre Excellence ; je vous le jure !

— Tu n'as pas fourni d'autres papiers ?

— C'est pour la première fois, Votre Excellence... Une femme, des enfants !

— Mais tu es un espion de l'ennemi ?

— Une femme, Votre Excellence..., des enfants ! »

Le général parut un peu ébranlé, mais cela ne dura pas longtemps.

« Que l'on pende ce juif, conformément aux ordonnances militaires, dit-il avec lenteur, qu'on le pende ! Fedor Karlitch, je vous prie d'en dresser un rapport que vous voudrez bien... »

Un singulier changement s'opéra tout à coup chez Hirschel. Cette expression de timidité cauteleuse, si ordinaire à la nature juive, et qui se lisait sur sa figure, fit place tout à coup à l'anxiété qui précède la mort. Il s'agita comme un petit animal sauvage que l'on vient de prendre, poussa un gémissement rauque, sauta brusquement sur lui-même, en remuant convulsivement les coudes. Il ne portait qu'un seul soulier ; on avait oublié de lui remettre l'autre..., sa tunique s'ouvrit et sa calotte tomba.

Ce spectacle nous faisait une impression pénible que le général partageait.

« Votre Excellence, lui dis-je de nouveau, faites grâce à ce malheureux !

— Impossible. La loi est formelle, répondit le général lentement et non sans émotion. Qu'il serve d'exemple aux autres !

— Je vous en supplie...

— Monsieur le cornette, veuillez retourner à votre poste, » me dit le général en me montrant la porte d'un geste impératif.

Je le saluai et sortis; mais comme je n'avais aucun poste fixe, je m'arrêtai à peu de distance de la cabane.

Au bout de quelques minutes, je vis paraître Hirschel conduit par Siliavka et trois soldats. Le pauvre juif mettait à peine un pied devant l'autre; Siliavka se détacha et passa devant moi pour se rendre dans le camp; il en revint bientôt avec une corde. Ses traits durs, mais nullement cruels, exprimaient une compassion brutale. A la vue de la corde, le juif se mit à gesticuler et s'assit par terre en sanglotant. Les soldats l'entourèrent en silence; ils avaient un air sombre et tenaient les yeux baissés. Je m'approchai de Hirschel et lui adressai la parole; il sanglotait comme un enfant, et ne me regarda même pas. Je rentrai dans ma tente, m'étendis sur un tapis et m'enfonçai la tête dans un coussin.

Un instant après, quelqu'un entra en courant dans la tente. Je levai la tête et j'aperçus Sarah. Ses traits étaient décomposés; elle se jeta vers moi et me saisit la main.

« Allons, allons! répétait-elle d'une voix haletante.

— Où cela? Pourquoi? Restons ici.

— Auprès de mon père, de mon père; vite, sauve-le, sauve-le!

— Auprès de ton père?

— Oui; on veut le pendre !

— Comment? Hirschel est donc...

— Mon père! Je te conterai tout cela après, ajouta-t-elle en se tordant les bras dans son désespoir. Mais viens, viens vite. »

Nous sortîmes tous deux de la tente en courant. Un groupe de soldats s'avançait au milieu de la plaine, sur un chemin qui conduisait à un bouleau solitaire ; Sarah me le montra de la main...

« Arrête, lui dis-je tout à coup, où courons-nous ? les soldats ne m'obéiront pas... »

Sarah continuait à me traîner après elle. . Je vous avoue que j'avais un peu perdu la tête.

« Écoute-moi, Sarah, lui dis-je. A quoi bon courir après eux ? Il vaut mieux que j'aille de nouveau parler au général. Allons-y ensemble; il se laissera peut-être attendrir. »

Sarah s'arrêta subitement et me regarda ; elle semblait avoir perdu la raison.

« Comprends-moi donc, Sarah, au n     du ciel ! Je ne peux faire grâce à ton père ; le général est le seul qui ait ce pouvoir. Allons le trouver.

— Mais on l'aura pendu avant notre retour, me dit-elle en gémissant. »

Je jetai les yeux autour de moi. L'écrivain était près de là.

« Ivanof, lui criai-je, fais-moi le plaisir de les rattraper et de leur dire d'attendre mon retour, je vais demander sa grâce au général. »

L'écrivain partit en courant.

On ne nous laissa pas entrer chez le général ; mes

instances, mes supplications, et même mes menaces, rien n'y fit. C'est vainement que la pauvre Sarah s'arrachait les cheveux et se jetait sur les sentinelles ; on ne nous laissa pas entrer.

Sarah promena autour d'elle un regard sauvage, se prit la tête à deux mains et se précipita du côté de la plaine. Je la suivis.

Nous arrivâmes auprès des soldats. Ils se tenaient en cercle ; et figurez-vous, Messieurs, qu'ils se moquaient du pauvre Hirschel. Cela me mit en colère, je les traitai vertement. Le juif, nous ayant reconnus, sauta au cou de sa fille... Celle-ci le serra dans ses bras. Le pauvre diable croyait qu'on l'avait pardonné... Il commençait déjà à me remercier... Je me détournai.

« Comment, Votre Honneur ! me cria-t-il en joignant les mains, est-ce que je n'ai pas ma grâce ? »

Je me taisais.

« Non ?

— Non, lui répondis-je.

— Votre Honneur, balbutia-t-il ; voyez, Votre Honneur, la voilà.... Cette jeune personne est ma fille. Vous ne savez donc pas que c'est ma fille?

— Je le sais, lui répondis-je en me détournant de nouveau.

— Votre Honneur, me cria-t-il, je ne quittais pas votre tente ! Pour rien au monde... »

Il s'interrompit et ferma les yeux. « Je voulais de votre argent, reprit-il, c'est vrai ; mais pour rien au monde... »

Je me taisais. Hirschel m'inspirait en ce moment

un sentiment de dégoût ; et Sarah aussi, sa complice.

« Mais maintenant, si vous me sauvez, dit-il en baissant la voix, j'ordonnerai..., je..., vous comprenez. Je consentirai à tout... »

Il tremblait comme une feuille, et regardait les soldats d'un air effaré. Sarah aussi le tenait toujours embrassé avec force.

L'aide de camp du général arriva en ce moment.

« Monsieur le cornette, me dit-il, Son Excellence a donné l'ordre de vous mettre aux arrêts. Et vous, ajouta-t-il en s'adressant aux soldats, obéissez! »

Siliavka s'approcha du juif.

« Fedor Karlitch, dis-je à l'aide de camp (il avait amené avec lui une escouade de cinq ou six hommes), faites du moins emporter cette pauvre fille...

— Certainement, me répondit-il. »

La malheureuse respirait à peine. Hirschel lui marmotait à l'oreille je ne sais quoi en hébreu.

Les soldats eurent beaucoup de peine à l'arracher des bras de son père, et ils la portèrent avec précaution à une vingtaine de pas de là. Mais tout à coup elle leur échappa et courut de nouveau à son père... Siliavka l'arrêta. Sarah le frappa ; ses yeux brillèrent, elle étendit ses bras en avant.

« Soyez donc maudits! s'écria-t-elle en allemand; maudits, trois fois maudits, vous et votre race odieuse! Que la pauvreté, la stérilité et une mort violente et honteuse soient votre lot! Que la terre s'entr'ouvre sous vos pieds, mécréants! hommes sans pitié! chiens avides de sang!... »

Elle jeta la tête en arrière et tomba inanimée. On l'emporta.

Les soldats prirent Hirschel par les bras et le soutinrent. Je compris en ce moment la cause de leurs rires lorsque j'étais revenu du camp avec Sarah. Le malheureux juif était véritablement ridicule à voir, malgré l'horreur de sa situation ; l'affreuse certitude de quitter la vie, sa fille, sa famille, se peignait chez lui par des gestes si étranges, par des cris, des soubresauts si absurdes, que nous ne pouvions nous empêcher de sourire, quelque attristante que fût cette scène. Le pauvre diable se mourait réellement de peur.

« Oï ! oï ! criait-il, oï ! arrêtez ! J'ai bien des choses à vous conter ! monsieur le sous-maréchal, vous me connaissez. Je suis facteur, un honnête facteur. Ne me touchez pas ; attendez encore une minute, une petite minute, une toute petite minute ! Laissez-moi aller ; je suis un pauvre juif. Sarah..., où est Sarah ? Oh ! je le sais ; elle est chez le lieutenant quartier-maître (Dieu sait pourquoi il m'honorait de ce titre imaginaire). Je ne m'éloignais pas de la tente ! (Les soldats l'avaient saisi..., mais il leur résista en poussant un gémissement perçant.) Votre Honneur, ayez pitié d'un père de famille ! Je donnerai six ducats, quinze ducats, Votre Honneur !... (On le traîna vers le bouleau.) Pitié ! monsieur le quartier-maître ! Votre Hautesse ! monsieur le général en chef, et le chef supérieur ! »

On lui passa la corde au cou... Je m'éloignai en courant.

Je restai quinze jours aux arrêts de rigueur. On m'apprit que la veuve du pauvre Hirschel était venue réclamer les vêtements du défunt. Le général lui fit donner cent roubles. Quant à Sarah, je ne la revis plus. Ayant été blessé peu de temps après, j'entrais à l'hôpital, et quand je fus rétabli, Dantzig avait capitulé; je rejoignis mon régiment sur les bords du Rhin.

# PÉTOUCHKOF

## I

En 182... vivait à B..., petite ville de la Russie méridionale, un certain Ivan Afanaciévitch Pétouchkof,
lieutenant dans un certain régiment de garnison.
Fils de parents pauvres, il était resté orphelin à l'âge de
cinq ans. Tombé entre les mains d'un tuteur et complétement dépouillé par celui-ci de son mince héri-
tage, il dut aviser tant bien que mal aux moyens de
soutenir son existence. C'était un homme de taille
moyenne et voûté; il avait la figure maigre et couverte de taches de rousseur, les traits du reste assez
réguliers, les cheveux bruns, les yeux gris, le regard
timide, le front bas et tout ridé. Ayant mené jusque-
là une vie très-uniforme, il conservait à quarante ans
passés la naïveté et l'inexpérience d'un enfant, fuyait
les nouvelles connaissances, et traitait avec indul-

gence toutes les personnes sur lesquelles il avait le droit d'exercer quelque autorité.

Les hommes condamnés par le sort à une existence monotone et solitaire ont ordinairement des manies. Pétouchkof aimait à manger tous les matins, à son déjeuner, une boulka[1] blanche et sortant du four; cette délicatesse lui était devenue indispensable. Cependant, un beau jour, son domestique Onicime lui apporta, au lieu de boulka, trois craquelins d'un brun foncé, sur une assiette mouchetée de petites fleurs bleues. Pétouchkof demanda aussitôt, d'un ton légèrement indigné, ce que cela signifiait.

« Toutes les boulka sont distribuées, lui répondit Onicime, franc Pétersbourgeois qu'un étrange caprice du sort avait jeté au fin fond de la Russie.

— Impossible! s'écria Ivan Afanaciévitch.

— Il n'en reste pas une, répéta Onicime; le maréchal[2] donne aujourd'hui un déjeuner, elles sont toutes allées là-bas, comme de juste. »

Ivan Afanaciévitch se promena un peu dans la chambre; puis il s'habilla, et se dirigea lui-même du côté de la boulangerie. C'était le seul établissement de ce genre qu'il y eût dans la ville de B...; il avait été fondé, dix ans auparavant, par un Allemand, et la veuve de ce dernier continuait à le gérer avec le plus grand succès.

---

[1] Pains ronds, peu cuits, d'une pâte très-blanche.

[2] On donne le nom de maréchal de la noblesse à un des membres de ce corps, dans chaque district. Ces représentants sont nommés par la noblesse et restent en fonction trois ans.

Pétouchkof frappa à la fenêtre. Une grosse femme montra au vasistas sa figure encore tout endormie.

« Je voudrais avoir une boulka, lui dit Pétouchkof d'un air aimable.

— Il n'y en a plus, répondit la grosse femme d'une voix piailleuse.

— Vous n'avez plus de boulka?

— Pas une.

— C'est singulier! Permettez. Je vous prends une boulka tous les jours, et je vous paye exactement. »

La boulangère le regarda sans dire mot.

« Prenez un craquelin ou une papłuka [1], finit-elle par lui répondre en bâillant et en faisant un signe de croix sur la bouche.

— Je n'en veux pas, lui dit Pétouchkof d'un ton piqué.

— Comme il vous plaira, » murmura la grosse femme, et elle referma brusquement le vasistas.

Ivan Afanaciévitch ressentit un vif mécontentement. Ne sachant quel parti prendre, il traversa la rue, et s'abandonna, comme un enfant, à toute la contrariété qu'il éprouvait.

« Monsieur! cria tout à coup une voix assez agréable, monsieur! »

Ivan Afanaciévitch leva les yeux, et aperçut, au vasistas de la boulangerie, une jeune fille de dix-sept ans environ, tenant à la main une boulka. Elle avait la figure ronde et pleine, les joues colorées, les yeux

[1] Espèce de gâteau feuilleté.

bruns et petits, le nez un peu retroussé, les cheveux châtain clair et des épaules magnifiques. L'ensemble de sa physionomie exprimait la bonté, la paresse et l'insouciance.

« Tenez, monsieur, voici une boulka, lui dit-elle en riant ; je l'avais prise pour moi, mais je vous la cède ; prenez-la.

— Bien des remercîments. Permettez-moi... »

Pétouchkof se mit à fouiller dans sa poche.

« C'est bon ! c'est bon ! je vous la donne avec plaisir. »

Elle referma le vasistas.

Pétouchkof revint à la maison on ne peut mieux disposé.

« Tu n'avais pas trouvé de boulka, dit-il à son domestique Onicime, et moi j'en ai rapporté une. Tiens ! »

Onicime sourit d'un air de dédain.

Le même jour, Ivan Afanaciévitch lui demanda, tout en se déshabillant pour se coucher :

« Dis-moi donc, frère, qui est cette fille que j'ai vue à la boulangerie ?

— Pourquoi voulez-vous le savoir, vous ? grommela Onicime en regardant de côté.

— Comme ça..., répondit Pétouchkof en ôtant ses bottes sans l'assistance de son serviteur.

— C'est un beau brin de fille ! reprit celui-ci.

— Oui..., elle n'est pas mal..., dit Ivan Afanaciévitch en jetant les yeux du côté opposé. — Comment s'appelle-t-elle ?

— Vassilissa.

— Et tu la connais?

— Oui, répondit Onicime après un moment de silence. »

Pétouchkof avait ouvert la bouche pour parler, mais il se retourna et s'endormit. Onicime passa dans l'antichambre, aspira une prise de tabac et hocha la tête d'un air capable.

Le lendemain. Pétouchkof se disposa de très-bonne heure à sortir. Onicime lui apporta la capote qu'il mettait habituellement ; elle était vieille, d'une couleur verdâtre et ornée d'une énorme paire d'épaulettes décolorées par le temps. Pétouchkof regarda longtemps Onicime sans rien dire, et finit par lui demander sa capote neuve. Onicime obéit, mais cet ordre parut le surprendre. Pétouchkof acheva sa toilette, et ajusta ses gants en peau de daim avec un soin tout particulier.

« Il est inutile, frère, dit-il à Onicime avec un certain embarras, que tu ailles aujourd'hui chercher la boulka ; j'irai moi-même...; c'est sur mon chemin.

— C'est bien, lui répondit Onicime brusquement, comme si quelqu'un l'avait poussé par derrière.»

Pétouchkof se rendit à la boulangerie et frappa à la fenêtre. La grosse femme ouvrit le vasistas.

« Ayez la complaisance de me donner une boulka,» dit lentement Ivan Afanaciévitch.

La boulangère allongea par le vasistas son bras nu jusqu'à l'épaule, bras qu'à sa grosseur on aurait pu prendre pour une jambe, et mit presque sous le nez de Pétouchkof une boulka encore chaude.

Ivan Afanaciévitch demeura encore quelques instants sous la fenêtre, se promena un peu devant la maison, jeta les yeux dans la cour, et, honteux de son enfantillage, finit par rentrer chez lui, la boulka à la main. Pendant tout le reste de la journée, il ne se sentit pas à son aise, et le soir venu, il n'engagea pas de conversation avec Onicime, comme il avait coutume de le faire.

Le lendemain matin, ce fut Onicime qui alla chercher la boulka.

## II

Plusieurs semaines se passèrent. Pétouchkof avait complétement oublié Vassilissa, et s'était remis à converser amicalement avec son domestique. Un beau matin, il vit entrer chez lui M. Boublitsine, jeune homme fort aimable et au ton dégagé. On lui reprochait, il est vrai, de ne pas toujours savoir ce qu'il disait; c'était en un mot un évaporé, mais on s'accordait à le trouver d'un commerce très-agréable. Il fumait continuellement avec une animation fiévreuse, en levant les sourcils et en rentrant la poitrine; il fumait d'un air préoccupé, ou plutôt d'un air qui semblait vouloir dire : « Laissez-moi seulement aspirer cette dernière bouffée de tabac, et je vais vous communiquer une nouvelle qui va vous surprendre. » Il lui arrivait parfois de gémir et d'agiter la main, en se hâtant de finir sa pipe, comme s'il lui était venu subitement à l'esprit quelque chose de particulièrement intéressant ; mais, en ouvrant la bouche, il lançait un nuage de fumée en forme de cercle, disait quelque lieu commun, et souvent demeurait silencieux. Après avoir bavardé quelque temps avec Pétouchkof sur les voisins, les chevaux, les filles des propriétaires du district et sur d'autres sujets non moins dignes d'attention, M. Boublitsine se mit tout à coup à cligner les yeux, passa la main dans sa chevelure, et s'approcha avec un malin sourire d'un miroir remarquablement terne, unique ornement de la chambre d'Ivan Afanaciévitch.

« Après tout, dit-il en caressant ses favoris, il faut convenir que nous avons ici de petites bourgeoises qui valent bien cette fameuse Vénus de *Mendici*..., par exemple, la boulangère Vassilissa. La connaissez-vous ?... Et ici Boublitsine aspira une bouffée de tabac. »

Pétouchkof tressaillit.

« Au reste, reprit Boublitsine en s'enveloppant d'un nuage de fumée, j'ai tort de vous faire cette question. Vous êtes un homme si... Dieu sait ce qui vous occupe, Ivan Afanaciévitch !

— Nous avons, à ce que je crois, les mêmes occupations, répondit ce dernier d'une voix flûtée, non sans éprouver un peu de dépit.

— Pour cela non, mon bon ami..., non. Comment pouvez-vous dire pareille chose ?

— Je serais curieux de savoir...

— Allons donc !

— Pourtant... »

Boublitsine posa sa pipe dans un coin de la chambre[1], et se mit à examiner ses bottes fort peu élégantes. Pétouchkof était très-agité.

« C'est bon, c'est bon, continua Boublitsine, comme s'il eût voulu le ménager. Quant à Vassilissa la boulangère, je me permettrai de vous dire qu'elle est jolie..., fort jolie... »

M. Boublitsine ouvrit les narines et enfonça lentement ses mains dans ses poches.

Chose étrange ! Ivan Afanaciévitch ressentit un mouvement qui tenait de la jalousie. Il commença à se remuer sur sa chaise, se mit à rire sans motif, rougit subitement, et un mouvement convulsif de sa mâchoire trahit un bâillement. Boublitsine fuma encore trois pipes et prit congé de son hôte. Celui-ci s'approcha de la fenêtre, soupira et demanda à boire.

Onicime posa un verre de kvas [2] sur la table, regarda son maître d'un air maussade, s'appuya le dos contre la porte et baissa la tête.

« A quoi penses-tu? lui demanda Pétouchkof avec douceur et non sans une certaine inquiétude.

— A quoi je pense? répondit Onicime. A quoi?... mais toujours à vous...

— A moi ?

— Certainement à vous.

— Et que penses-tu ?

[1] On fume, en Russie, des pipes à long tuyau de cerisier.
[2] Petite bière.

— Voici ce que je pense : vous devriez être honteux, monsieur, oui, honteux.

— Et de quoi ?

— De quoi ?... Ivan Afanaciévitch, voyez un peu
M. Boublitsine; qu'est-ce qui lui manque ? il est tout
à fait bien.

— Je ne te comprends pas, frère.

— Si fait, vous comprenez. »

Onicime garda un moment le silence.

« M. Boublitsine est un véritable monsieur, un
monsieur tout à fait comme il faut. Et vous? vous?

— Moi aussi, je suis un monsieur.

— Un monsieur, un monsieur..., répéta Onicime
en s'animant de plus en plus. Un beau monsieur,
vraiment! Vous êtes une vraie poule mouillée, oui,
oui. Vous restez planté là toute la journée du bon
Dieu...; ça vous avancera beaucoup. Vous ne jouez
pas aux cartes, vous ne fréquentez pas les messieurs; et
quant à... »

Onicime haussa les épaules.

« Pourtant... je crois vraiment que tu vas un peu
trop loin.... dit Pétouchkof en prenant sa pipe d'un
air embarrassé.

— Trop loin, Ivan Afanaciévitch, trop loin ? Jugez-
en vous-même. Tenez, par exemple, voilà Vassilissa...; pourquoi pas?..

— Ne va pas t'aviser de penser, Onicime, s'écria
Pétouchkof avec une sorte d'anxiété...

— Je sais bien ce que je pense... Pourquoi pas?
Eh bien! à la grâce de Dieu ! Mais vous n'en ferez
rien. Avouez-le..., vous êtes... »

Pétouchkof se leva.

« Allons! allons! Tu ferais mieux de te taire, dit-il avec vivacité et en évitant le regard d'Onicime. Moi aussi, je suis..., tu le sais bien..., je..., c'est par trop fort!... Donne-moi plutôt de quoi m'habiller. »

Onicime aida lentement Pétouchkof à se dépouiller de sa robe de chambre tartare couverte de taches, jeta sur lui un regard de compassion paternelle, hocha la tête et se mit à lui fouetter le dos avec une époussette.

Pétouchkof sortit, et, après avoir erré quelque temps au milieu des rues tortueuses de la ville, il se dirigea du côté de la boulangerie. Un étrange sourire errait sur ses lèvres.

A peine avait-il eu le temps de jeter deux ou trois fois les yeux sur cet établissement que la petite porte de la cour s'ouvrit, et Vassilissa sortit en courant dans la rue, une douché greïka[1] jetée sur ses épaules, à la manière russe, et coiffée d'un mouchoir jaune. Pétouchkof s'empressa de l'aborder.

« Où allons-nous comme cela, ma tourterelle? »

Vassilissa lui jeta un coup d'œil rapide, et se mit à rire, détourna la tête et se couvrit la bouche avec sa manche.

« Vous allez sans doute faire une petite emplette? reprit Pétouchkof en souriant.

— Comme nous sommes curieux! répondit Vassilissa.

[1] Manteau à manches, très-court, et qui se jette ordinairement sur les épaules. Mot à mot « chaufferette de l'âme. »

— Mais non du tout, continua Pétouchkof en remuant les bras avec vivacité. — C'est tout le contraire; je... en général. vous savez, ajouta-t-il précipitamment, comme si ces derniers mots exprimaient
parfaitement sa pensée.

— Avez-vous mangé ma petite boulka ?

— Assurément, répondit Pétouchkof, et avec un
plaisir tout particulier. »

Vassilissa continuait à marcher en trottinant.

« Il fait aujourd'hui un temps bien agréable,
reprit Pétouchkof. Vous aimez donc à vous promener
souvent ?

— Assez souvent.

— Ah ! je serais bien heureux, si...

— Comment ? reprit Vassilissa de ce ton clair particulier à nos jeunes filles, et qui rappelle un peu le
chant matinal de la perdrix.

— S'il m'était permis de me promener avec vous...,
hors de la ville par exemple...

— Impossible !

— Pourquoi donc ?

— Ah ! comme vous êtes !

— Permettez... »

Il s'interrompit pour laisser passer un jeune mar-
chand à la barbe pointue, revêtu d'une longue tunique bleue, dont il retenait les longues manches en
écartant les doigts, et portant un bonnet fourré qui
avait la forme d'un melon d'eau. Aussitôt que cet
importun les eut dépassés, Pétouchkof se rapprocha de
Vassilissa.

« Eh bien ! j'en reviens à ma proposition. »

Vassilissa le regarda d'un air malin, et se remit à rire.

« Vous êtes de la ville ?

— Oui. »

Vassilissa passa la main sur ses cheveux et ralentit le pas. Ivan Afanaciévitch sourit, et quoiqu'il mourût de peur intérieurement, il se pencha, et enlaça de son bras tremblant la taille de la jeune fille.

Celle-ci poussa un petit cri.

« Comment ! n'avez-vous pas honte ! dans la rue ?

— Ah ! bah ! laissez donc ! laissez ! balbutia Pétouchkof.

— Finissez ; on vous le répète... Nous sommes dans la rue... Respectez le monde.

— Eh !... mon Dieu, comment pouvez-vous ?... dit Pétouchkof d'un ton de reproche, et il rougit lui-même jusqu'aux oreilles. »

Vassilissa s'arrêta.

« Allez-vous-en, monsieur, passez votre chemin... »

Pétouchkof obéit. Il revint à la maison, resta assis sur une chaise durant une heure au moins, immobile, et sans songer même à fumer. Puis il prit une feuille de papier grisâtre, tailla une plume, et, après de longues réflexions, écrivit la lettre suivante :

« Chère mademoiselle Vassilissa Timoféievna,

« Étant de ma nature un homme inoffensif, comment aurais-je pu vouloir vous occasionner quelques désagréments ? Si je suis vraiment coupable à vos yeux, je vous dirai nommément que la faute en est aux propos de M. Boublitsine; c'est ce qui est tout à fait contraire à mes habitudes. Ensuite, je vous prie instamment de me pardonner. Je suis un homme sensible, et me sens toujours très-touché et très-reconnaissant, et très-sensible. Ne m'en voulez pas, Vassilissa Timoféievna, je vous en supplie.

« Au reste, je suis avec respect,

« Votre très-dévoué serviteur,

« Ivan Pétouchkof. »

Onicime porta cette lettre à son adresse.

### III

Deux semaines se passèrent... Onicime se rendait chaque matin, comme d'habitude, à la boulangerie. Un jour, Vassilissa courut à sa rencontre.

« Bonjour, Onicime Sergueïtch, lui dit-elle. »

Onicime se renfrogna, et lui dit d'un ton bourru :

« Bonjour. »

— Pourquoi n'entrez-vous donc jamais chez nous, Onicime Sergueïtch ?

— A quoi bon ? tu ne me régalerais sans doute pas d'une tasse de thé ?

— Si fait, Onicime Sergueïtch, si fait. Venez seulement, vous aurez du thé et du rhum. J'ai tant de respect pour vous !

La figure d'Onicime s'épanouit peu à peu.

« Alors, nous verrons...

— Quand ça, père ?

— Quand ça ?... Elle y tient !

— Venez ce soir. Est-ce convenu ? venez.

— Je veux bien, ce soir. » Et il reprit le chemin de la maison du pas lent et grave d'un diplomate qui vient d'entamer une grande négociation.

Dans la soirée du même jour, Onicime et Vassilissa étaient assis en face l'un de l'autre, dans une petite chambre, devant une table boiteuse, auprès de laquelle se trouvait un lit couvert d'un traversin rayé; un énorme *samovar* [1] d'un jaune terne ronflait et chantait sur la table, un pot de géranium se dressait devant la fenêtre ; dans un coin, près de la porte, était placé de travers un coffre cerclé de fer, auquel pendait un cadenas de très-petite dimension ; sur le coffre se trouvaient entassés de vieux linges ; aux murs de la chambre pendaient quelques mauvaises gravures toutes noircies. Onicime et Vassilissa buvaient du thé silencieusement, ils se regardaient fixement en tournant avec lenteur entre leurs doigts de petits morceaux de sucre, auxquels ils donnaient un coup de dent comme à contre-cœur, et aspiraient ensuite, avec un petit sifflement, l'eau chaude et jaunâtre qui était dans leurs tasses. Ayant enfin vidé tout le samovar, ils renversèrent les tasses dans leurs soucoupes; l'une de ces tasses portait ces mots : « Pour la satisfaction ; » l'autre : « Elle m'a innocemment

---

[1] Bouilloire en cuivre.

percé. » Après quoi, ils toussèrent un peu pour s'éclaircir la voix, essuyèrent la sueur qui couvrait leur front, et se mirent à causer.

« Pourquoi votre maître, Onicime Sergueïtch?... demanda Vassilissa, et elle s'interrompit.

— Pourquoi mon maître?... répondit Onicime en s'appuyant le menton sur la main. On sait bien pourquoi !... Qu'est-ce que ça peut vous faire?...

— Rien, reprit Vassilissa.

— Mais ne vous a-t-il pas?... (Onicime se reprit) : Il vous a envoyé une lettre ?

— Oui. »

Onicime secoua la tête d'un air de satisfaction bien marqué.

« Voyez-vous ça! dit-il d'une voix rauque et en ricanant. Et qu'est-ce qu'il vous a écrit ?

— Différentes choses : que je suis, mademoiselle Vassilissa, comme ça... qu'il me faudrait bien me garder, mademoiselle, de vous offenser, et beaucoup de ces sortes de choses... — Comment, est-ce qu'il est votre maître?... ajouta-t-elle un instant après.

— C'est un homme, répondit Onicime avec indifférence.

— A-t-il un mauvais caractère ?

— Lui? Ah bien oui! Il vous plaît ?

Vassilissa baissa les yeux, et se mit à rire dans sa manche.

« Veux-tu répondre? grommela Onicime.

— Pourquoi voulez-vous le savoir, Onicime Sergueïtch?

— Allons! parle, te dit-on.

— Eh bien... reprit Vassilissa... c'est un maître. Il s'entend bien mieux que moi..., et d'ailleurs lui..., vous savez vous-même...

— Certainement que je le sais, répondit Onicime avec importance.

— Vous savez fort bien, Onicime Sergueïtch. »
Vassilissa commençait à paraître émue.

« Dites-lui donc, à votre maître, que je ne suis pas comme ça... fâchée contre lui, mais que pour le reste... »

Elle se troubla tout à fait.

« On comprend, répondit Onicime, et il se leva lentement. — On comprend. Merci pour votre honnêteté de ce soir.

— Vous serez toujours le bienvenu.

— C'est bien ! c'est bien ! »

Onicime se dirigea vers la porte. La grosse boulangère parut au moment où il allait sortir.

« Bonjour, Onicime Sergueïtch, dit-elle d'une voix traînante.

— Bonjour, Prascovia Ivanovna, lui répondit-il sur le même ton. »

Tous deux se tinrent quelques instants immobiles.

« Allons! adieu, Prascovia Ivanovna, dit Onicime d'une voix traînante.

— Allons, adieu, Onicime Sergueïtch, répondit cette dernière sans changer de ton. »

Onicime revint à la maison. Pétouchkof était étendu sur son lit les yeux fixés sur le plafond.

« D'où viens-tu ?

— D'où je viens ?... (Onicime avait l'habitude de

répéter d'un air de blâme les derniers mots de toutes les questions qu'on lui adressait.) Je suis sorti pour votre affaire.

— Pour quelle affaire ?

— Vous ne le savez pas ?... J'ai vu Vassilissa. »

Pétouchkof se tourna sur son lit.

« Voilà justement la chose, dit Onicime, en aspirant gravement une prise de tabac. Voilà justement la chose. Vous n'en faites jamais d'autres. Vassilissa vous salue.

— Est-ce possible ?

— Est-ce possible ? C'est justement ça. Est-ce possible ?... Elle vous fait demander, pourquoi vous n'allez pas la voir. Oui, pourquoi vous n'y allez pas.

— Et qu'as-tu répondu ?

— Ce que j'ai répondu ? je lui ai dit : Tu es bien bête, en vérité? des messieurs comme lui n'iront pas chez toi. Non, c'est à toi de venir.

— Et qu'a-t-elle répondu?

— Ce qu'elle a répondu ?... elle ?... Rien.

— Comment ça ? rien.

— Certainement, rien. »

Pétouchkof se tut.

« Et elle viendra ?» reprit-il bientôt après.

Onicime secoua la tête.

« Elle viendra !... Vous êtes joliment expéditif, monsieur. Elle viendra !... Non, non, vous êtes par trop... comme ça.

— Mais tu viens de me dire toi-même comme ça...

— On dit bien des choses, comme ça. »

Pétouchkof se tut derechef.

« Comment donc faire ? reprit-il.

— Comment faire ?... Vous devez le savoir mieux que moi ; vous êtes un maître.

— Allons donc, il s'agit bien de cela. »

Onicime se dandina d'un air satisfait.

« Vous connaissez Prascovia Ivanovna ? dit-il enfin.

— Non, quelle Prascovia Ivanovna ?

— La boulangère.

— Ah ! oui, la boulangère. Je l'ai vue, une grosse femme.

— Une femme conséquente. C'est la propre tante de l'autre, de la vôtre.

— Sa tante ?

— Vous ne le saviez pas ?

— Non, je ne le savais pas.

— Eh ! eh ! »

Onicime n'en dit pas plus long par respect pour son maître.

« Voilà avec qui vous devriez faire connaissance.

— Pourquoi cela ? je le veux bien. »

Onicime regarda Ivan Afanaciévitch d'un œil approbateur.

« Mais pourquoi ferai-je sa connaissance ? demanda Pétouchkof.

— En voilà une belle ! » lui répondit Onicime.

Ivan Afanaciévitch se leva, marcha un peu dans la chambre, s'arrêta devant la fenêtre, et dit avec un certain embarras, sans tourner la tête :

« Onicime !

— Voilà!

— Est-ce que ça ne sera pas un peu, — tu me comprends, — singulier pour un officier, d'aller trouver cette grosse mère? hein!

— C'est votre affaire.

— Au reste, je le demande seulement comme une réflexion générale. Les camarades pourraient le savoir; c'est toujours un peu... Mais j'y penserai. Donne-moi ma pipe... Ainsi donc elle a dit... reprit-il après un moment de silence; Vassilissa t'a donc dit...»

Mais Onicime, ne se souciant pas de continuer la conversation, avait repris l'air maussade qui lui était habituel.

## IV

La connaissance d'Ivan Afanaciévitch et de Prascovia Ivanovna se fit de la manière suivante. Quatre ou cinq jours après la conversation qu'il avait eue avec Onicime, Pétouchkof se rendit le soir à la boulangerie. — Allons! pensait-il en faisant crier la petite porte de la cour, nous verrons ce qui en arrivera.

Il monta l'escalier et ouvrit la porte de la maison. Une énorme poule huppée passa entre ses jambes en jetant des cris étourdissants, et courut longtemps après dans la cour d'un air agité. La figure étonnée de la grosse boulangère se montra à l'entrée de la chambre voisine. Ivan Afanaciévitch sourit et hocha la téte. La boulangère le salua. Pétouchkof s'approcha d'elle en serrant fortement sa casquette. Prascovia s'attendait évidemment à recevoir une visite honorable ; toutes les agrafes de sa robe étaient accrochées. Pétouchkof s'assit sur une chaise, et Prascovia se plaça en face de lui.

« Je viens vous voir, Prascovia ; surtout pour... dit enfin Ivan Afanaciévitch. Et il se tut. Un mouvement convulsif contracta ses lèvres.

— Soyez le bienvenu, père, répondit Prascovia avec un profond salut. On fait bon accueil à tout le monde chez nous. »

Pétouchkof reprit un peu courage.

« Il y a longtemps que j'avais le désir de faire votre connaissance, Prascovia Ivanovna.

— Je vous suis bien obligée, Ivan Afanaciévitch. »

Les deux interlocuteurs se turent. Prascovia s'essuyait la figure avec un mouchoir ; Pétouchkof regardait attentivement d'un autre côté. Tous deux se sentaient embarrassés. Au reste, parmi les marchands et les bourgeois il est d'usage même entre anciens amis de se livrer à différentes contorsions cérémonieuses lorsqu'ils se rencontrent, et une certaine roideur d'abord, entre un hôte et son visiteur, paraît non-seulement fort excusable, mais tout à fait convenable, surtout dans une première entrevue. Pétouchkof plut à Prascovia. Il avait à ses yeux une tenue digne et modeste; d'ailleurs c'était un homme de la classe supérieure.

« J'aime beaucoup vos boulka, Prascovia Ivanovna.

— Oh ! vraiment ? c'est fort bien.

— Elles sont très-bonnes ; elles sont vraiment excellentes.

— Mangez-en, père ; puissent-elles vous faire du bien ! Nous le souhaitons de bon cœur.

— Je n'en ai même pas mangé d'aussi bonnes à Moscou.

— Ah ! vraiment ? c'est fort bien. »

Une nouvelle pause suivit ces paroles.

« Dites - moi donc, reprit Ivan Afanaciévitch, n'est-ce pas une nièce qui demeure chez vous ?

— Ma propre nièce, père.

— Et qu'est-ce que... vous en faites ?

— Elle est orpheline, et nous l'avons recueillie.

— C'est donc une ouvrière ?

— Une ouvrière, une excellente ouvrière. Certainement, père, certainement. »

Ivan Afanaciévitch ne jugea pas à propos de pousser plus loin ses questions sur la nièce.

« Quel est donc l'oiseau que vous avez dans cette cage ?

— Dieu le sait ! c'est un oiseau.

— Ah c'est très-bien ! Adieu, Prascovia Ivanovna.

— Recevez mes humbles salutations, Votre Honneur. Daignez revenir nous voir pour prendre du thé.

— Avec un sensible plaisir, Prascovia Ivanovna. »

Pétouchkof partit. Il rencontra sur l'escalier Vassilissa, qui se mit à rire.

« D'où venez-vous donc, ma tourterelle? lui demanda Pétouchkof d'un ton assez gaillard.

— Allons ! finissez, finissez, enjôleur que vous êtes.

— Eh ! eh ! vous avez reçu ma lettre ? »

Vassilissa cacha le bas de sa figure dans sa manche et ne répondit rien.

« Et vous ne m'en voulez plus ?

— Vassilissa ! cria la boulangère d'une voix retentissante, Vassilissa ! »

La jeune fille entra précipitamment, et Pétouchkof reprit le chemin de la maison.

A partir de ce jour, il se rendit souvent à la boulangerie, et ce ne fut pas inutilement. Ivan Afanaciévitch atteignit son but, comme on le dit dans le style élevé. Ordinairement ce résultat refroidit ; mais Pétouchkof, au contraire, s'enflammait de plus en plus. « L'amour est le fruit du hasard, et il existe par lui-même, comme l'art ; il n'a pas besoin d'être justifié, pas plus que la nature, » a dit je ne sais quel homme d'esprit allemand, qui, sans avoir jamais aimé lui-même, raisonnait fort bien sur cette question. Pétouchkof s'éprit passionnément de Vassilissa, et il était parfaitement heureux. Il transporta bientôt tout son attirail, ou du moins toutes ses pipes chez Prascovia et y passait des journées entières, dans la chambre du fond. Il payait à Prascovia son dîner et son thé ; aussi ne se plaignait-elle pas de sa présence. Vassilissa s'était habituée à lui ; elle travaillait, chantait, filait à côté de lui, et lui adressait de temps en temps deux ou trois mots ; Pétouchkof la regardait, fumait, se balan-

çait sur sa chaise, et jouait avec elle et avec Prascovia aux *douraki* [1] dans ses moments de loisir. Oui,
Pétouchkof était heureux... Mais il n'y a rien de parfait en ce monde, et quelque bornés que soient les
désirs d'un homme, jamais le sort ne les exauce entièrement ; il les trouble même si c'est possible... La
cuillerée de goudron finit toujours par tomber dans
le tonneau de miel [2]. C'est ce dont il fut donné à Pétouchkof de faire la triste expérience. En premier
lieu, depuis le jour de sa liaison avec Vassilissa, ses
camarades lui devinrent encore plus étrangers. Il ne
les voyait que dans les cas indispensables, et alors,
pour éviter les allusions et les plaisanteries, ce qui
du reste ne lui réussissait pas toujours, il prenait
l'air effaré d'un lièvre jouant du tambour au milieu d'un feu d'artifice. En second lieu, Onicime,
qui avait perdu toute considération pour lui, ne le
laissait pas en repos ; on pourrait dire qu'il s'achar-
nait après lui. En troisième lieu, enfin... Hélas !
veuillez continuer ce récit, lecteur bienveillant.

## V

Un jour Pétouchkof (il ne se trouvait pas à son aise
hors de chez Prascovia, pour les raisons que nous venons de rapporter) était assis dans la petite chambre

[1] Jeu de cartes.
[2] Proverbe russe.

du fond, habitée par Vassilissa, et s'occupait de préparations domestiques, confitures et infusions spiritueuses. La boulangère était sortie, et Vassilissa, qui la remplaçait, chantonnait dans la pièce voisine.

Quelqu'un frappa au vasistas. Vassilissa se leva, s'approcha de la fenêtre, jeta une exclamation de surprise, et se mit à rire et à chuchoter avec une personne qui était dans la rue. Ayant repris sa place, elle soupira et se remit à chantonner plus haut qu'auparavant.

« Avec qui viens-tu de parler? lui demanda Pétouchkof. »

Vassilissa continua à chanter.

« Vassilissa! tu ne m'entends donc pas, Vassilissa !

— Que voulez-vous?

— Avec qui viens-tu de parler?

— Qu'est-ce que ça vous fait ?

— Voilà qui est un peu fort ! »

Pétouchkof passa dans sa chambre ; il avait un arkalouk [1] de couleur dont les manches étaient retroussées, et tenait un entonnoir à la main.

« Avec un de mes bons amis, dit alors Vassilissa.

— Qui cela ?

— Avec Peter Pétrovitch.

— Peter Pétrovitch ?... Quel Peter Pétrovitch?

— C'est un monsieur comme vous... Il a un drôle de nom...

— Boublitsine ?

---

[1] Tunique courte à la mode tartare.

— Oui ; Peter Pétrovitch.

— Tu le connais donc ?

— Si je le connais ! s'écria Vassilissa avec un mouvement de tête. »

Pétouchkof fit plus de dix tours dans la chambre sans ouvrir la bouche.

« Écoute, Vassilissa, dit-il enfin, de quelle façon le connais-tu ?

— De quelle façon je le connais ?... je le connais...; c'est un monsieur si gentil.

— Gentil ! comment cela ? comment est-il gentil ? hein ? »

Vassilissa regarda Ivan Afanaciévitch.

« Gentil, répéta-t-elle lentement et d'un air étonné, ça se comprend. »

Pétouchkof se mordit les lèvres et se remit à marcher dans la chambre.

« Et de quoi avez-vous causé ? hein ? »

Vassilissa sourit et baissa la tête.

« Parle, parle donc ; on te dit de parler !

— Comme vous êtes méchant aujourd'hui ! » dit Vassilissa.

Pétouchkof ne répondit pas.

« Eh bien ! soit, Vassilissa, reprit-il, je ne me fâcherai pas... mais dis-moi de quoi vous avez causé. »

Vassilissa se mit à rire.

« Il est si plaisant, Peter Pétrovitch ! vrai.

— Comment ça ?

— Oui, si plaisant ! »

Pétouchkof resta de nouveau silencieux.

« Vassilissa, dit-il enfin, m'aimes-tu bien ?

8

— Allons ! vous aussi, vous le demandez ! »

Cette dernière réponse fit frémir le pauvre Pétouch-kof jusqu'au fond du cœur. Praskovia rentra, et on se mit à table. Après le dîner, la boulangère rentra dans la soupente. Ivan Afanaciévitch s'étendit sur le four et s'endormit. Le bruit d'une porte qui s'ouvrait avec précaution le réveilla. Il se souleva un peu en s'appuyant sur les coudes, et promena les yeux autour de lui ; la porte était entr'ouverte. Il sauta en bas du four ; Vassilissa n'était pas là. Il se précipita dans la cour ; elle ne s'y trouvait pas non plus ; il ouvrit la porte qui donnait sur la rue, et regarda de tous cô-tés sans apercevoir Vassilissa. Il courut nu-tête jus-qu'à la place du marché ; rien ! Il rentra lentement dans la boulangerie, monta de nouveau sur le four, et s'y coucha la figure contre le mur. Il avait le cœur oppressé. Boublitsine... Boublitsine...; ce nom sem-blait retentir à son oreille.

« Qu'as-tu donc, père ? lui demanda Prascovia d'une voix endormie ; pourquoi soupires-tu ?

— Ce n'est rien, rien. J'étouffe un peu !

— Ce sont les champignons, marmotta Prascovia, les champignons. O Seigneur ! ayez pitié de nous, pauvres pécheurs. »

Une heure, deux heures se passèrent ; toujours point de Vassilissa. Pétouchkof fut plus de vingt fois sur le point de se lever, et vingt fois il se blottit tout découragé sous son touloupe [1]... Il finit cependant par se décider à retourner chez lui ; mais, après avoir

---

[1] Pelisse de peau de mouton.

fait quelques pas dans la cour, il rentra. Prascovia se leva. Son ouvrier Louka, noir comme un scarabée, quoiqu'il fût boulanger, mettait les pains dans le four. Pétouchkof sortit de nouveau sur l'escalier, et se prit à réfléchir. Un bouc qui habitait la cour s'approcha, et lui donna amicalement un petit coup de corne. Pétouchkof le regarda et lui dit, Dieu sait à quel propos : « Kiss, kiss [1]. » La petite porte de la cour s'ouvrit tout à coup sans bruit, et Vassilissa parut. Ivan Afanaciévitch s'avança à sa rencontre d'un pas délibéré, la prit par la main et lui dit avec calme, mais avec décision :

« Suis-moi.

— Permettez, Ivan Afanaciévitch.... je...

— Suis-moi, répéta-t-il.»

Elle lui obéit.

Pétouchkof la conduisit dans son logement. Onicime dormait, comme il en avait l'habitude, étendu tout de son long. Ivan Afanaciévitch le réveilla et lui dit de donner une lumière. Vassilissa s'approcha de la fenêtre et s'y assit en silence. Pendant qu'Onicime tournait dans l'antichambre. Pétouchkof se tenait immobile près de l'autre fenêtre et regardait dans la rue. Onicime apporta la lumière, et se mit à grogner...

« Va-t'en, » lui dit son maître.

Onicime s'arrêta au milieu de la chambre...

« Va-t'en, et tout de suite, » répéta Pétouchkof avec sévérité.

[1] C'est ainsi que l'on appelle les chats en Russie.

Onicime le regarda et sortit.

« Dehors ! lui cria Ivan Afanaciéviteh, tout à fait! Tu rentreras dans deux heures. »

Onicime partit immédiatement.

Pétouchkof attendit que la bruit de la porte de la cour se fît entendre ; puis il s'approcha vivement de Vassilissa.

« Où es-tu allée ? »

Vassilissa se troubla.

« Où es-tu allée? veux-tu me répondre ? »

Vassilissa promena les yeux autour d'elle...

« C'est à toi que je parle... où es-tu allée ? »

En achevant ces mots, Pétouchkof semblait prêt à lever la main.

« Ne me battez pas, Ivan Afanaciévitch..., ne me battez pas..., balbutia Vassilissa épouvantée. »

Pétouchkof se détourna.

« Te battre... Non; je ne te battrai pas. Te battre? ah ! bien oui ! ma tourterelle. Que le bon Dieu te bénisse ! Lorsque je pensais que tu m'aimais, lorsque... lorsque... »

Ivan Afanaciévitch s'arrêta ; il étouffait.

« Écoute, Vassilissa, lui dit-il enfin, je suis bon; tu le sais, n'est-ce pas ?

— Je le sais, répéta-t-elle en hésitant.

— Je ne fais de mal à personne, à personne au monde. Et je ne trompe personne. Pourquoi donc me tromper ?

— Je ne vous trompe pas, Ivan Afanaciévitch.

— Tu ne me trompes pas! C'est ce que nous allons voir ! Dis-moi, où es-tu allée ?

— J'ai été chez Matréna. Demandez-le-lui, si vous ne le croyez pas.

— Et Boub..., comment déjà... ce diable ! l'as-tu vu ?

— Oui.

— Tu l'as vu ? tu l'as vu ? ah ! tu l'as vu ? »

Pétouchkof pâlit.

« C'est donc le rendez-vous que vous avez arrangé ce matin à la fenêtre ? Hein ?

— Il m'a priée de venir.

— Et tu n'y as pas manqué... Bien obligé, ma petite mère, bien obligé. »

Pétouchkof salua profondément Vassilissa.

« Vous croyez peut-être, Ivan Afanaciévitch...

— Tu ferais mieux de te taire ! Au reste, je suis bien bête aussi. Tu peux voir qui te plaît. Je ne tiens pas à toi ! Ah ! par exemple ! Je ne veux plus te connaître. »

Vassilissa se leva.

« Comme il vous plaira, Ivan Afanaciévitch...

— Où vas-tu ?

— Ne m'avez-vous pas...

— Je ne te chasse pas, reprit Pétouchkof.

— Non, il vaut mieux m'en aller...; pourquoi resterais-je ici ? »

Pétouchkof la laissa faire quelques pas.

« Tu t'en vas donc, Vassilissa ?

— Vous me faites toujours de la peine...

— De la peine ? Tu ne crains pas Dieu, Vassilissa ? Quand est-ce que je t'ai fait de la peine ? dis-le donc ? quand cela ?

— Vous avez manqué me battre tout à l'heure...

— Vassilissa, tu devrais avoir honte ! c'est un péché ce que tu dis là.

— Et vous m'avez dit que vous ne vouliez plus me connaître. Je suis un maître, moi, et toi, tu es une servante, m'avez-vous dit. »

Ivan Afanaciévitch se mit à se tordre les doigts en silence. Vassalissa se trouvait déjà au milieu de la chambre.

« Eh bien ! que Dieu vous accompagne, Ivan Afanaciévitch ! Allons chacun de notre côté...

— Tais-toi, Vassilissa, tais-toi ! s'écria Pétouchkof. Regarde-moi plutôt. Je ne suis pas reconnaissable ; je ne sais plus ce que je dis... Tu devrais au moins avoir pitié de moi...

— Vous me grondez toujours...

— Ah ! Vassilissa ! que celui qui rappellera le passé perde un œil ! Est-ce dit ? Voyons, tu ne m'en veux plus ?

— Vous m'offensez toujours...

— Je ne le ferai plus, ma chérie, je ne le ferai plus ! Pardonne à un ancien, à un pauvre diable. Cela ne m'arrivera plus jamais ! Me pardonnes-tu ?

— Dieu vous pardonnera, Ivan Afanaciévitch...

— Allons, ris un peu, ris donc. »

Vassilissa se détourna.

« Elle a ri, ma colombe ! elle a ri ! » s'écria Pétouchkof ; et il se mit à sauter comme un enfant.

# VI

Le lendemain Pétouchkof se rendit comme d'habitude à la boulangerie et reprit son train de vie accoutumé ; mais il avait une épine dans le cœur. Il ne riait plus autant et prenait parfois un air pensif. Le dimanche suivant, Prascovia avait mal aux reins ; elle se traîna avec beaucoup de peine à la messe et regagna aussitôt sa chère soupente. Après le dîner, Pétouchkof conduisit Vassilissa dans la chambre du fond ; elle se plaignait depuis le matin de s'ennuyer. A l'expression qui se lisait sur la figure de Pétouchkof, il était facile de voir qu'il roulait dans sa tête une pensée tout à fait extraordinaire de sa part.

« Assieds-toi un peu là, Vassilissa, lui dit-il, et moi, je me mettrai là. J'ai quelque chose à te dire. »

Vassilissa s'assit.

« Sais-tu écrire, Vassilissa ?

— Écrire ?

— Oui, écrire.

— Non, je ne le sais pas.

— Et sais-tu lire ?

— Non plus.

— Qui t'a donc lu ma lettre ?

— Le diatchok [1]. »

Pétouchkof resta un moment silencieux.

[1] Sacristain.

« Et voudrais-tu savoir lire ?

— A quoi ça peut-il nous servir, Ivan Afanacié-vitch ?

— Comment, à quoi ? On peut lire des livres.

— Et qu'est-ce qu'il y a dans les livres ?

— Toutes sortes de bonnes choses... Écoute ; veux-tu que je t'apporte un livre ?

— Mais puisque je ne sais pas lire, Ivan Afana-ciévitch !

— Je te ferai la lecture.

— Ça doit être ennuyeux.

— Dieu préserve ! ennuyeux ! Au contraire, cela désennuie.

— Vous lirez donc des contes ?

— Tu verras ça demain. »

Pétouchkof rentra le soir à la maison, et se mit à fouiller dans ses tiroirs. Il finit par trouver plusieurs volumes de la *Bibliothèque pour la lecture* [1], cinq ou six volumes de romans imprimés à Moscou, une arithmétique de Nazarof, une géographie pour les enfants, avec un globe terrestre sur la première page, le second volume de l'histoire de Kaïdanof, deux traités des songes, un almanach pour l'année 1809, deux numéros de la *Galathée* [2], la *Nathalie Dolgoroukof* de Kozlof, et la première partie de *Roslavlef* [3]. Il réfléchit longtemps avant de faire un choix, et se décida à prendre le poëme de Kozlof et *Roslavlef*.

Le lendemain, Pétouchkof s'habilla à la hâte

[1] Revue périodique.

[2] Journal périodique.

[3] Roman de Zagoskine.

fourra les deux volumes sous les pans de sa capote, se rendit à la boulangerie, et dès qu'il trouva un moment favorable, il fit asseoir Vassilissa et se mit à lire le roman de Zagoskine. Vassilissa se tenait immobile ; elle commença par sourire et devint peu à peu pensive... ; puis elle se pencha légèrement en avant ; ses paupières s'appesantirent, sa bouche s'entr'ouvrit, ses mains tombèrent sur ses genoux ; elle s'endormit. Pétouchkof lisait vite, d'une voix sourde et inintelligible ; il leva les yeux.

« Vassilissa, tu dors ? »

Elle tressaillit, se frotta la figure, et s'étira les bras. Pétouchkof lui en voulait et s'en voulait à lui-même...

« C'est ennuyeux, dit paresseusement Vassilissa.

— Attends ; je vais te lire des vers ; veux-tu ?

— Comment dites-vous ?

— Des vers... de bons vers.

— Non, j'en ai assez comme ça, vraiment. »

Pétouchkof saisit le poëme de Kozlof, sauta de sa chaise, fit quelques pas dans la chambre, rebroussa ses cheveux, et se plaçant inopinément en face de Vassilissa, il commença à lire avec feu. Vassilissa jeta la tête en arrière, ouvrit les mains, regarda fixement Pétouchkof et se mit tout à coup à rire aux éclats.

Ivan Afanaciévitch jeta le livre par terre avec dépit. Vassilissa continuait à rire.

« Pourquoi ris-tu, sotte ? »

Vassilissa redoubla ses éclats de rire...

« Ris, ris, grommelait Pétouchkof entre les dents. »

Vassilissa se tenait les côtes ; elle n'en pouvait plus.

« Qu'est-ce qui te fait rire, folle ? »

Mais Vassilissa étouffait et se bornait à remuer les mains. Ivan Afanaciévitch saisit sa casquette et sortit précipitamment de la maison. Il allait d'un pas rapide et inégal, et après avoir longtemps marché, il se trouva tout à coup à la barrière. Le bruit d'une voiture se fit entendre ;... quelqu'un l'appela par son nom. Il leva les yeux et aperçut en face de lui, dans un grand char à bancs d'une façon antique M. Boublitsine, assis entre deux jeunes personnes, filles de M. Tuturef. Les deux sœurs avaient le même costume, comme pour symboliser la tendre amitié qui les unissait ; toutes deux souriaient pensivement, mais avec grâce, et tenaient la tête un peu inclinée, avec grâce aussi. Sur le banc opposé se voyaient le large chapeau de paille et la nuque épaisse et ronde du respectable M. Tuturef ; à côté se dressait le bonnet de madame. La place qu'occupaient les deux époux témoignait suffisamment de l'entière confiance et de l'estime qu'ils portaient au jeune Boublitsine. Au reste, celui-ci appréciait visiblement cette flatteuse distinction. Il est vrai que son attitude, sa conversation et son rire étaient fort dégagés ; mais ce laisser-aller ne l'empêchait pas de manifester pour ses voisines un sentiment de respect et de déférence. Et les jeunes Tuturef donc ? Il serait difficile d'exprimer tout ce que l'œil de l'observateur découvrait dans leurs traits. La douceur, la timidité naturelles au beau sexe, et une gaieté modeste, une triste expé-

rience de la vie, et une inébranlable confiance en soi,
ainsi que dans la noble destinée qui nous attend
sur cette terre, une attention délicate pour le jeune
Boublitsine, moins heureusement doué qu'elles,
peut-être, du côté de l'intelligence, mais digne de la
plus grande estime par les qualités de son cœur : tels
étaient les traits de caractère et les sentiments qui se
lisaient sur la figure des demoiselles Tuturef. Boublitsine appela Ivan Afanaciévitch sans aucun motif;
il y fut poussé par l'exubérance de son contentement
intérieur. Ce fut avec une politesse et une amabilité
parfaites qu'il le salua; les demoiselles Tuturef le re-
gardèrent aussi d'un air affable et prévenant, comme
une personne dont il leur serait agréable de faire la
connaissance. Les petits chevaux replets et paisibles
qui traînaient la voiture passèrent en trottinant devant Ivan Afanaciévith; le char à bancs roula avec
lenteur sur la large chaussée, emportant avec lui un
doux rire de jeunes filles; le chapeau de M. Tuturef
se montra encore une fois; les chevaux de volée
courbèrent la tête en sautillant avec grâce sur l'herbe
courte et verte..., le cocher jeta un sifflement contenu, et tout disparut tranquillement derrière les
arbres.

Le pauvre Pétouchkof resta longtemps sans bouger de place.

« Je suis un orphelin, un orphelin de Kazan [1]...,
murmura-t-il enfin. »

---

[1] Locution populaire dont le sens est perdu. Peut-être re-
monte-t-elle à l'époque de la conquête de Kazan par Ivan le
Terrible.

Un enfant déguenillé s'arrêta devant lui, le regarda d'un air timide et lui tendit la main...

« La charité, mon bon maître. »

Pétouchkof tira un groche [1].

« Tiens, pauvre orphelin, lui dit-il avec effort ; » et il reprit le chemin de la boulangerie. Arrivé sur le seuil de la chambre de Vassilissa, Ivan Afanaciévitch s'arrêta.

« Voilà, se dit-il, voilà qui je fréquente ! voilà ma famille, à moi ! la voilà !... Là-bas Boublitsine..., et ici Boublitsine... »

Vassilissa, revêtue d'une robe d'indienne déteinte et les cheveux mal peignés, lui tournait le dos ; elle dévidait un écheveau de fil en chantant avec insouciance. La température de la chambre était étouffante, et on y sentait une odeur de lit de plumes ; des blattes rousses couraient rapidement çà et là sur les murs ; un soulier de femme éculé se trouvait, à côté d'une fiole cassée, sur une vieille commode dont les serrures étaient remplacées par des trous.... ; le poëme de Kozlof gisait par terre.... Pétouchkof croisa les bras et sortit : il se sentait offensé.

Revenu à la maison, il se mit en devoir de faire sa toilette. Onicime alla nonchalamment lui chercher sa capote. Pétouchkof aurait bien voulu causer avec lui, mais Onicime gardait un silence obstiné. A bout de patience, Ivan Afanaciévitch finit par lui adresser la parole.

« Pourquoi ne me demandes-tu pas où je vais?

[1] Petite pièce de monnaie en cuivre.

— Et qu'est-ce que ça me fait ?

— Ce que ça te fait ? Mais si quelqu'un venait me demander pour une affaire importante, tu pourrais lui répondre : Ivan Afanaciévitch est allé à tel endroit.

— Pour une affaire importante... Qui vient vous trouver pour des affaires importantes ?

— Voilà que tu recommences tes grossièretés! »

Onicime se détourna et se mit à brosser la capote.

« Tu es vraiment un homme fort désagréable. Onicime ! »

Onicime le regarda en dessous.

« Tu es toujours le même, positivement le même. »

Onicime sourit.

« Qu'ai-je besoin de vous demander : Où allez-vous, Ivan Afanaciévitch ? comme si je ne le savais pas! Vous allez à la boulangerie.

— Ah ! vraiment? Eh bien, tu ne sais ce que tu dis ; tu radotes. Je n'y vais pas; je n'irai plus à la boulangerie. »

Onicime fit la grimace et continua à brosser. Pétouchkof s'attendait à une approbation; mais son domestique gardait le silence.

« Cela n'est pas bien, reprit Pétouchkof d'une voix sévère ; cela n'est pas convenable... Allons, veux-tu me dire ce que tu penses?

— Qu'est-ce que j'ai à penser ? Faites comme vous voulez. Je suis un homme subordonné. Qu'est-ce que j'ai à penser ? »

Pétouchkof mit sa capote. « Il ne me croit pas, l'animal, », pensa-t-il en sortant.

9

Il marcha quelque temps sans but, sans entrer nulle part ; puis il se prit à regarder le coucher du soleil ; il revint enfin à la maison vers neuf heures. Il souriait et haussait continuellement les épaules, comme étonné de sa folie passée. « Voilà pourtant, se disait-il, ce que c'est que d'avoir une volonté ferme. »

Le lendemain, Pétouchkof se leva assez tard. Il avait passé une assez mauvaise nuit ; il ne sortit pas de la journée et s'ennuya à mourir. Tout en feuilletant ses livres, il avait vanté à haute voix « les beautés de style » qu'offrait une nouvelle de la *Bibliothèque pour la lecture.* Au moment de se coucher, il dit à Onicime de lui apporter une pipe, et celui-ci lui en apporta une qui était presque hors de service. Pétouchkof se mit à fumer ; la pipe rendait un son pareil au souffle d'un cheval poussif.

« Quelle horreur ! s'écria Ivan Afanaciévitch ; où est donc ma pipe de merisier ?

— A la boulangerie, répondit tranquillement Onicime. »

Pétouchkof cligna les yeux.

« Ordonnez-vous d'aller la chercher ? j'irai tout de suite.

— Non, c'est inutile ; n'y va pas.... m'entends-tu ?

— C'est bien. »

La nuit se passa tant bien que mal. Le matin, à l'heure du déjeuner, Onicime présenta, suivant l'ordinaire, à Pétouchkof une boulka blanche et fraîche posée sur la même assiette à petites fleurs bleues. Ivan Afanaciévitch se mit à la fenêtre et dit à son domestique :

« C'est toi qui as été à la boulangerie ?

— Si je n'y allais pas, qui donc pourrait y aller ? »

Pétouchkof parut rester quelque temps plongé dans une profonde méditation.

« As-tu vu quelqu'un là-bas, hein ?

— Certainement, que j'ai vu quelqu'un.

— Et qui ça, entre autres?

— Mais naturellement Vassilissa. »

Ivan Afanaciévitch se tut. Onicime desservit la table ; il se disposait à quitter la chambre...

« Onicime, dit Pétouchkof d'une voix faible.

— Plaît-il?

— Et... elle n'a pas parlé de moi ?

— Naturellement. »

Pétouchkof serra les dents. « Voilà, se dit-il, voilà l'amour ! » Il baissa la tête. « Au reste, j'étais vraiment plaisant, reprit-il. Quelle idée de lui lire de la poésie ? Elle est bête ; dormir sur le four et manger des flans, voilà tout ce qu'il lui faut. C'est une petite campagnarde, une vraie campagnarde, une petite fille sans l'ombre d'instruction ! »

« Elle n'est pas venue ! murmurait-il deux heures après, toujours assis à la même place ; elle n'est pas venue ! cependant elle a dû voir que je m'en allais fâché ; elle a dû comprendre que je me trouvais offensé. En voilà un amour ! Elle n'a même pas demandé si je me portais bien. Ivan Afanaciévitch se porte-t-il bien ? elle ne l'a pas dit ; je ne l'ai pas vue depuis deux jours... elle ne demande rien. Peut-être ce Boublitsine a-t-il été plus favorisé... L'heureux coquin ! Ah ! que le diable m'emporte si je ne suis pas un imbécile ! »

Pétouchkof se leva, fit quelques tours dans la chambre, fronça un peu les sourcils et se gratta la nuque. « Après tout, dit-il à haute voix, je ferais peut-être bien de l'aller voir. Je serais bien aise de savoir ce qu'elle devient. Il faut lui faire honte de sa conduite. C'est décidé, je vais y aller. Onka [1] ! je vais m'habiller. »

« Allons ! dit-il tout en faisant sa toilette, nous verrons ce qu'il en sera. Il est fort possible qu'elle se fâche contre moi. On ne peut répondre de rien ! Ce ne serait pas étonnant d'ailleurs..., car enfin j'y étais toujours fourré ; et puis voilà que tout à coup je cesse mes visites ! Nous allons voir. »

Ivan Afanaciévitch sortit et arriva bientôt à la boulangerie. Il s'arrêta devant la petite porte de la cour, afin de s'arranger un peu. Après avoir tiré les pans de sa capote avec tant de force qu'ils faillirent lui rester dans la main, il tourna le cou, défit l'agrafe supérieure de son col et soupira.

« Qu'attendez-vous là ? lui cria Prascovia ; entrez donc ! . »

Pétouchkof s'avança tout ému. Prascovia le reçut sur le seuil de la maison.

« Pourquoi n'êtes-vous pas venu nous voir hier ! Est-ce que vous avez été malade ?

— Oui, j'avais un peu de migraine...

— Vous auriez dû appliquer sur vos tempes un

---

[1] Diminutif d'Onicime ; il est méprisant.

concombre coupé, père. Cela vous aurait enlevé votre mal comme avec la main.

— Non ; c'est passé.

— Dieu soit loué ! »

Pétouchkof se dirigea vers la chambre du fond. Vassilissa l'aperçut.

« Eh ! bonjour, Ivan Afanaciévitch.

— Bonjour, Vassilissa Timoféievna.

— Qu'avez-vous fait de l'entonnoir ?

— L'entonnoir ? quel entonnoir ?

— L'entonnoir..., notre entonnoir. Vous l'avez sans doute emporté chez vous. »

Pétouchkof prit un air froid et digne.

« Je recommanderai à mon domestique de le chercher. Comme je ne suis pas venu ici hier... ajouta-t-il en appuyant sur ces mots.

— Ah ! c'est juste ; vous n'êtes pas venu hier, » répondit Vassilissa ; et s'étant assise sur ses talons, elle se mit à fouiller dans ses coffres. « Tante ! Eh ! tante !

— Que veux-tu ? cria celle-ci d'une voix traînante.

— Est-ce toi qui as pris mon fichu ?

— Quel fichu ?

— Le jaune.

— Le jaune ?

— Oui, le jaune avec des dessins.

— Non ; je ne l'ai pas pris. »

Pétouchkof se baissa vers Vassilissa.

« Écoute, Vassilissa, j'ai quelque chose à te dire. Il ne s'agit pas maintenant d'entonnoir ni de fichu jaune ; tu pourras t'occuper de ces bêtises-là plus tard. »

Vassilissa resta accroupie, et leva seulement la tête.

« Dis-moi, la main sur la conscience, si tu m'aimes ou non ? voilà enfin ce que je voudrais savoir.

— Ah! comme vous êtes, Ivan Afanaciévitch... Mais oui, certainement.

— Si tu m'aimes, comment n'es-tu pas venue hier? Est-ce que tu n'en as pas eu le temps? Mais tu aurais bien pu envoyer savoir si je n'étais pas venu pour cause de maladie. Cela ne t'inquiète guère, à ce qu'il paraît! Si je venais à mourir, tu serais bientôt consolée.

— Ah! Ivan Afanaciévitch, et l'ouvrage? Il faut pourtant y penser aussi.

— Sans doute, répondit Pétouchkof, et pourtant... Il n'est pas convenable aussi de se moquer des hommes d'âge... Ce n'est pas bien. D'ailleurs, il y a des circonstances particulières qui permettent... Où est donc ma pipe ?...

— La voilà. »

Pétouchkof se mit à fumer.

## VII

Plusieurs jours se passèrent assez pacifiquement en apparence. Mais l'orage approchait. Pétouchkof s'inquiétait, ne quittait pas Vassilissa des yeux, la suivait partout, et l'ennuyait au delà de toute expression. Un soir, Vassilissa s'habilla avec plus de soin que d'ordinaire, et, saisissant un moment favorable, elle s'esquiva. La nuit vint ; elle n'était pas revenue. Pétouchkof rentra chez lui fort tard, et à huit heures du matin il courut à la boulangerie... Vassilissa n'était toujours pas revenue. Il l'attendit dans les plus cruelles angoisses jusqu'à l'heure du dîner...; on se mit à table sans elle.

« Où peut-elle être fourrée ? dit Prascovia avec insouciance.

— Vous la gâtez ; vous la perdrez tout à fait ! répondit Pétouchkof d'un ton désespéré.

— Eh! père, est-ce qu'on peut surveiller une jeunesse ? Que le bon Dieu la bénisse! Pourvu qu'elle fasse son travail...Pourquoi ne pas s'amuser un peu? »

De pareilles paroles donnaient le frisson à Ivan Afanaciévitch. Enfin, sur le soir, Vassilissa parut. Pétouchkof se leva, croisa les bras et fronça les sourcils d'un air menaçant... Mais Vassilissa le regarda avec hardiesse, partit d'un éclat de rire effronté, passa dans sa chambre et s'y enferma, sans lui avoir laissé le temps de dire un mot. Ivan Afanaciévitch ouvrit la bouche et regarda avec étonnement Prascovia... qui baissa les yeux. Au bout de quelques instants, il prit sa casquette à tâtons, la plaça de travers sur sa tête, et sortit comme un hébété.

Arrivé à la maison, il saisit un coussin de cuir, et se jeta sur son divan, la figure contre le mur. Onicime l'aperçut de l'antichambre ; il entra, s'appuya le dos à la porte, aspira une pincée de tabac, et croisa les jambes.

« Êtes-vous malade, Ivan Afanaciévitch ? » demanda-t-il à son maître.

Pétouchkof ne répondit pas...

« Faut-il aller chercher le docteur? reprit Onicime après un moment de silence.

— Je suis bien portant... Va-t'en, répliqua Pétouchkof d'une voix sourde.

— Bien portant, non ; vous êtes malade... Ça ne s'appelle pas bien portant. »

Pétouchkof se taisait.

« Regardez-vous plutôt. Vous êtes si maigre qu'on ne vous reconnaît plus... Et tout cela, pourquoi ? Quand on y pense, c'est vraiment drôle. Un monsieur ! »

Onicime s'interrompit... Pétouchkof ne bougeait pas.

« Est-ce comme ça que les messieurs se conduisent? On s'amuse un peu... il n'y a pas de mal à ça... on s'amuse un peu, et puis on n'y pense plus. Mais vous, c'est bien une autre affaire ! On a raison de dire que la nuit tous les chats...»

Ivan Afanaciévitch s'agita un peu.

« Vrai, Ivan Afanaciévitch. Un autre m'aurait dit de vous : Voilà ce qu'il fait... Je lui aurais répondu : Imbécile, va-t'en ; pour qui me prends-tu ? Jamais je ne l'aurais cru ; maintenant que je le vois, je ne peux pas encore y croire ! En voilà une sévère ! Est-ce qu'elle vous aurait fait boire quelques herbes? car enfin lorsqu'on examine la chose de sang-froid, c'est une pure bêtise. Qu'est-ce qu'elle vaut ? Elle ne sait même pas parler convenablement... C'est une fille comme tant d'autres, et il y en a encore qui sont beaucoup mieux.

— Va-t'en, dit Pétouchkof d'une voix gémissante, et en se pressant la figure contre son coussin.

— Non, je ne m'en irai pas, Ivan Afanaciévitch. Qui est-ce qui vous parlerait, si ce n'est moi ? En vérité, je n'y comprends rien. Vous voilà à vous désoler... et pourquoi? Pourquoi, je vous le demande? Répondez-moi.

— Va-t'en donc ! » répéta Pétouchkof sur le même ton.

Onicime resta un moment sans parler, par égard pour son maître.

« C'est tout de même étonnant, reprit-il bientôt; elle n'est pas du tout reconnaissante ! Une autre se serait mise en quatre pour vous être agréable ; mais elle... elle ne pense seulement pas à vous. C'est joli! si vous saviez tout ce qu'on débite sur votre compte. C'est à ce point qu'on me fait des reproches, à moi!... Ah ! si j'avais pu me douter de cela, je lui aurais appris...

— T'en iras-tu, diable! s'écria Pétouchkof, toujours sans bouger de place et sans lever la tête.

— Ivan Afanaciévitch, y pensez-vous? continua l'impitoyable Onicine; c'est pour votre bien. Laissez ça là, crachez ; laissez ça là, c'est moi qui vous le dis; suivez mon conseil. Voulez-vous que j'amène une devineresse ? Elle vous désensorcellera comme rien. Vous en rirez vous-même après ; vous me direz comme ça : « Onicime, il arrive vraiment des choses étranges ! » Car je vous le dis, on trouve des femmes de son espèce tant qu'on veut, comme des chiens; il n'y a qu'à siffler...»

9.

Pétouchkof se leva du divan comme un forcené... mais au grand étonnement d'Onicine, qui avait déjà porté ses deux mains à la hauteur de ses joues, il se rassit aussitôt ; on eût dit qu'il avait reçu un coup de feu dans les jambes... Des larmes coulaient sur sa figure pâle, une mèche de cheveux se dressait sur son front, ses yeux étaient troubles... ses lèvres tremblaient...; il inclina sa tête sur sa poitrine.

Onicime le regarda et tomba lourdement à ses pieds.

« Père Ivan Afanaciévitch, s'écria-t-il. Votre Honneur ! punissez-moi, imbécile que je suis ! Je vous ai offensé... Oh ! comment ai-je osé ? Punissez-moi, Votre Honneur !... Faut-il que mes sottises vous fassent pleurer, père Ivan Afanaciévitch !... »

Mais Pétouchkof ne fit aucune attention aux paroles de son serviteur, il se détourna, et se cacha de nouveau la figure dans le coin du divan.

Onicime se releva, resta quelques instants immobile, se prit deux ou trois fois par les cheveux...

« Ne voulez-vous pas vous coucher, père ? dit-il à son maître, vous serez mieux dans votre lit ;... il faudrait bien un peu de framboise [1]... Ne vous chagrinez pas comme ça. C'est un moment à passer... ce n'est rien... tout ira bien ensuite... » Onicime laissait écouler une ou deux minutes entre chacune de ses phrases.

Mais Pétouchkof ne se relevait toujours pas ; il

---

[1] Infusion de framboises.

serrait de temps en temps les épaules, et approchait ses genoux de son ventre.

Onicime ne le quitta pas de la nuit. Pétouchkof ne s'endormit qu'au point du jour, et pour peu de temps. Il se leva vers sept heures, pâle, les habits en désordre, et demanda du thé.

Onicime s'empressa d'allumer le samovar.

« Ivan Afanaciévitch, se hasarda-t-il à dire avec timidité, vous ne m'en voulez pas?

— Pourquoi t'en voudrais-je, Onicime? lui répondit le pauvre Pétouchkof; tu m'as parlé raison hier soir, et je suis du même avis que toi.

— C'est par dévouement pour vous, Ivan Afanaciévitch...

— Je le sais bien. »

Pétouchkof se tut et baissa la tête.

Onicime comprit que c'était un mauvais signe.

« Ivan Afanaciévitch, s'écria-t-il tout à coup.

— Quoi?

— Voulez-vous que je dise à Vassilissa de venir? »

Pétouchkof rougit.

« Non, Onicime, je ne le veux pas. (Ah! bien oui! se dit-il, elle viendrait drôlement.) Il faut montrer de la fermeté. Sottise que tout cela! Niais que j'étais... c'est une honte! tu as raison. Il faut terminer tout cela d'un coup, comme on dit, n'est-ce pas?

— C'est la pure vérité, Ivan Afanaciévitch. »

Pétouchkof redevint pensif. Il s'étonnait de ce qu'il venait de dire, et ne se reconnaissait plus, en quelque sorte. Il était assis, immobile, les yeux arrêtés sur le plancher. Une foule de pensées s'entremêlaient dans son esprit, comme de la fumée ou du brouillard, et il se sentait le cœur à la fois vide et pesant.

« Qu'est-ce que tout cela, au bout du compte ? pensait-il par moments. Folie! enfantillage!» disait-il à haute voix, et il se passait la main sur la figure, se redressait ; puis sa main retombait de nouveau sur ses genoux, et ses yeux s'arrêtaient de nouveau sur le plancher.

Onicime suivait avec anxiété tous les mouvements de son maître.

« Dis-moi donc, Onicime, lui demanda tout à coup Pétouchkof, il y a donc vraiment des herbes qui vous ensorcellent comme ça ?

— Certainement, Votre Honneur, pour sûr, répondit Onicime en faisant un pas en avant. Vous connaissez bien le sous-officier Kroupovatof ? On a jeté un sort sur son propre frère, et cela pour une vieille paysanne, une cuisinière ; avez-vous jamais rien vu de pareil ? On lui a fait manger un morceau de pain noir, ensorcelé, bien entendu. Et voilà le frère Kroupovatof qui se prend à aimer comme un fou la vieille cuisinière ; il courait partout après elle, il ne pouvait pas se lasser de la voir. Dès qu'elle lui ordonnait quelque chose, il obéissait. Même devant les autres, devant les étrangers, elle le faisait tourner, tant elle était fière. En fin de compte, il finit par devenir poitrinaire. Et voilà comment le frère Kroupovatof est mort. C'était pourtant une cuisinière, et une vieille femme encore, une femme très-vieille. ( Onicime aspira une prise.) Ah ! puissent-elles... toutes ces filles et ces femmes...

— Elle ne m aime pas du tout ; c'est évident, c'est maintenant tout à fait sûr, murmurait Pétouchkof en faisant des mouvements de tête et de main, comme s il expliquait à quelqu'un des choses qui ne le concernaient nullement.

— Oui, reprit Onicime, il y a des femmes comme ça.

— Il y a des femmes comme ça, » répéta Pétouchkof d'une voix plaintive. On n'aurait pu dire s'il faisait une question ou s'il exprimait son étonnement.

Onicime jeta un regard scrutateur sur son maître.

« Ivan Afanaciévitch, fit-il, vous feriez bien de manger quelque chose.

— Manger quelque chose ? répéta Pétouchkof d'un même ton plaintif.

— Ou peut-être, voudriez-vous fumer une pipe ?

— Fumer une pipe ? répéta Pétouchkof.

— Eh ! eh ! voilà la tournure que cela prend, grommela Onicime... Il est accroché, c'est clair. »


# VIII


Un bruit de pas se fit entendre dans l'antichambre et bientôt après quelqu'un y toussa avec précaution pour annoncer, suivant l'usage, sa présence céans. Onicime entra dans l'antichambre, et reparut presque aussitôt avec un soldat du corps des garnisons ; c'était un homme de très-petite taille, au visage de

vieille femme, revêtu d'une capote usée et rapiécée,
sans pantalon et sans cravate. Pétouchkof tressaillit;
le soldat se redressa, lui souhaita le bonjour d'une
voix sonore, et lui tendit une lettre d'un grand for-
mat, portant le cachet du gouvernement. C'était une
missive du major commandant le bataillon ; il man-
dait par devant lui Pétouchkof « immédiatement et
sans délai. »

Après avoir tourné la lettre dans ses mains, Pétouchkof ne put s'empêcher de demander au planton
« s'il ne savait pas pourquoi le major voulait le voir, »
quoiqu'il sût fort bien lui-même que cette question
était parfaitement inutile.

« On ne peut pas le savoir, lui répondit pénible-
ment le soldat, comme s'il venait d'être soudainement réveillé.

— Et il n'a pas fait appeler les autres officiers ? reprit Pétouchkof.

— On ne peut pas le savoir, répéta le soldat sur le
même ton.

— C'est bon ! va-t'en, » lui dit Pétouchkof.

Le soldat fit demi-tour à droite, en frappant les
planches du talon, et en portant la paume de la main
à la place qu'aurait dû occuper sa giberne (mouvement prescrit aux hommes sans armes il y a une
vingtaine d'années), et s'éloigna.

Pétouchkof échangea silencieusement un regard
avec Onicime, qui paraissait inquiet, et il se rendit
chez son supérieur.

Le major était un homme replet et mal bâti, à la
figure rouge et gonflée, au cou gros et court, aux

doigts tremblants par suite du trop fréquent usage de l'eau-de-vie. Il appartenait à la classe des militaires russes que l'on nomme « bourbons, » et qui se compose de soldats parvenus au grade d'officier; il n'avait appris à lire qu'à l'âge de trente ans, et parlait difficilement, tant parce qu'il avait la respiration courte, que parce qu'il avait peine à suivre le fil de ses propres idées. Son tempérament présentait toutes les variétés définies par la science ; le matin, avant boire, il était mélancolique, au milieu de la journée colérique, et flegmatique vers le soir, c'est-à-dire qu'il grognait et soupirait jusqu'à ce qu'on le couchât dans son lit. Lorsque Pétouchkof parut, le major se trouvait dans sa période colérique; il était assis sur son divan, sa robe de chambre jetée sur les épaules, et une pipe à la main. Un gros chat, aux oreilles coupées, se tenait à ses côtés.

« Ah ! vous voilà, vous ! grommela le major, en fixant sur Pétouchkof ses petits yeux d'un gris clair. Hum ! asseyez-vous ! que je vous arrange. Il y a longtemps que je cherchais à vous pincer... Oui! »

Pétouchkof se posa lentement sur une chaise.

« Pourquoi ? reprit le major, avec une subite agitation de tous ses membres. Vous êtes pourtant un officier, il faut conséquemment se conduire selon l'ordonnance. Si vous aviez été soldat, je vous aurais tout bonnement fait rosser, et tout serait dit. Mais vous êtes officier. A quoi ça ressemble-t-il? Se couvrir de honte ! C'est du propre ?

— Permettez-moi de vous demander à quoi se rapportent ces allusions ? dit Pétouchkof.

— Pas de raisonnements! je n'aime pas ça! Je
vous dis que je ne l'aime pas, et voilà tout... Pourquoi les agrafes de votre collet ne sont-elles pas suivant l'ordonnance? C'est honteux de se tenir toute la
journée dans une boulangerie! et ça s'appelle un
gentilhomme! Il reste fourré là sous un jupon,
voilà la chose. Passe encore pour ces diables de
jupons, mais on dit qu'il met lui-même les pains
dans le four. Vous salissez l'uniforme. Comprenez-
vous ça?

— Permettez-moi de vous faire observer, reprit
Pétouchkof avec émotion, que tout ceci a rapport,
comme je crois le comprendre, à ma vie privée...

— Pas de raisonnements! je le répète. Il me parle
de vie privée! Si ç'avait été pour affaire de service, je
vous aurais tout bonnement flanqué au corps de
garde : *allo marchir!* comme on dit en France!
C'est que j'ai prêté serment, moi! J'ai été soldat! On
a usé sur mon dos tout un bois de bouleaux, de sorte
que je connais bien le service. Entendez-vous? Je
vous parle dans ce moment de l'uniforme; vous salissez l'uniforme. Oui, je suis comme un père, et tout
ça me regarde... Et vous osez encore raisonner...» vo-
ciféra tout à coup le major dans un tel excès de colère
que sa figure en devint pourpre, et ses lèvres se cou-
vrirent d'écume. Le chat leva sa queue et sauta à
terre. « Est-ce que vous ne savez pas que je peux
tout... Savez-vous bien à qui vous parlez? L'autorité
ordonne, et vous raisonnez!... L'autorité... l'autorité...» Le major fut pris d'un accès de toux, et la voix
lui manqua.

Le pauvre Pétouchkof se tenait toujours pâle et immobile sur le bord de sa chaise.

« Il faut avec moi..., reprit le major en agitant ses bras, il faut que vous... marchiez droit. »

Ici le major fit un geste impérieux. « Fréquente qui bon te semble, je m'en moque, mais tu es gentilhomme, par conséquent il faut se conduire... comment dirai-je ?... d'une manière conforme. Ne pas mettre le pain dans le four, ne pas appeler sa tante une vieille ordure, ne pas salir l'uniforme, ne pas répliquer, ne pas raisonner surtout ! »

Le major s'interrompit de nouveau. Il reprit haleine, et se tournant du côté de l'antichambre, il cria : « Frolka ! vaurien ! des harengs ! » Pétouchkof se leva vivement et s'esquiva ; il faillit renverser le petit cosaque qui entrait dans la chambre, portant des harengs et une grande carafe d'eau-de-vie sur un plateau d'étain.

« Ne pas raisonner, » ces paroles continuaient à retentir encore avec force pendant que le malheureux Pétouchkof descendait l'escalier.


## IX


Ivan Afanaciévitch éprouva un sentiment étrange lorsqu'il se vit dans la rue.

« Il me semble vraiment que je marche en rêve, se dit-il. Est-ce que je serais devenu fou ? Non, ce n'est pas probable. Allons ! que le diable l'emporte ! Elle a cessé de m'aimer, et moi aussi, je m'en suis lassé. Eh bien !... y a-t-il là rien d'extraordinaire ? »

Pétouchkof fronça les sourcils.

« Il faut décidément en finir, ajouta-t-il presque à haute voix. Je vais m'expliquer décidément pour la dernière fois, pour qu'il n'en soit plus question. »

Pétouchkof se dirigea d'un pas rapide vers la boulangerie. Le neveu de l'ouvrier Louka, petit garçon qui était le compagnon et l'ami du bouc domicilié dans la cour, courut vivement à la maison en apercevant Ivan Afanaciévitch, et Prascovia vint aussitôt à la rencontre du visiteur.

« Votre nièce n'est pas à la maison ? demanda Pétouchkof.

— Elle est sortie. »

Pétouchkof se réjouit intérieurement de l'absence de Vassilissa.

« Je suis venu pour m'expliquer avec vous, Prascovia Ivanovna.

— Sur quoi donc, père ?

— Voici. Vous comprenez qu'après tout... ce qui s'est passé..., après un pareil procédé... en un mot... Mais j'espère que vous ne m'en voudrez pas.

— C'est entendu.

— Comprenez bien la position dans laquelle je me trouve, Prascovia Ivanovna.

— J'entends bien.

— Vous êtes une femme de sens, vous comprendrez que..., qu'il m'est impossible de venir chez vous désormais.

— J'entends bien, répondit Prascovia d'une voix traînante.

—Croyez bien que je le regrette sincèrement ; j'avoue même que cela me peine, m'affecte beaucoup...

— Ça vous regarde, répondit tranquillement Prascovia. Comme il vous plaira. Mais, si vous le permettez, je vais faire votre petite note. »

Pétouchkof ne s'attendait nullement à une aussi prompte conclusion de l'affaire qui l'avait amené. Il ne souhaitait même pas de conclusion, à vrai dire ; il voulait seulement effrayer Prascovia Ivanovna, et surtout Vassilissa. Il se sentait fort mal à son aise.

«Je sais, reprit-il, que Vassilissa ne le trouvera pas mauvais ; elle en sera même probablement très-contente. »

Prascovia tira son abaque, et se mit à en faire glisser les boules.

« D'un autre côté, continua Pétouchkof en s'animant de plus en plus, si Vassilissa m'expliquait sa conduite... peut-être que... je... quoique cependant... je ne sais pas, mais il est fort possible que je ne trouve rien à blâmer dans sa conduite.

— Vous restez devoir, père, trente-sept roubles quarante kopeks assignats, lui dit Prascovia. Tenez, je vais vous détailler la somme. — Dix-huit dîners à sept grivnas[1] chaque, soit douze roubles six grivnas.

—Ainsi, Prascovia Ivanovna, nous allons nous quitter?

---

[1] Pièce d'argent qui vaut cinquante centimes.

— Qu'y faire ? On voit toutes sortes de choses en ce monde, père... Douze samovars à un grivennik.

— Mais ne pourriez-vous pas me dire, Prascovia Ivanovna, où Vassilissa est allée... et pourquoi...

— Je ne le lui ai pas demandé, père... Un rouble douze kopeks argent. »

Ivan Afanaciévitch devint pensif.

« Pour kvas[1] et kisli-chti[2], continua Prascovia, en poussant les boules de l'abaque, un rouble et demi. Pour sucre et boulka, un rouble et demi. Pour quatre paquets de tabac achetés à votre demande, huit grivnas argent. Au tailleur, Cyprien Apollonof... »

Ivan Afanaciévitch leva tout à coup la tête, étendit le bras et mêla les boules.

« Qu'avez-vous fait, père ? dit Prascovia. Est-ce que par hasard vous n'auriez pas confiance en moi ?

— Prascovia Ivanovna, reprit Pétouchkof avec un sourire contraint, j'ai changé d'avis, c'était seulement comme ça..., une plaisanterie. Restons plutôt amis comme auparavant. Quelle bêtise ! Est-ce que je peux vous quitter ? »

Prascovia baissa la tête et ne répondit pas.

« On s'est un peu chamaillé, et voilà tout, continua Ivan Afanaciévitch, et il marchait dans la chambre en se frottant les mains, comme s'il était rentré dans ses anciens droits. *Amen!* Et sur cela, je vais fumer une pipe. »

[1] Petite bière.
[2] Autre espèce de bière.

Prascovia se tenait toujours à la même place.

« Je vois que vous m'en voulez, reprit Pétouchkof ; je vous ai peut-être offensée ? Eh bien ! pardonnez-moi généreusement.

— Offensée, père ? allons donc !... Seulement, père, je vous en prie, ajouta Prascovia en faisant la révérence, ne revenez plus chez nous.

— Comment ?

— Il ne convient pas à de petites gens comme nous de recevoir des personnes comme Votre Honneur. Je vous en prie, faites-nous cette grâce. »

Prascovia continuait ses révérences.

« Pourquoi cela ? demanda Pétouchkof avec stupéfaction.

— Comme ça, père. Montrez-vous miséricordieux.

— Cependant, Prascovia Ivanovna, il faudrait s'expliquer...

— Vassilissa vous en prie, père. Elle dit : « Je suis reconnaissante, très-reconnaissante ; » mais en voilà assez, Votre Honneur. »

Prascovia salua Pétouchkof presque jusqu'à terre.

« Vous dites que Vassilissa me prie de ne plus revenir ?

— Positivement, père, Votre Honneur. Lorsque vous avez daigné me dire tout à l'heure que vous ne vouliez plus revenir, cela m'a bien réjouie ; je me disais : « Grâce à Dieu, tout va à souhait. » Jamais je n'aurais osé vous en parler... Faites-nous cette grâce, père ! »

Pétouchkof pâlit et rougit presque au même instant. Prascovia Ivanovna continuait toujours ses révérences.

« C'est bien, répondit brusquement Ivan Afanaciévitch ; adieu. »

Il se détourna vivement et mit sa casquette.

« Et la petite note, père ?...

— Envoyez-la-moi. »

Pétouchkof sortit de la boulangerie d'un pas ferme,
et sans regarder en arrière.

## X

Quinze jours se passèrent. Pétouchkof fit d'abord
le brave ; il sortait, rendait visite à ses camarades, à
l'exception de Boublitsine, bien entendu ; mais, malgré les louanges exagérées que lui donnait Onicime,
l'ennui et la jalousie faillirent lui faire perdre l'esprit.
Il n'avait d'autre consolation que de parler de Vassilissa avec Onicime. C'était toujours lui qui engageait
la conversation ; Onicime ne lui répondait que de mauvaise grâce.

« C'est pourtant une chose bien étrange, disait
Pétouchkof, couché sur son divan, pendant qu'Onicime se tenait, suivant son habitude, appuyé contre
la porte, les bras croisés derrière le dos. Qu'est-ce
qui a pu m'attacher à cette fille ? Il semble qu'elle
n'a rien d'extraordinaire. Il est vrai qu'on ne peut
lui refuser la bonté ; c'est positif.

— Bonne ? allons donc ! disait Onicime avec indi-
gnation.

— Non, Onicime, continuait Pétouchkof; il faut dire la vérité. C'est maintenant une affaire terminée; je n'y tiens plus maintenant; mais ce qui est juste est juste. Tu ne la connais pas. Elle est vraiment bonne. Jamais elle ne laisse passer un mendiant sans lui donner au moins une croûte de pain. Et puis, elle est gaie; il ne faut pas non plus lui refuser cela.

— Peut-on dire une chose pareille! Où avez-vous pris qu'elle était gaie?

— Je le répète...; tu ne la connais pas. Elle est aussi très-désintéressée; c'est positif. Est-ce que je lui ai jamais... tu sais bien toi-même que je ne lui ai rien donné.

— C'est pour cela qu'elle vous a planté là.

— Non, ce n'est pas pour cela, répondit Pétouchkof avec un soupir.

— Vous en tenez encore à présent, dit Onicime d'un ton ironique; vous seriez prêt à recommencer.

— Ce que tu dis là est pour le coup tout à fait faux. Il paraît que tu ne me connais pas non plus, frère. On m'a chassé, et tu crois que j'irais leur faire mes très-humbles excuses! Non; tu n'y es pas. Non, je te prie de croire que c'est une affaire finie, et bien finie.

— Dieu veuille! Dieu veuille!

— Pourquoi ne lui rendrais-je pas justice en définitive? Si j'allais dire, par exemple, qu'elle n'est pas jolie, qui est-ce qui le croirait?

— Vous êtes bon de la trouver jolie!

— Voyons, nomme-moi une femme..., cite-moi une femme plus jolie qu'elle?...

—. Si c'est comme ça, allez la revoir.

— Bon! Est-ce pour cela que je le dis? Comprends-moi donc...

— Oh! je vous comprends,» répondit Onicime avec un profond soupir.

Une autre semaine s'écoula. Pétouchkof avait cessé de causer avec son Onicime, il ne sortait plus. Il restait couché sur le divan depuis le matin jusqu'au soir, les bras passés derrière la tête. Il pâlissait et maigrissait à vue d'œil, mangeait vite et sans appétit, et ne fumait plus. Onicime ne pouvait s'empêcher de branler la tête en le regardant.

« Vous n'êtes pas bien portant, Ivan Afanacié-vitch, lui dit-il plus d'une fois.

— Non, ce n'est rien,» lui répondait invariablement Pétouchkof.

Enfin, un beau jour (Onicime était sorti), il se leva, fouilla dans sa commode, mit son manteau, quoiqu'il fît passablement chaud, sortit avec précaution dans la rue, et rentra au bout d'un quart d'heure... Il avait quelque chose de caché sous son manteau.

Onicime n'était pas encore revenu. Il avait passé toute la matinée dans son petit cabinet, s'entretenant avec lui-même, grognant et jurant à demi-voix, et décidé à aller voir Vassilissa.

Il l'avait trouvée dans la boulangerie. Prascovia Ivanovna dormait sur le four, avec des ronflements sonores et cadencés.

« Ah! bonjour, Onicime Sergueïtch, dit Vassilissa en souriant; il y a longtemps qu'on ne vous a vu.

— Bonjour...

— Comme vous paraissez triste ? Voulez-vous du thé ?

— Il ne s'agit pas de moi, répondit Onicime avec humeur.

— Comment ça ?

— Comment ça! Est-ce que tu ne me comprends pas? Comment ça! Qu'as-tu fait de mon maître? Voilà ce que je voudrais savoir.

— Ce que j'en ai fait ?

— Qu'en as-tu fait ?... Va un peu le voir. Il est bien près de tomber malade, et peut-être de mourir entièrement.

— En quoi suis-je coupable, Onicime Sergueïtch ?

— En quoi ? Dieu le sait. Tu vois qu'il t'aime à la folie ; et tu le traites comme un des nôtres, Dieu me pardonne! « Ne viens plus, lui as-tu dit; tu m'ennuies.» Je veux bien qu'il ne soit pas grand'chose; mais enfin, c'est un maître. Tu sais qu'il est gentilhomme, comprends-tu ça?

— Il est si ennuyeux, Onicime Sergueïtch.

— Ennuyeux! Il ne t'en faut donc que d'amusants ?

— Avec ça qu'il est colère, jaloux comme tout.

— Ah! reine Milikitrissa d'Astrakan que tu es ! Il t'a manqué de respect! Voyez-vous ça!

— Mais vous-même, Onicime Sergueïtch, il me

semble que vous vous êtes fâché contre lui, parce qu'il venait toujours me voir.

— Eh bien ! il aurait donc fallu lui faire des compliments ? qu'en penses-tu ?

— Si c'est comme ça, pourquoi m'en voulez-vous maintenant ? Il a cessé de venir ; voilà tout.

— Mais puisqu'il en tient toujours, te dis-je !

— Que voulez-vous que j'y fasse, Onicime Serguëïtch ?

— Ce que je veux ? Viens un peu avec moi chez lui.

— Dieu m'en préserve ! Aller le voir ! Quelle idée avez-vous là !

— Quelle idée ! c'est qu'il dit que tu es bonne; nous saurons bien si c'est vrai.

— Quel bien voulez-vous que je lui fasse ?

— Quant à ça, c'est mon affaire. Il paraît que la chose est sérieuse, puisque je suis venu te voir ; il paraît que je n'ai pas trouvé d'autre moyen. »

Onicime se tut pendant quelques instants.

« Allons, viens, Vassilissa ; je t'en prie, viens.

— Mais je ne me soucie plus, Onicime Serguëïtch, de le voir comme auparavant...

— C'est inutile ; est-ce qu'on t'en parle ? Dis-lui seulement deux ou trois mots. Tu lui diras : Pourquoi, monsieur, vous chagriner comme ça ?... Il ne faut pas se chagriner. Voilà tout !

— En vérité, Onicime Serguëïtch, je...

— Faut-il donc que je me prosterne devant toi ? Tiens, voilà un salut... tiens, en voilà un autre...

— Vraiment, je...

— Diable de femme! elle ne se laisse même pas prendre par les bonnes façons qu'on a avec elle! »

Vassilissa finit par consentir ; elle jeta un mouchoir sur sa tête, et suivit Onicime.

« Attends-moi ici, dans l'antichambre, lui dit-il, lorsqu'ils furent dans le logement de Pétouchkof; je vais aller t'annoncer au maître... »

Il entra dans la chambre d'Ivan Afanaciévitch. Celui-ci se tenait au milieu de la place, les deux mains dans ses poches, les jambes écartées outre mesure, et il se balançait un peu en avant et en arrière. Il avait le teint enflammé, les yeux brillants.

« Bonjour! Onicime, balbutia-t-il d'un ton amical, et en prononçant les consonnes d'une manière fort peu intelligible; bonjour, frère. Eh bien! frère, j'ai profité de ton absence.... Ah! ah! ah! » Il se mit à rire et chancela en avant. « Me voilà bien.... ah! ah! ah!... Au reste, ajouta-t-il en essayant de prendre un air sérieux, ce n'est rien.» Il tenta de lever la jambe, et faillit tomber ; mais il ajouta aussitôt d'une voix de basse : « Holà! quelqu'un ; qu'on me donne une pipe! »

Onicime regarda son maître avec stupéfaction et jeta les yeux autour de lui... Il aperçut sur la fenêtre une bouteille vide, d'une couleur foncée et avec cette inscription : Rhum de la Jamaïque, première qualité.

« Oui! oui! j'ai bu un coup de trop, frère, et voilà tout, dit Pétouchkof; j'ai joliment flûté ça. J'ai bu un coup de trop, et voilà tout. Et toi, où as-tu été?

Raconte-moi ça... Pas de fausse honte... Parle. Tu racontes bien.

— Ivan Afanaciévitch, miséricorde! s'écria Onicime avec désespoir!

— Fort bien, je ne demande pas mieux; je vous pardonne et vous prends tous en miséricorde, reprit Pétouchkof avec un geste majestueux. Je te pardonne... toi et Vassilissa..., tout le monde, tout le monde. J'ai bu un coup de trop, frère; un fameux coup... Qui est là? s'écria-t-il tout à coup en montrant la porte de l'antichambre; qui est là?

— Personne, répondit précipitamment Onicime; qui voulez-vous que ce soit? Où allez-vous?

— Non, non, répéta Pétouchkof en repoussant Onicime. Laisse-moi, j'ai vu. Ne me soutiens pas le contraire... J'ai vu là-bas; laisse-moi... Valississa! » cria-t-il tout à coup.

Pétouchkof pâlit.

« Eh bien! pourquoi n'entres-tu pas? dit-il un instant après. Entre, Vassilissa, entre. Je suis très-content de te voir, Vassilissa. »

Vassilissa échangea un coup d'œil avec Onicime et entra timidement dans la chambre. Pétouchkof s'approcha d'elle... Il avait la respiration oppressée. Onicime veillait sur tous ses mouvements. Vassilissa les regardait l'un et l'autre successivement et d'un air craintif.

« Assieds-toi, Vassilissa, lui dit Ivan Afanaciévitch. Je te remercie d'être venue. Excuse-moi si je suis... comment dirai-je bien cela?... dans un état peu présentable. Je ne pouvais pas prévoir, je ne devais pas m'attendre du tout, tu en conviendras toi-même.. Assieds-toi donc là, sur le divan, par exemple... Il me semble que je m'exprime convenablement. »

Vassilissa s'assit.

« Eh bien! bonjour, continua Pétouchkof. Comment va la santé? Qu'as-tu fait de bon?

— Je me porte bien, grâce à Dieu, Ivan Afanaciévitch. Et vous?

— Comme tu vois. Je suis tué. Et par qui? c'est toi qui m'as tué, Vassilissa. Mais je ne t'en veux pas. Seulement, je suis tué. Demande-lui si tu veux. (il montre Onicime). Je suis ivre, cela ne m'empêche pas d'être tué. Je suis ivre parce que je suis tué.

— Que Dieu vous en préserve, Ivan Afanaciévitch!

— Oui, Vassilissa, je te le répète, crois-moi, je ne t'ai jamais trompée. Et ta tante, comment va-t-elle?

— Elle va bien, Ivan Afanaciévitch. Nous vous remercions bien. »

Pétouchkof commençait à chanceler de plus en plus.

« C'est vous qui n'êtes pas bien portant aujourd'hui, Ivan Afanaciévitch. Vous devriez vous coucher.

— Non, je vais bien, Vassilissa; non, ne dis pas que je suis malade; tu devrais dire plutôt que je me suis livré à la débauche, que je suis tombé dans la crapule. C'est vrai, je ne te contredirais pas. »

Ivan Afanaciévitch allait tomber à la renverse. Onicime courut à lui et le soutint.

« A qui la faute ? Veux-tu que je te l'apprenne ? C'est moi qui suis le coupable ; moi le premier. Sais-tu ce que j'aurais dû faire ? J'aurais dû te dire : Vassilissa, je t'aime. C'est fort bien ; veux-tu que je t'épouse ? veux-tu ? Il est vrai que tu es de la bourgeoisie. Soit ; mais cela n'y fait rien. Cela se voit tous les jours. J'avais dans le temps un ami, qui a fait un mariage pareil. Il a pris une Finnoise ; il l'a prise et il l'a épousée. Tu aurais été heureuse avec moi. Je suis un brave homme. Oui ; ne fais pas attention à mon état, mais vois le fond de mon cœur. Demande plutôt à ce domestique. C'est donc bien moi qui ai fait la faute. Mais je n'en suis pas moins tué, maintenant. »

L'assistance d'Onicime devenait de plus en plus nécessaire à Ivan Afanaciévitch pour se soutenir.

« Cependant tu as de grands reproches à te faire. Je t'aimais ; je te respectais ; que dirai-je de plus ? Je serais prêt encore maintenant à te conduire à l'église. Veux-tu ? Si tu y consentais, nous pourrions tout de suite... Mais tu m'as porté un coup... un rude coup. Si tu m'avais du moins congédié toi-même, au lieu d'en charger ta grosse tante. Je n'avais pas d'autre bonheur, tu étais ma seule joie. Je suis sans famille, un orphelin ! Qui pourra maintenant me donner une caresse ? Qui me fera entendre une bonne parole ? Je suis seul au monde, et nu comme un ver. Demande-le plutôt à ce... (Il se mit à pleurer.) — Vassilissa, écoute-moi ; je veux te dire quelque chose ; permets-moi d'aller te voir, comme je le faisais dans le temps. Ne crains rien... je serai tranquille. Tu pourras fré-

quenter qui bon te semble ; je ne soufflerai mot; je
ne m'opposerai à rien absolument. Est-ce accordé ?
Veux-tu que je me mette à tes genoux ? (Il avait déjà
fléchi les genoux, mais Onicime le retint.) Laisse-
moi, s'écria-t-il, cela ne te regarde pas ! Il s'agit du
bonheur de ma vie, de toute ma vie, et tu m'em-
pêches... »

Vassilissa ne savait que répondre.

« Tu ne veux pas... Eh bien, soit ! que Dieu t'accompagne. Alors je te fais mes adieux ! Adieu, Vassilissa ; je te souhaite toutes les prospérités possibles...
et moi... et moi... »

Pétouchkof fondit en larmes. Onicime, qui avait
beaucoup de peine à le soutenir, tordit la bouche
comme un enfant qu'on chagrine et finit par se
mettre à pleurer aussi. Vassilissa en fit autant.

Une dizaine d'années après ces événements, on
rencontrait dans les rues de la ville de B... un petit
homme maigre, au nez rouge, portant une vieille capote verte, avec un collet de peluche graisseux. Il occupait un cabinet dans la boulangerie dont nous
venons de parler. Prascovia Ivanovna n'était plus de
ce monde. Sa nièce, Vassilissa, l'avait remplacée avec
son mari, un bourgeois de la ville. L'homme à la capote verte n'avait qu'une faiblesse, il aimait à boire
un petit verre ; mais il vivait du reste très-paisible-
ment. Les lecteurs ont sans doute déjà reconnu en
lui Ivan Afanaciévitch.

# LE CHIEN

«... Mais, si vous admettez le surnaturel, si vous admettez son intervention dans les choses de la vie réelle, alors, permettez-moi de vous le demander, quel sera le rôle de la saine raison ? » Sur cet argument, Anton Stepanytch se croisa les bras.

Anton Stepanytch avait le grade de conseiller ministériel, dans je ne sais quel département, et comme il possédait une voix de basse sonore, et qu'il parlait en ponctuant ses phrases, il s'était attiré la considération générale. On venait de lui *infliger* la croix de Saint-Stanislas, comme disaient ses envieux.

« Incontestable, dit Skorevitch.

— Il n'y a pas à disputer là-dessus, ajouta Kinarevitch.

— J'en tombe d'accord, dit de sa petite voix flûtée le maître de la maison, M. Finoplentof, assis dans son coin.

— Quant à moi, j'avoue que je ne suis pas de cet avis, attendu qu'à moi qui vous parle, il est arrivé quelque chose de bien surnaturel. » Cette interruption venait d'un monsieur de moyenne taille, de moyen âge, un peu ventru, chauve, qui jusqu'à ce moment était demeuré assis près du poêle sans ouvrir la bouche. Tous les regards se tournèrent vers lui, et il y eut un moment de silence.

Ce monsieur était un petit propriétaire du gouvernement de Kalouga, établi depuis peu à Saint-Pétersbourg. Il avait servi quelque temps dans les hussards, avait perdu son argent au jeu, demandé sa retraite et s'était remis à planter ses choux dans son village. Les derniers changements dans la propriété ayant fort réduit ses revenus, il était parti pour la cour afin d'obtenir, s'il se pouvait, quelque petite place. Il n'avait ni moyens de succès, ni connaissances *influentes*, mais il comptait fort et ferme sur l'amitié d'un ancien camarade de régiment, lequel, sans qu'on sût comment ni pourquoi, était tout à coup devenu un personnage. Or, autrefois, il l'avait aidé à rosser un grec. En outre il croyait à sa veine, et il n'avait pas tort. En effet, au bout de quelques jours, on lui conféra la place d'inspecteur de certains magasins du gouvernement, place de bon rapport, honorable par-dessus le marché, et qui n'exigeait pas une capacité transcendante, d'autant plus que les magasins en question n'existaient que sur le papier, et qu'on n'avait pas encore arrêté ce qu'on y mettrait; mais cela se rattachait à un nouveau système d'économie administrative.

Le premier, Anton Stepanytch rompit le silence général.

« Comment ! mon cher monsieur, vous nous as-
surez, sans badinage, qu'il vous est arrivé quelque
chose de surnaturel ?... Je veux dire quelque chose
en désaccord avec les lois de la nature ?

— Je vous le garantis, répondit le cher monsieur,
qui s'appelait Porfiri Kapitonovitch.

— En désaccord avec les lois de la nature ! reprit
avec quelque véhémence Anton Stepanytch qui tenait évidemment à sa phrase.

— Oui da ! Tout à fait comme vous me faites l'honneur de dire.

— C'est bien extraordinaire ! qu'en dites-vous,
messieurs ? » Anton Stepanytch avait essayé de prendre une expression ironique, mais il manqua son
effet, et pour parler exactement, monsieur le conseiller
ne parvint à donner à ses traits que l'expression de
quelqu'un qui sent une mauvaise odeur. « Seriez-
vous assez bon, reprit-il, en se tournant vers le gentilhomme de Kalouga, pour nous donner quelques
détails sur une aventure si curieuse.

— Vous voulez que je vous conte la chose ? C'est
facile, » répondit le gentilhomme, et passant au milieu de la chambre, il parla comme il suit :

« J'ai, messieurs, comme vous le savez probablement, ou peut-être comme vous ne le savez pas, un
petit bien dans le district de Kozelsk. Autrefois j'en
tirais quelque chose, mais à présent, comme vous
pouvez bien l'imaginer, cela ne me rapporte rien
que des querelles, des affaires. Mais ne parlons pas
politique. Eh bien donc, dans cette petite propriété
j'avais une métairie bien petiote, potager à l'ave-

nant, petit étang avec des carassi[1], bâtiments tels quels.... entre autres une maisonnette pour reposer mon pauvre corps...Je suis garçon. Voilà donc qu'un jour, il y a de cela six ans, je rentrais au logis un peu tard. J'avais fait la partie avec un voisin, mais je vous prie de croire que je marchais bien droit. Je me déshabille, je me couche; je souffle ma bougie... Figurez-vous, messieurs, qu'à peine ai-je soufflé ma bougie, voilà que ça remue sous le lit. Qu'est-ce que c'est? Des souris? Non, ce n'est pas des souris. Ça se gratte, ça marche, ça gigotte, ça se secoue les oreilles. C'est clair : c'est un chien ; mais d'où vient-il, ce chien ? Je n'en ai pas. Je me dis : il faut que ce soit quelque chien perdu. J'appelle mon domestique. Je l'appelle : Filka! Il vient avec une lumière. « Qu'est-ce donc que cela? que je lui dis, mon pauvre Filka, tu ne fais jamais attention à rien ! Il y a un chien caché sous le lit. — Un chien? qu'il dit. Quel chien?—Est-ce que je sais, moi? que je lui dis. C'est ton affaire à toi de procurer des embêtements à ton maître. » Voilà Filka qui se baisse et regarde sous le lit avec la chandelle. « Il n'y a pas plus de chien que sur la main, » qu'il me dit. Je me baisse : en effet, pas de chien. Quelle farce! Je lui fais les gros yeux. Filka se met à rire.—« Imbécile, que je lui dis, qu'as-tu à te mordre les lèvres? Le chien, quand tu as ouvert la porte, aura passé et filé par l'antichambre, mais toi, vieille bête, tu ne fais attention à rien, parce que tu dors toujours. Crois-tu par hasard que j'aie bu? ... »

[1] Espèce de tanche.

Il voulait répondre, mais je lui dis de sortir, je me mis en boule, et cette nuit-là, je n'entendis plus rien.

Mais la nuit suivante, figurez-vous : tout recommence. A peine ai-je soufflé la bougie, le voilà qui secoue ses oreilles. J'appelle encore Filka. Il regarde sous le lit. Rien. Je le renvoie, j'éteins encore ma lumière... Feuh ! au diable ! voilà le chien. C'est bien un chien. Je l'entends respirer, se morsiller dans son poil, chercher ses puces... N'y a pas à dire... « Filka ! je lui crie, viens ici sans chandelle. Il vient. — Eh bien ? Entends-tu ? — J'entends, qu'il dit. Je ne vois pas Filka... mais je comprends, à sa voix, que le garçon a peur. — Eh bien ! comment expliques-tu cela ? que je lui dis. — Comment monsieur veut-il que je l'explique ? C'est une tentation... une diablerie. — Veux-tu bien te taire, gredin ! que je lui dis, avec tes diableries !... » Mais tous les deux nous n'avions plus qu'un filet de voix ; nous tremblions comme si nous avions eu la fièvre... Nous étions sans lumière. J'allume ma bougie : plus de chien ; plus de bruit ; plus rien que moi et Filka, tous les deux blancs comme linge. De sorte que je laissai brûler la bougie toute la nuit jusqu'au matin. Et vous saurez, messieurs, croyez-moi, ou ne me croyez pas, depuis cette nuit-là, pendant six semaines, la même histoire toutes les nuits. Enfin je m'y habituai, si bien que j'éteignais ma lumière, parce que je ne peux pas dormir quand il y en a. — A la bonne heure ! que je me dis ; vogue la galère ! puisque cela ne me fait pas de mal.

— On voit que vous êtes un vieux brave, interrompit Anton Stepanytch, avec un sourire de moitié compassion, moitié mépris. On voit bien que vous avez été hussard.

— C'est que, parlant par respect, vous ne me feriez peur en aucune occasion, reprit Porfirii Kapitonovitch, et dans ce moment il avait bien l'air d'un hussard. — Mais, écoutez un peu. Il m'arrive un voisin ; celui avec qui j'avais fait la partie. Il dîne avec moi de la fortune du pot, et je le refais de quinze roubles. Il regarde. Voilà la nuit. Il faut filer, dit-il. Moi, j'avais mon plan. Reste à coucher, lui dis-je, Vassili Vassiliïtch, demain je te donnerai ta revanche, si Dieu plaît. Il réfléchit. Vassili Vassiliïtch réfléchit ; il reste. Je dis qu'on lui fasse un lit dans ma chambre à coucher. Nous nous couchons, nous fumons, nous jasons, nous parlons de femmes, comme il arrive quand on est entre garçons, histoire de rire. Je regarde. Je vois Vassili Vassiliïtch qui avait soufflé sa lumière et qui me tournait le dos, comme pour me dire : Schlafen sie wohl ! J'attends encore un peu, puis j'éteins aussi ma bougie. Et imaginez-vous, qu'avant que j'eusse le temps d'y penser, voilà la farce en train !... Et la bête qui grouille... qui grouille... mieux que cela... qui sort de dessous le lit, marche par la chambre ; j'entends ses griffes sur le parquet... Il secoue ses oreilles... et puis patatras ! Il culbute une chaise qui était tout contre le lit de Vassili Vassiliïtch. « Porfirii Kapitonovitch ?... qu'il me dit, et remarquez bien, de sa voix ordinaire, tout naturellement... Tu as donc pris un chien ? Est-ce un chien de chasse ? — De chien, je lui réponds, je n'en ai pas. Je n'en ai jamais eu. — Comment cela? Qu'est-ce que c'est donc? — Ce que c'est? — Tiens, allume toi-même la bougie, tu sauras ce que c'est. — Ce n'est pas un chien? — Non. Vassili Vassiliïtch se retourna dans son lit. Tu badines, dit-il, qu'est-ce que c'est?—Je ne badine pas, que je lui dis.» Je l'entends faire frr frr, avec une allumette, et pendant ce temps-là, le chien allait toujours son train, il se grattait les côtes. — La bougie s'allume. Bast! Disparu! Vassili Vassiliïtch me regarde; je le regarde. « Qu'est-ce que c'est que cette farce-là? qu'il me dit. — Eh bien, mon cher, la farce, la voici : c'est que tu mettrais à y réfléchir Socrate d'un côté, et le grand Frédéric de l'autre, qu'ils ne te l'expliqueraient pas; » et là-dessus, je lui conte toute l'affaire. Ah! si vous l'aviez vu sauter du lit comme un chat échaudé. Il ne pouvait pas entrer dans ses bottes. « Des chevaux! criait-il, des chevaux!» Je me mis à le raisonner, mais il se lamentait toujours plus fort. « Je ne reste pas ici une minute de plus, qu'il criait. Tu es un homme maudit, damné! Des chevaux!... » J'eus bien de la peine à le faire tenir tranquille. Il voulut avoir son lit dans une autre chambre, et de la lumière partout. Le matin en prenant le thé, il était un peu plus rassis, et il se mit à me conseiller. « Vois-tu, Porfirii Kapitonovitch qu'il me dit, tu ferais bien d'essayer de passer quelques jours hors de chez toi. Peut-être qu'alors ce désagrément-là cesserait. « Et, je vous dirai, messieurs, que c'est un homme que mon voisin... un homme d'un esprit supérieur. Sa belle-mère, entre autres, il l'a entortillée d'une façon étonnante. Il lui a passé des lettres de change. Ah! aussi, il a choisi son moment... Elle est devenue comme un mouton. Elle lui a donné un pouvoir pour l'administration de son bien. Que voulez-vous de plus? C'est d'une grande force d'embêter comme cela une belle-mère? Je vous en fais juges. Seulement, il s'en alla pas trop content, car je le refis encore d'une centaine de roubles. Il était de mauvaise humeur. « Tu n'es guère reconnaissant, qu'il me dit, tu me traites mal.» Mais moi... Est-ce ma faute? Au reste, je trouvai l'avis bon, et le jour même je partis pour la ville. J'allai descendre chez un vieux que je connaissais, un aubergiste, un Raskolnik. C'était un petit vieillard fort vénérable, bien qu'un peu grognon, parce qu'il était tout seul. Toute sa famille était morte. Seulement, il ne pouvait pas sentir le tabac, et il avait les chiens en horreur, tant et si bien, que plutôt que de consentir à voir un chien dans sa chambre il se serait enfui dans les champs. « Comment le souffrirais-je, qu'il disait, voilà la bonne Vierge qui me fait l'honneur d'être pendue dans mon appartement, et un impie de chien viendrait fourrer là son impur museau!» Que voulez-vous? Ça n'a pas d'éducation. Quant à moi, je dis que chacun doit s'en tenir à la sapience que le Ciel lui a départie. Voilà mon caractère.

— A ce que je vois, vous êtes un philosophe, interrompit Anton Stepanytch avec le même sourire.

Cette fois Porfirii Kapitonovitch fronça le sourcil.

« Philosophe! s'écria-t-il en faisant remuer ses moustaches d'une façon menaçante, ça n'est pas prouvé. Mais j'en donne des leçons de philosophie, moi. »

Tous les regards se tournèrent sur Anton Stepanytch. Tout le monde s'attendait à une réponse terrible, tout au moins à un regard foudroyant, mais M. le conseiller ministériel changea son sourire dédaigneux en un sourire d'indifférence, il bâilla, remua un pied, et ce fut tout.

« Eh bien! donc, poursuivit Porfirii Kapitonovitch, je m'installai chez ce vieux. En faveur de notre connaissance, il me donna sa propre chambre qui n'était pas des meilleures, et pour lui, il alla s'établir derrière un paravent. Mais c'était tout ce qu'il me fallait. Seulement j'en eus à endurer pour lors. La chambre était petite; une chaleur!... Pas d'air!... des mouches... tout gluant!... Dans un coin, une armoire comme on n'en voit pas, avec des images antiques, avec leurs chapes bouffies et ternes! Ça sentait l'huile et la boutique d'apothicaire. Sur le lit deux oreillers...: touchez-y, voilà un tarakane qui se met à courir. Aussi, d'ennui, je me mis à prendre du thé à m'en mettre jusqu'au menton. Vilain logement! Je me couche; pas moyen de dormir. Derrière le paravent, mon vieux respirait, geignait, marmottait ses prières. Enfin, le voilà qui s'assoupit. J'écoute : il se met à ronfler, d'abord gentiment, puis à la bonne franquette, puis un feu roulant. Il y avait longtemps que j'avais éteint ma lumière, mais la lampe brûlait toujours devant les images. Cela me gênait. Je me lève tout doucement, nus pieds, je m'accroupis devant la lampe, pst, je souffle dessus... Rien. Bon! je me dis, il paraît que cela ne va pas en ville. Bah! je n'étais pas plutôt recouché que le sabbat recommence, et des grattements, et des oreilles qu'on secoue... bref, le train accoutumé. C'est bien! J'attends dans mon lit ; voyons ce qui va arriver. J'écoute. Voilà le vieux qui se réveille : « Maître, dit-il, Maître? — Qu'y a-t-il ? — Est-ce que tu as éteint la lampe? » Et sans attendre ma réponse mon vilain se lève à tâtons. « Qu'est-ce que c'est ? Qu'est-ce que c'est ? Un chien! un chien!... Ah maudit Niconien! — Minute! mon vieux, lui dis-je, ne nous fâchons pas. Viens-t'en ici. Il se passe des choses un peu étonnantes. » Le vieux sort de derrière son paravent et m'arrive avec un bout de bougie, un rat de cire jaune. Non, jamais je n'avais vu pareille figure. Tout velu, du poil dans les oreilles, des yeux féroces comme un blaireau, sur la tête un bonnet de feutre blanc, la barbe jusqu'à la ceinture, blanche aussi, et par-dessus la chemise un gilet, avec des boutons de cuivre ; aux pieds des chaussons fourrés, et tout cela sentant le genièvre d'une lieue. En ce costume il va aux images, il fait trois fois le signe de la croix avec deux doigts, il rallume la lampe, se signe encore, puis se tournant vers moi, il me dit d'une voix enrouée : « Eh bien! qu'on s'explique. »

Alors, sans plus tarder, je lui conte toute l'affaire. Le vieux m'écouta sans lâcher un traître mot; seulement, voyez-vous, il se grattait la tête. Il s'assied sur le pied de mon lit, comme cela, toujours sans parler. Il se gratte l'estomac, la nuque, il se frotte. Pas une parole. « Eh bien! lui dis-je, Fedoul Ivanovitch,

voyons. Qu'est-ce que tu en dis? N'est-ce pas une
tentation? une diablerie? hein? » Le vieux me regarde. « Une tentation! une diablerie! dit-il. Y
penses-tu? Bon chez toi, dans ta tabagie. Mais dans
cette maison-ci!... Songes-y donc. C'est un lieu saint.
Une tentation! vraiment! — Eh bien! si ce n'est pas
une tentation, qu'est-ce donc?» Le vieux se met à réfléchir et à se gratter en silence, enfin il me dit en
barbouillant, parce que ses moustaches lui entraient
dans la bouche : « Va-t'en à la ville de Belev. Il n'y
a qu'un homme qui puisse t'aider, et cet homme
reste à Belev. C'est un des nôtres. S'il veut te secourir, tant mieux pour toi : s'il ne veut pas, il n'y a
rien à faire. — Et comment le trouver, cet homme-là?
lui demandai-je. — Pour cela, je te l'indiquerai
bien, dit-il; mais comment serait-ce une tentation?
C'est une vision, peut-être bien une manifestation...
mais toi tu n'es pas à cette hauteur-là; cela te passe.
Allons! tâche de dormir avec le Père et avec Christ.
Moi, je vais brûler de l'encens. Demain nous réflé-
chirons. Demain, tu sais, est plus sage qu'aujour-
d'hui. »

Eh bien! donc, le matin nous tînmes conseil;
mais j'oubliais de vous dire qu'il faillit m'asphyxier
avec son encens. Et voici l'adresse que me donna
mon vieux. En arrivant à Belev, aller sur la place, et
à la seconde boutique à droite demander un certain
Prokhorytch et lui remettre une lettre. Cette lettre
était un chiffon de papier, où il y avait écrit : « Au
» nom du Père, du Fils et du Saint-Esprit, Amen.
» A Serge Prokhorytch Pervouchine. Crois à celui-ci.

» Feodoulii Ivanovitch. » Et plus bas : « Envoie des
» choux, et loué soit le saint nom de Dieu ! »

Je remerciai mon vieux et sans barguigner, je fais
atteler un tarantass et je me fais mener à Belev.
Parce que je raisonnais ainsi : Bien que jusqu'à présent, mon visiteur nocturne ne m'ait pas fait de mal,
cela ne laisse pas d'être ennuyeux. Et d'ailleurs, cela
n'est pas convenable pour un gentilhomme et pour
un officier. Qu'en pensez-vous ?

— Et vous allâtes à Belev ? murmura M. Finoplentof.

— Tout droit. Sur la place je demande après Prokhorytch à la seconde boutique à droite. « Est-il ici ?
que je demande. — Oui, il y est, qu'on me dit. —
Où reste-t-il ? — Sur l'Oka, dans le faubourg. —
Quelle maison ? — Dans la sienne. » Je vais sur l'Oka,
je trouve sa maison, c'est-à-dire, ce n'était pas une
maison, une hutte. Je vois un homme en veste bleue,
rapiécée, casquette déchirée, qui me tournait le dos,
tout occupé à bêcher des choux. Je m'avance, et je
lui dis : « Est-ce vous qui êtes un tel ? » Il se retourne,
et je vous jure ma parole, que de ma vie je n'ai jamais vu d'yeux si perçants que les siens. D'ailleurs
une figure grosse comme le poing, une barbe de bouc,
pas de dents ; c'était un vieux.

« C'est moi, qu'il me dit ; qu'y a-t-il pour votre
service ? — Voilà, lui dis-je, et je lui remets la lettre.
Il me regarde fixement comme cela ; puis il me dit :
« Veuillez passer dans la chambre ; je ne puis lire sans
lunettes. » Nous allons dans sa chambre, un vrai che-
nil, nu, misérable, de la place à peine pour s'y tenir.

Sur la muraille une image noire comme charbon,
les têtes des saints, toutes noires, avec des yeux
tout blancs. Il prit dans le tiroir d'une vieille table
des besicles de fer, se les posa sur le nez, lut la lettre,
puis se mit à me regarder au travers de ses besicles.
« Vous avez besoin de moi ? — Oui, vraiment.—Eh
bien ! exposez votre affaire. Nous écoutons. » Et repré-
sentez-vous mon homme qui s'assied, tire de sa poche
son mouchoir à carreaux, l'étale sur ses genoux....
un mouchoir tout troué, et qui me regarde d'un air
imposant, comme si c'était un sénateur ou un minis-
tre, et qui ne me dit pas de m'asseoir... Et ce qu'il y
a de plus singulier, c'est que tout d'un coup la peur
me prend... Je suis saisi... mon âme me tombe dans
les talons. Il abaissait sur moi son regard de côté...
Enfin, suffit !... Pourtant, quand je fus un peu remis, je lui contai toute mon histoire. Il ne dit rien ;
il fronçait le sourcil, il se mordait lès lèvres ; puis, de
l'air d'un sénateur, avec une majesté sans pareille, il
me demande sans se presser : « Votre nom ? votre âge ?
vos parents ? Êtes-vous marié ou garçon ? » Puis, après
s'être encore mordu les lèvres, froncé les sourcils, il
leva un doigt, et me dit : « Prosternez-vous devant les
saintes images des purs et secourables évêques, les
saints Zozime et Savvat de Solovetz. « Je me prosternai
tout de mon long, et peu s'en fallut que je n'y res-
tasse couché, tant cet homme m'inspirait de frayeur
et de vénération, et tout ce qu'il m'aurait dit, ma foi !
je l'aurais fait... Messieurs, je vois bien que cela vous
fait rire, mais moi je vous garantis qu'alors je n'en
avais pas envie. « Levez-vous, monsieur, dit-il enfin.

On peut vous secourir. Ce n'est pas une punition qui vous est envoyée, c'est un avertissement. Cela veut dire qu'il y a des inquiétudes à votre sujet. Heureusement, il y a quelqu'un qui prie pour vous. Allez-vous-en au bazar, et achetez-vous un jeune chien que vous tiendrez toujours auprès de vous, nuit et jour. Vos visions cesseront, et, outre cela, le chien pourra vous être utile. »

Il me sembla voir le ciel ouvert. Vous n'imaginez pas la joie que me firent ses paroles. Je saluai profondément Prokhorytch, et j'allais m'en aller, quand je me rappelai qu'il ne serait pas mal de lui faire mes remercîments, et je tirai de mon portefeuille un papier de trois roubles ; mais il le repoussa de la main, et me dit : « Donnez cela à une chapelle ou aux pauvres. Ces services-là ne se payent pas. » Je le saluai encore, me courbant cette fois jusqu'à sa ceinture, et me voilà en marche pour le bazar. Et figurez-vous qu'en m'approchant des boutiques, la première chose que je vois c'est un homme en souquenille grise portant un chien de deux mois, couleur cannelle, le museau blanc, les pattes de devant blanches aussi. « Halte ! dis-je à la souquenille. Combien la bête ? — Deux roubles. — En voilà trois. » Mon drôle fut étonné. Il crut que j'étais fou, mais je lui mets mon billet entre les dents, et il me porte mon chien à bras tendu jusqu'à mon tarantass. Le cocher fut leste à 'atteler, et le soir même j'étais rendu chez moi. Toute la route j'avais eu le chien sur mes genoux, et quand il piaillait, je lui disais : Trésor ! Trésorouchko ! Je lui donnai à manger, je lui donnai à boire ; je fis appor-

ter de la paille et je lui installai un lit dans ma chambre. Je souffle ma bougie, me voilà dans l'obscurité.
« Allons, dis-je. Ça commence-t-il ? » Rien. « Allons !
voyons ! commencerons-nous ? Voyons, canaille !
Allons un peu pour rire ? » Je commençais à devenir
brave. « Allons ! en avant, nom de nom de tous les diables ! Est-ce que le sabbat fait relâche ? » Je n'entendais rien que le petit chien qui respirait. « Filka ! que
je crie ; Filka ! avance, imbécile ! » Il entre. « Entends-
tu le chien ? — Non, monsieur, je n'entends rien, et il
se met à rire. — Ah ! tu n'entends plus rien ? Tiens,
voilà un demi-rouble pour boire. — Permettez-moi de
vous baiser la main, » dit mon coquin, en s'avançant
à tâtons... Je vous laisse à penser quelle fut ma joie !

— Et c'est ainsi que cela finit ? demanda Anton
Stepanytch, mais cette fois sans ironie.

— Oui, les visions finirent là, et je ne fus plus
jamais inquiété ; mais attendez, l'histoire n'est pas
encore finie. Mon Trésor grandit, et devint fort et
haut sur pattes ; forte queue, longues oreilles pen-
dantes, grosses babines, un fort chien d'arrêt. Il s'attacha à moi d'une façon extraordinaire. De nos côtés
la chasse ne vaut pas grand'chose, et pourtant quand
j'amenais mon chien, je trouvais de jolis coups de
fusil à faire. J'allais avec mon Trésor rôder dans les
environs. Il me levait un lièvre — fallait le voir
après les lièvres ! mon Dieu ! — ou bien des fois une
perdrix ou bien un canard sauvage. Mais, notez bien,
jamais il ne me quittait d'une semelle. Où j'allais, il
allait ; même au bain, je le menais avec moi. Bon,
une voisine à nous ne voulut-elle pas le faire sortir

du salon, mon Trésor ! Ce fut une bataille rangée !
Je finis par lui casser les vitres, à cette mijaurée. Un
jour donc, c'était en été.... et je vous dirai qu'il faisait
une sécheresse comme on n'en a jamais vu. Dans
l'air c'était comme une vapeur, un brouillard. Tout
était brûlé. Un temps sombre. Le soleil comme un
boulet rouge, et une poussière à vous faire éternuer.
Le monde allait bouche béante comme les corbeaux.
Je m'ennuyais de rester toujours à la maison, en déshabillé complet, les volets fermés ; d'ailleurs la grande
ardeur commençait à baisser. Si bien, messieurs, que
je voulus aller voir une voisine à moi. Cette voisine
restait à une verste de chez moi. C'était une dame
très-bienfaisante, encore jeune et fraîche, toujours
bien arrangée, seulement un petit peu capricieuse.
Ah ! chez les femmes, il n'y a pas grand mal à cela.
Au contraire chacun y gagne. Voilà donc que j'arrive
au perron, et la route m'avait paru diablement salée ;
mais je comptais que Ninfodora Séménovna allait
joliment me restaurer avec de l'eau d'airelle et d'autres choses fraîches. Déjà j'avais la main sur le bouton de la porte, quand tout à coup, de derrière une
maison de paysan, j'entends un grand bruit, des fracas, des cris d'enfants... Je regarde, Seigneur Dieu !
droit sur moi, s'élance une énorme bête rousse, qu'au
premier moment je ne pris pas pour un chien. La
gueule ouverte, les yeux sanglants, le poil hérissé...
J'avais à peine fait un soupir d'angoisse, quand cet
affreux monstre saute sur le perron, se lève sur ses
pattes de derrière, et me tombe droit sur la poitrine...
Jugez un peu la situation !... Mort de saisissement,

Je n'aurais pas pu remuer la main... stupéfié... Je vois encore d'énormes crocs blancs sous mon nez et une langue rouge pleine d'écume !... Mais au même moment, voilà qu'un autre corps solide passe devant moi comme un éclair. C'était mon bijou, mon Trésor qui venait à mon secours, et comme une sangsue, il vous empoigne la bête à la gorge... Voilà l'autre, qui râle, qui grince les dents, qui se culbute... J'ouvre la porte cochère et je ne fais qu'un saut dans l'antichambre. J'entre sans savoir où j'étais. J'appuie de tout mon corps contre la porte, et pendant ce temps-là, sur le perron, il se livrait une bataille furieuse. Je me mets à crier au secours ! Toute la maison est sens dessus dessous. Ninfodora Séménovna accourt, ses bandeaux défaits. Dans l'enclos le tapage diminuait un peu, et j'entends qu'on criait : « Arrête ! arrête ! ferme la porte cochère ! » J'entr'ouvre la porte du perron, seulement entrebâillée. Plus de bête sur le perron. Dans l'enclos, des gens qui couraient les bras levés, ramassant des bûches, comme s'ils avaient eu la peste au corps. « Par le village ! il s'est enfui par le village ! » criait une vieille femme dont je voyais le bonnet passer par une lucarne. Je sors de la maison. Où est Trésor ?... Ah ! le voilà. Je vois mon sauveur qui revenait à l'enclos, boiteux, déchiré et tout sanglant. Qu'est-ce donc enfin, demandai-je aux gens qui accouraient en foule comme pour un incendie. Ils me disent : « C'est un chien enragé, un chien au comte. Depuis hier, il rôde par ici. »

Nous avions un voisin, un comte, qui avait amené des chiens de je ne sais où, des chiens étonnants. Me voilà une venette du diable, et je cours à un miroir pour voir si j'étais mordu. Non, grâce à Dieu, pas une écorchure ; seulement, vous comprenez, j'étais vert comme un pré, et Ninfodora Séménovna, étendue sur son divan, sanglotait comme une poule qui glousse. Cela se comprend. Primo, les nerfs, ensuite la sensibilité. Bon ! Elle revient à elle et elle me demande d'une voix sourde : « Est-ce que vous êtes encore vivant ? — Oui, je lui réponds, je suis vivant, et c'est Trésor qui m'a sauvé. — Ah ! mon Dieu, dit-elle, quelle noblesse de sa part ! Est-ce que ce chien enragé l'a tué ?

— Non, je lui dis, il n'est pas mort, mais bien blessé. — Ah ! mon Dieu, dit-elle, en ce cas, il faut lui tirer un coup de fusil tout de suite. — Pour cela, non ! dis-je. J'essayerai de le guérir. » En ce moment, Trésor vient gratter à la porte et je lui ouvre. « Ah ! mon Dieu, dit-elle ; que faites-vous ! Il va nous dévorer tous. — Pardonnez-moi, lui dis-je. Cela ne vient pas comme cela tout de suite. — Ah ! mon Dieu, dit-elle, est-il possible ? Vous avez perdu l'esprit. — Ninfodora, lui dis-je, calmez-vous. Soyez raisonnable. » Mais la voilà qui se met à crier : « Vite ! sortez ! avec votre affreux chien. — Eh bien ! oui, je m'en irai, lui dis-je. — Tout de suite, dit-elle, pas une seconde de plus ! Allez-vous-en ! Vous êtes un monstre, et n'ayez jamais le front de vous montrer devant moi. Il est peut-être déjà enragé lui aussi ! — Très-bien, dis-je ; seulement donnez-moi une voiture, parce que je ne risquerai pas de m'en retourner à pied à la maison. » Elle me faisait des yeux !… « Qu'on lui donne une calèche, un droschki, ce qu'il voudra! Mais qu'il parte tout de suite! Ah mon Dieu! quels yeux! quels yeux il a!» Là-dessus elle quitte le salon, flanque un soufflet à sa femme de chambre, et j'entends qu'elle se trouve mal dans l'autre pièce. Eh bien! messieurs, vous me croirez ou vous ne me croirez pas, mais depuis ce temps-là, toute intimité fut rompue entre Ninfodora Séménovna et moi, et après mûre réflexion, je ne puis m'empêcher d'ajouter que pour ce fait seul, je devrai de la reconnaissance à mon ami Trésor jusqu'à la porte de mon tombeau.

Je dis donc d'atteler la calèche, je fis monter Trésor et m'en revins chez moi. Là, je l'examinai, je lavai ses blessures, et je me dis à part moi, que je ferais bien de le mener le lendemain dès la pointe du jour à la sage-femme du district d'Efrem. Cette sage-femme, c'est un vieux paysan qui est bien étonnant. Il murmure des paroles sur de l'eau; il y en a qui disent qu'il y mêle de la bave de serpent. — Il vous la donne à boire, et cela vous enlève tout comme avec la main. Par la même occasion, je me dis : Je me ferai saigner; c'est bon pour les saisissements. Bien entendu qu'on ne vous saigne pas au bras, mais à la fossette.

— Où est-ce donc, la fossette? demanda M. Finoplentof avec une curiosité timide.

— Vous ne savez pas? Tenez, voilà l'endroit, sous le poing, après le pouce, où on met le tabac pour en prendre une bonne prise. Voilà. Pour une saignée, c'est le véritable endroit. D'abord, jugez-en vous-même. De la main, c'est du sang de la veine; là, au contraire, c'est du sang folâtre. Les docteurs ne savent pas ces choses-là. Ils ne s'en doutent pas, ces mendiants d'Allemands. Les maréchaux travaillent bien mieux, et comme ils sont adroits! Ils vous posent leur ciseau, un coup de marteau, et c'est fait. Eh bien! pendant que je faisais ces réflexions, voilà que la nuit tombait, c'est-à-dire qu'il était temps d'aller se coucher. Je me mets dans mon lit, et bien entendu, Trésor auprès de moi. Mais je ne sais si c'était la chaleur, le saisissement que j'avais eu, ou bien les puces, ou mes réflexions, je sais bien que je ne pouvais m'endormir. Impossible! J'en étais si ennuyé que je ne saurais vous le dire. Je bus de l'eau, j'ouvris ma fenêtre, je jouai sur la guitare le « Moujik de Komarino » avec des variations italiennes... Rien n'y faisait. Bah! je me dis, je ne peux pas durer dans cette chambre. Bon! je prends un oreiller, une paire de draps, une couverture, je traverse le jardin et je vais m'établir sous le hangar au foin. Là, messieurs, je me sentis plus à l'aise. Une nuit douce, très-douce, de temps en temps un petit zéphyr, comme si on vous passait une main de femme sur la figure. Le foin tout frais, qui sent bon comme voilà votre thé. Les grillons chantent dans les pommiers. Par moments la caille glousse; on sent que la coquine est heureuse, qu'elle est dans la rosée à côté de son roi de cailles. Et le ciel si calme. Les étoiles s'allument, on voit venir de petits nuages blancs, blancs comme de la ouate et qui bougent à peine. »

En cet endroit du récit, Skorevitch éternua. Kinarevitch éternua aussi, seulement pour lui tenir compagnie. Anton Stepanytch leur adressa un coup d'œil de félicitation.

« Eh bien ! poursuivit Porfirii Kapitonovitch, je me couchai donc, mais je n'en dormis pas davantage. Je faisais des réflexions, et je réfléchissais surtout sur les pressentiments, sur ce que m'avait dit ce Prokhorytch, si justement, que je veillasse au grain, et pourquoi c'était à moi qu'était arrivée une aventure si étonnante... Je n'y concevais rien ; particulièrement parce que c'est incompréhensible... Mais voilà Trésor qui se met à geindre en sautant sur le foin. C'est que ses blessures lui faisaient mal. Et je dois vous dire ce qui m'empêchait encore de dormir... La lune. Vous ne me croyez pas ?... Je vous l'assure. La lune était là, tout droit en face de moi, ronde, plate, large, jaune, et je me mets en tête qu'elle s'était mise là... bonté divine !... par insolence et pour me narguer. Moi, je lui tirai la langue. Bien. Tu es curieuse de savoir ce que je pense ?... Je me retourne ; mais je la sens sur mon oreille, sur ma nuque. Cela m'enveloppait comme une pluie. J'ouvre les yeux. Le moindre petit bout d'herbe, la moindre branche dans le foin la plus petite toile d'araignée, tout est comme ciselé par cette diablesse de lune, qui a l'air de me dire : Tiens ! vois ! Regarde ! — Il n'y avait rien à faire : j'appuie ma tête sur ma main et je me mets à regarder puisqu'il le fallait ! Le croiriez-vous ? J'ai des yeux comme un lièvre. Ils s'ouvrent comme des portes cochères. Je vous jure que je ne sais plus comment on fait pour dormir. Eh bien donc, je dévorais tout de ces yeux-là. La porte du hangar était ouverte toute grande.

On voyait à cinq verstes dans la campagne. On y voyait — et on n'y voyait pas ; — c'était clair et trouble, comme il arrive quand il y a de la lune... J'étais donc à regarder, à regarder sans remuer un cil, quand tout à coup... il me semble voir quelque chose qui remuait, loin, bien loin... enfin quelque chose qui passait subitement. Il se passe un moment ; et je vois encore comme une ombre qui sautait,... pas bien près... Encore je la vois, un peu plus près. Qu'est-ce que cela ? Je me dis : ... est-ce un lièvre ? Oui, et il se rapproche. Je regarde. Non ; c'est plus gros qu'un lièvre. Ce n'est pas du gibier. Je regarde toujours. L'ombre reparaît et se jette dans la prairie. Cette prairie, à cause de la lune, paraissait blanche, et dessus cela faisait une grosse tache. C'est clair! C'est un fauve, un renard, ou un loup. Le cœur commençait à me battre. Mais qu'est-ce que je craignais ? Il ne manque pas de bêtes qui courent la nuit. La curiosité fut plus forte que la peur. Je me soulève; j'écarquille les yeux, mais voilà tout d'un coup que je me sens là un froid, comme si on m'avait mis de la glace dans le dos. Et alors... Seigneur, ayez pitié de moi! Qu'est-ce que je vois ? L'ombre grandit, grandit, se lance par la porte de l'enclos, et je m'aperçois que c'est une bête, une grosse bête à tête énorme... Il passe comme un ouragan... comme une balle... Messieurs, veuillez vous mettre à ma place... Il s'arrête un moment... se met à flairer... C'était mon chien enragé... lui-même! Ah ! mon Dieu !... me remuer, je ne peux pas... crier pas davantage... Il enfile la porte du hangar, ses yeux étincelaient!... il pousse

un hurlement, et se jette sur le foin, droit sur moi !
Mais voilà mon brave Trésor qui de son côté, sort du
foin et qui ne dormait pas. Gueule contre gueule ils
s'empoignent ; ils ne faisaient qu'un. Ils tombent à bas
en peloton. Ce qui s'ensuivit, je ne m'en souviens
plus. Je me rappelle seulement que je tombai à pile
ou face, par-dessus eux, et que je m'enfuis par le jardin, jusque dans ma chambre à coucher. Pour un peu
je me fourrais sous mon lit, je l'avoue à ma honte. Il
fallait voir mon galop et mes enjambées dans le jardin ! Je parie bien que la meilleure danseuse de chez
l'empereur Napoléon, qui polke le jour de sa fête, ne
m'aurait pas attrapé. Pourtant quand la souleur fut
un peu passée, je mis toute la maison sur pied. Tout
le monde s'arma ; moi-même je pris un sabre et un revolver. Je l'avais acheté ce revolver, tout de suite après
l'émancipation, savez-vous, pour n'importe quelle
occasion. Mais quel gredin d'armurier colporteur !
(sur trois coups, il y a deux ratés.) Nous voilà donc
en ordre de bataille, armés qui d'une lanterne, qui
d'un parement de fagot, marchant au hangar. Nous
nous avançons, nous crions, nous n'entendons rien.
Enfin nous entrons, et qu'est-ce que nous voyons ?...
Mon pauvre Trésor, roide mort étranglé... et ce
maudit chien disparu... Ni vu ni connu !

Alors, messieurs, je me pris à sangloter comme un
veau, et je vous le dirai sans vergogne, je tombai à
genoux auprès de mon ami, de la pauvre bête qui
m'avait sauvé deux fois, et longtemps, je lui baisai la
tête. Et je restai dans cette posture, jusqu'à ce que
ma vieille femme de charge, Prascovie, qui était ac-

courue elle aussi à la bagarre, me dit : « Qu'est-ce que vous avez, Porfirii Kapitonovitch, à vous périr pour un chien ? Oui, dit-elle, Dieu pardonne ! Vous devriez être honteux et vous prendrez froid, (il est vrai que je n'étais guère vêtu). Et si ce chien qui vous a sauvé en a perdu la vie, c'est pour lui une grâce et un grand honneur. »

Enfin, bien que je ne fusse pas de l'avis de Prascovie, je rentrai à la maison. Quant au chien enragé, le lendemain un soldat de la garnison le tua d'un coup de fusil. C'est que son temps était venu, car ce soldat tirait cette fois son premier coup de fusil, bien qu'il eût une médaille pour avoir sauvé la patrie en 1812. Voilà, messieurs, pourquoi je vous disais qu'il m'était arrivé quelque chose de surnaturel. »

Le narrateur se tut, et se mit à bourrer sa pipe. Nous nous entre-regardions ne sachant qu'en penser. « Ah ! monsieur, c'est sans doute que vous êtes un homme de sainte vie, dit M. Finaplentof, et c'est la récompense...» Mais, sur ce mot il s'arrêta court, s'apercevant que les joues de Porfirii Kapitonovitch se gonflaient et devenaient rouges ; ses yeux se rapetissaient ; il allait éclater de rire.

« Mais si vous admettez la possibilité du surnaturel, et son intervention dans notre vie de tous les jours, pour ainsi parler, reprit Anton Stepanytch, quel rôle après cela doit jouer la saine raison ?... »

Personne d'entre nous ne trouva de réponse, et comme auparavant nous demeurâmes perplexes.

# LE BRIGADIER

## I

Connais-tu, lecteur, ces petits manoirs de gentilshommes qui abondaient, il y a vingt-cinq ou trente
ans, dans l'Ukraine de la grande Russie? Il n'en
reste plus guère aujourd'hui, & peut-être qu'avant
dix années, — comme ils sont bâtis en bois, — les
derniers auront disparu sans laisser de traces. — On
voyait d'abord un étang d'eau courante, bordé de
joncs & de saules nains, où se prélassaient des bandes
de canards, auxquels s'associait parfois une timide
sarcelle ; au delà de l'étang un jardin planté de tilleuls, cet honneur de nos contrées « à terre noire, »
coupé de longues plates-bandes, où des campanules,
des vesces, des épis égarés de seigle et d'avoine se
mêlaient aux fraisiers ; puis un épais fouillis de gro-
seillers, de framboisiers, de cassis, au milieu duquel,

à l'heure de la muette chaleur de midi, on était sûr
de voir passer le mouchoir bariolé d'une servante qui
chantonnait du haut de sa voix. Plus loin, un maigre
potager, — dont un essaim de moineaux couvrait les
échalas, tandis qu'un chat se tenait accroupi sur un
puits en ruine, — entourait une petite serre montée,
— comme le disent nos contes de fée, — sur des
« pattes de poules; » plus loin encore, un pré de
hautes herbes, vertes au pied, grises à la pointe, se
hérissait de poiriers, de pommiers à tête frisée, et de
cerisiers aux bras menus. Près de la maison venait un
parterre rempli de pavots, de pivoines et de ces fleurs
que nous nommons « les yeux d'Aniouta, » et « la
demoiselle vêtue de vert. Un incessant bourdonne-
ment d'abeilles et de frelons, joyeux et lourd, s'entendait dans les branches touffues et gluantes du jas-
min sauvage, de l'acacia jaune et du seringat. On
arrivait enfin à la maison. — Haute d'un étage, élevée sur une assise en briques, avec ses vitres verdâtres
dans d'étroites fenêtres que surplombait un toit en
planches jadis peintes en rouge, elle présentait un
perron entouré d'une rampe vermoulue, sous lequel,
dans un trou, vivait un vieux chien de garde sans
voix. Au delà de la maison s'étendait la vaste cour,
couverte d'orties, de bardanes, d'absinthes, et parsemée des maisonnettes de service, telles que la cave,
la cuisine et les granges, dont les toits en chaume,
troués par les souris, étaient l'habitation des pigeons
et des corneilles. Enfin se déroulait à la vue le grand
chemin avec des flaques de poussière molle dans ses
profondes ornières, et les champs cultivés, et les lon-

gues haies délabrées qui entourent les chenevières, et les pauvres *isbás* disséminées du village, et les immenses prairies inondées au printemps, d'où s'élèvent les cris éclatants d'oies à milliers. Connais-tu tout cela, lecteur ? Dans la maison tout est de travers et branlant, et pourtant cela se tient et cela tient chaud. Ce sont des cheminées, vrais éléphants, des meubles disparates, fabriqués avec les outils du ménage. D'étroits sentiers blanchâtres, frottés par les pieds, serpentent sur les planchers vernis à l'huile; l'antichambre est pleine de petites cages qui renferment des alouettes et des verdiers ; une immense horloge anglaise, haute comme une tour, et portant la mystérieuse inscription, *strike and silence* [1], se dresse dans la salle à manger. Des portraits d'ancêtres, avec une expression de stupeur farouche sur leurs traits briquetés, ou bien quelque tableau tout éraillé, représentant soit des fleurs et des fruits, soit quelque sujet mythologique offrant des nudités sous les draperies que le vent emporte, sont les ornements des murs du salon. Partout l'odeur du *kvass* [2], de la pomme, du pain de seigle, du cuir; des nuées de mouches bourdonnent et tintent en se heurtant au plafond, tandis que des blattes agiles jouent des antennes derrière le cadre dédoré d'un miroir. C'est égal, on peut vivre là, et fort bien.

---

[1] Sonnerie et silence.
[2] Espèce de bière.

## II

C'est une semblable maisonnette qu'il m'arriva de visiter, il y a une trentaine d'années; vieille histoire, comme vous voyez. Le petit domaine où elle se trouvait appartenait à l'un de mes camarades d'Université; il venait d'en hériter tout récemment d'un oncle célibataire, et ne l'habitait pas lui-même. Mais, à peu de distance, s'étendaient de grands marais où, pendant le passage d'été, foisonnaient les doubles bécassines. Mon camarade et moi, chasseurs passionnés, nous nous étions donné rendez-vous dans cette maison pour le jour de Saint-Pierre, ouverture de la chasse. Lui devait venir de Moscou, moi de mon village. Mon camarade fut retenu et n'arriva que quelques jours plus tard; moi, je ne voulais pas commencer la chasse sans lui. J'avais été reçu par un vieux serviteur appelé Narkiz, prévenu de mon arrivée. Ce vieux serviteur ne ressemblait en rien à Caleb ou à Savéliitch [1]; il méritait plutôt le surnom de *Marquis*, que mon ami lui donnait en plaisantant. Il avait un maintien plein d'assurance, presque de dignité, et des manières raffinées dans leur lenteur. Il nous prenait en pitié, nous autres jeunes gens, et témoignait peu de respect pour la classe des gentilshommes; il parlait de son ancien maître avec une

[1] Dans *la Fille du Capitaine,* de Pouchkine.

négligence dédaigneuse, et, quant à ses confrères de la domesticité, il les méprisait profondément « pour leur ignorance, » c'était son mot. En effet, il savait lire et écrire, s'exprimait avec clarté et précision, ne buvait pas d'eau-de-vie, et allait fort rarement à l'église, ce qui faisait qu'on le tenait pour un *vieux croyant* [1]. Il était grand et maigre, avait un visage long et régulier, un nez pointu et d'épais sourcils toujours en mouvement. Il portait une longue redingote fort propre et de hautes bottes terminées en forme de cœur.

## III

Le jour même de mon arrivée, Narkiz, après m'avoir gravement servi le déjeuner, s'arrêta sur le pas de la porte, me considéra, fit jouer ses gros sourcils, et dit enfin :

« Eh bien ! monsieur, qu'allez-vous faire maintenant ?

— Je ne sais. Si Nicolas Petrovitch eût tenu sa promesse, nous serions partis pour la chasse.

— Hum ! Vous aviez donc espéré, monsieur, que monsieur tiendrait fidèlement sa promesse ?

— Certainement, j'y comptais.

— Hum ! »

De la secte des *Raskolniks.*

Narkiz me regarda de nouveau, fixement, et secoua la tête d'un air de compassion.

« S'il vous était désirable de vous divertir par la
lecture, il nous est resté quelques livres du vieux seigneur. Je vous les apporterai, si telle est votre volonté ; seulement, autant que j'en puis supposer,
vous ne les lirez pas.

— Pourquoi ?

— Ce sont des livres de rien ; ils ne sont pas écrits
pour les messieurs d'à présent.

— Tu les as lus ?

— Si je ne les avais pas lus, je n'en parlerais pas.
Un livre de songes, par exemple, quel livre est-ce là ?
Il y en a d'autres, il est vrai ; mais vous ne les lirez
pas davantage.

— Parce que ?...

— Ce sont des livres de divinité [1]. »

Je me tus, et Narkiz se tut également. Une sorte
de ricanement intérieur lui gonfla les lèvres.

« Ce qui m'est surtout désagréable, repris-je, c'est
de rester à la maison par un si beau temps.

— Promenez-vous dans le jardin, allez dans le
bois ; nous avons ici un bois de bouleaux. Ou bien
aimeriez-vous à pêcher ?

— Vous avez du poisson ?

— Oui, dans l'étang ; des perches, des tanches, des
goujons. Il est vrai que la bonne époque est passée ;
nous touchons au mois de juillet. On peut essayer
pourtant. Faut-il vous préparer une ligne ?

[1] On nomme ainsi les livres de théologie, de morale, etc.

— Fais-moi ce plaisir.

— Je vous enverrai un jeune garçon pour enfiler les vers à l'hameçon... Ou bien faut-il que j'aille avec vous moi-même ?

Il était évident que Narkiz doutait de mon habileté à me tirer d'affaire tout seul.

« Oui, certainement, viens, » lui dis-je.

Il sourit à pleines lèvres, mais en silence, fronça les sourcils et quitta la chambre.

## IV

Une demi-heure après, nous partions pour la pêche. Narkiz s'était affublé de je ne sais quel bonnet à longues oreilles, qui le rendait encore plus majestueux. Il marchait en avant, d'un pas solennel et mesuré ; deux lignes se balançaient en cadence sur son épaule. Un petit garçon, pieds nus et les yeux fixés respectueusement sur le dos de Narkiz, le suivait, portant un pot rempli de vers et un arrosoir pour y mettre le poisson.

« Ici, près de la digue, m'expliqua Narkiz, on a préparé un banc flottant pour plus de commodité. Eh! eh! nos fainéants sont déjà là ! Voyez-vous : c'est un habitude prise ! »

Je levai la tête, et, sur ce même banc, j'aperçus deux hommes assis, nous tournant le dos, et qui pêchaient tranquillement.

« Qui ça ? demandai-je.

— Des voisins, répondit Narkiz avec humeur. Ils n'ont rien à manger chez eux ; c'est pour cela qu'ils nous honorent de leur visite.

— On leur permet de pêcher ici ?

— L'ancien maître le leur permettait ; je ne sais si Nicolas Petrovitch... Le plus long des deux est un sous-diacre hors de service, un homme de rien du tout ; le plus gros est un *brigadyr* [1].

— Comment ! un brigadier, m'écriai-je.

Les vêtements de ce brigadier étaient presque plus misérables que ceux du sous-diacre.

« C'est comme j'ai l'honneur de vous le dire. Il a possédé un fort joli bien ; et maintenant c'est par grâce qu'on lui a donné un coin dans une *isbâ*, et il vit de ce que Dieu lui envoie. Mais comment allons-nous faire ? ils ont pris la meilleure place. Il faudra déranger ces aimables visiteurs.

— Non, Narkiz, laisse-les tranquilles, et ne les dérange pas. Nous nous mettrons dans un autre endroit. Je voudrais faire la connaissance du brigadier.

— Comme il vous plaira. Mais, quant à ce qui est de la connaissance à faire, vous ne devez pas espérer, monsieur, d'en tirer beaucoup d'agrément. Il est devenu très-faible de compréhension, et aussi émoussé dans sa conversation qu'un petit enfant. A la vérité, il achève sa huitième dizaine.

— Comment le nomme-t-on ?

[1] Rang intermédiaire entre colonel et général, qui n'existe plus dans l'armée russe.

— Vassili Fomitch, et, de son nom de famille, Gousskof.

— Et le sous-diacre ?

— Le sous-diacre ? ça se nomme Concombre. Tous l'appellent ainsi, et, quand à son vrai nom, Dieu seu peut le savoir. Un homme de rien, vous dis-je, un vrai vagabond.

— Ils vivent ensemble ?

— Non ; mais le diable, comme on dit, les a atta chés par une ficelle. »

## V

Nous nous approchâmes du banc. Le brigadier leva les yeux un instant sur nous, et les reporta aussitôt sur le bouchon de sa ligne. Concombre sauta de sa place, arracha sa ligne d'une main, et de l'autre tira son feutre crasseux ; après avoir passé ses doigts tremblants sur ses cheveux jaunes et durs, il nous fit un profond salut en poussant un petit rire contraint. L'enflure de son visage témoignait d'un ivrogne fieffé, et ses petits yeux clignotaient avec une humilité craintive. Il donna un coup de coude à son voisin comme pour lui rappeler qu'il était temps de déguerpir. Le brigadier s'agita sur son banc.

« Restez, je vous en prie, m'écriai-je ; vous ne nous gênez pas ; nous nous mettrons ici près. Restez.»

Concombre ramena les pans de sa redingote trouée,

leva les épaules, secoua sa barbiche. Notre présence
le gênait visiblement ; il aurait préféré partir. Mais
le brigadier s'était replongé dans la contemplation de
son bouchon. L'ex-sous-diacre toussa dans sa main,
se rassit sur le bord du banc, ramena sous lui ses
pieds nus, se couvrit les genoux de son feutre, et rejeta modestement sa ligne à l'eau.

« Ça prend-il ? demanda gravement Narkiz, qui
déroulait son fil avec lenteur.

— Nous avons attrapé cinq petites tanches, répondit Concombre d'une voix enrouée et cassée, et
Sa Grâce a pris une grosse perche.

— Oui, une perche, répéta le brigadier d'une voix
grêle. »

## VI

Je me mis à considérer attentivement, non pas lui,
mais son image réfléchie dans l'eau. Elle se présentait à moi comme dans un miroir, à la fois plus sombre et plus argentée. La vaste surface de l'étang nous
soufflait de la fraîcheur ; il nous en venait aussi de la
terre humide du rivage tout crevassé et comme la-
bouré par la fonte des neiges. Cette fraîcheur était
d'autant plus agréable que là-haut, par-dessus les cimes
des arbres touffus, on sentait peser dans l'azur doré
du ciel le fardeau d'une chaleur immobile. L'eau ne
bougeait pas autour du banc ; dans l'ombre qui tom-

bait sur elle des buissons de ses rives, brillaient, comme de petits boutons d'acier, des araignées d'eau qui décrivaient leurs ronds incessants. De légères rides couraient autour des bouchons quand le poisson jouait avec l'amorce; il n'y mordait pas. Dans l'espace d'une heure entière, nous ne prîmes que deux goujons.

Je ne saurais dire pourquoi le brigadier excitait ainsi ma curiosité. Son grade ne pouvait avoir d'influence sur moi, et dès ce temps-là, un gentilhomme ruiné n'était plus une chose rare. Son extérieur aussi n'avait rien de remarquable. Sous un bonnet ouaté qui couvrait toute sa tête, du cou jusqu'aux sourcils, se voyait un visage rond et rouge, avec un petit nez, de petites lèvres, de petits yeux d'un gris clair. La simplicité, la faiblesse d'âme, et je ne sais quelle ancienne tristesse restée sans consolation et sans secours, voilà ce qu'exprimait ce visage soumis et presque enfantin. Ses mains blanches et potelées, aux doigts gros et courts, indiquaient aussi une irrémédiable gaucherie. Il m'était impossible d'imaginer comment ce chétif petit vieillard avait jamais pu être un homme de guerre, comment il avait pu commander à d'autres hommes, et cela pendant la rude époque de la grande Catherine.

De temps à autre il gonflait ses joues, et soufflotait comme font les petits enfants; puis il semblait faire des efforts pour voir ce qui était devant lui, comme font les vieillards décrépits. Une fois seulement il ouvrit largement ses yeux, qui me semblèrent plus grands que je ne l'avais cru d'abord. Leur

regard se dirigea sur moi du fond de l'eau, et ce regard me parut étrangement touchant et significatif
à la fois.

## VII

J'essayai d'entamer la conversation avec lui; mais
Narkiz ne m'avait pas trompé; le pauvre vieux, en
effet, était devenu très-faible de compréhension. Il
s'enquit de mon nom de famille, me le fit répéter
deux ou trois fois, sembla réfléchir, et s'écria tout à
coup :

« Mais nous avons eu un juge de ce nom-là ! Concombre, avons-nous eu un pareil juge, eh ?

— Oui, oui, mon petit père Vasseli Fomitch; oui,
Votre Grâce, répondit Concombre, qui semblait le
traiter comme un enfant; oui, nous avons eu un
juge. Mais donnez-moi votre ligne; je crois que le
ver est mangé. — Il est mangé en effet.

—Avez-vous connu la famille Lomoff? me dit
tout à coup le brigadier, faisant un grand effort sur
lui-même.

— Quelle famille ? dis-je.

— Comment ! quelle famille ! Fedor Ivanitch,
André Ivanitch, Alexis Ivanitch, le juif; Théodulie
Ivanovna, la pillarde, et puis encore... »

Le brigadier s'interrompit brusquement et baissa
les yeux.

« C'étaient ses plus intimes, me dit Narkiz à voix basse, en se penchant vers moi. C'est grâce à eux, grâce à cet Alexis Ivanitch, qu'il vient de traiter de juif, et surtout grâce à une autre de ses sœurs, Agraféna Ivanovna, qu'il a perdu toute sa fortune.

— Que murmures-tu là, d'Agraféna Ivanovna ? » s'écria tout à coup le brigadier.

Et sa tête se redressa, et ses blancs sourcils se froncèrent.

« Prends garde que... Comment oses-tu la nommer avec cette impolitesse de rustre : Agraféna ? C'est Agrippina qu'il faut dire.

— Voyons, voyons, petit père, dit Concombre en s'interposant.

— Tu ne sais donc pas ce que le poëte Milonot a écrit à son honneur ? continua le vieillard, qui était entré dans une agitation à laquelle je ne pouvais m'attendre. Et il se mit à déclamer avec emphase, en prononçant les syllabes « an » et « en » d'un ton nasillard, à la française, comme le faisaient nos anciens petits-maîtres.

— Non, les flambeaux enflammés de l'hyménée.. ce n'est pas ça, mais ceci :

— Non ! ce n'est pas l'idole futile de la fragilité, ce n'est pas l'amarante ou le porphyre qui les comble de leur douceur... *les...* entends-tu ? C'est de nous deux qu'il s'agit... Leur unique soin, sans obstacle, agréable, délectable, plein de langueur, est plutôt de nourrir dans leur sang une flamme mutuelle. Et tu oses dire : Agraféna ? »

Narkiz sourit d'un air à moitié indifférent, à moitié dédaigneux. Mais le brigadier avait déjà laissé retomber sa tête sur sa poitrine, et sa ligne lui glissa de la main dans l'eau.

## VIII

« Je vois que ça n'en vaut pas la peine, dit tout à coup Concombre ; le poisson ne mord pas. Il fait trop chaud, et Sa Grâce vient d'être saisie d'un accès de mélancolie. Rentrons, ça vaudra mieux. »

Il tira de sa poche avec précaution une petite bouteille d'étain, fermée d'une cheville en bois, et après s'être versé sur le dos de la main quelques pincées de méchant tabac mêlé de cendres, il s'en fourra à la fois dans les deux narines.

« Oh ! petit tabac du bon Dieu ! s'écria-t-il en revenant à lui comme d'une extase, ça vous donne de l'angoisse jusque dans les dents. Allons, mon pigeonneau Vassili Fomitch, daignez vous lever. »

Le brigadier se souleva de son banc.

« Demeurez-vous loin d'ici ? demandai-je à Concombre.

— Sa Grâce ne demeure pas loin, à moins d'une verste.

— Me permettez-vous de vous reconduire ? demandai-je au brigadier, ne voulant pas me séparer de lui si tôt. »

Il me jeta un regard fixe, et me sourit de ce sourire

particulier, grave, poli et un peu affecté que je n'ai
vu que sur le visage de très-vieilles gens, et qui chaque fois me rappelle, je ne sais pourquoi, la poudre,
l'habit français aux boutons de strass, le dernier siècle en un mot. Puis il ajouta, en appuyant sur chaque syllabe, « qu'il serait enchanté, » et retomba aussitôt dans sa torpeur. Le galant chevalier du temps
de Catherine avait un instant reparu.

Narkiz s'étonna de mon insistance. Mais je ne fis
nulle attention aux balancements désapprobateurs
des oreilles de son grand bonnet, et je sortis du jardin à la suite du brigadier que Concombre soutenait
par le bras. Le vieillard marchait assez vite, mais à
petits pas brusques et roides, comme avec des
échasses.

## IX

Nous suivions un sentier à peine tracé dans un
vallon herbeux, entre deux bouquets de bouleaux.
Le soleil brûlait. Des loriots se répondaient dans les
fourrés verts; des râles de genêt poussaient leur cri
strident; de petits papillons bleus voletaient en
troupes sur les fleurs du trèfle; les abeilles, comme
endormies, s'embarrassaient et bourdonnaient paresseusement dans l'herbe immobile. Concombre se secoua, se ranima : il craignait Narkiz, sous les yeux
duquel il avait à vivre. Quant à moi, je n'étais pour

lui qu'un étranger, qu'un passant; il devint bientôt familier.

« Voilà, dit-il de sa voix hâtive et sourde, Sa Grâce est certainement bien sobre. Mais comment voulez-vous qu'un seul poisson le rassasie, à moins que Votre Honneur ne daigne nous faire une petite offrande? Il y a là, derrière le tournant, un fameux cabaret, où l'on trouve de bien bons petits pains bis, et si vous vouliez étendre vos bienfaits jusque sur moi, pêcheur, moi, je me traiterais d'un petit verre... à votre santé, et pour vous souhaiter de longs jours. »

Je lui donnai une pièce de 20 kopeks, et j'eus à peine le temps de retirer ma main sur laquelle il s'était jeté pour la baiser. Il apprit que j'étais chasseur, et se mit à me raconter qu'il avait une bonne connaissance, un officier en retraite, qui possédait un vrai fusil suédois, de « Min-din-den-ger », avec un canon en cuivre, « un vrai canon, ajouta-t-il, car vous tirez un coup et vous restez tout étourdi et rêveur. On l'a trouvé après la retraite des Français, en 1812. Cet officier avait un chien duquel je ne saurais dire qu'une seule chose : c'est un jeu de la nature! Moi-même, j'ai une véritable passion pour la chasse, et mon pope n'y trouvait rien à redire; loin de là. Nous nous mettions tous les deux en chemise pour aller prendre, pendant la nuit, des cailles au sifflet; mais notre archevêque est un implacable tyran. Quant à Narkiz Séménitch, ajouta-t-il avec un amer sourire, si, d'après son jugement, je suis devenu un homme de peu de considération, à ceci j'aurai l'honneur d'objecter qu'il s'est fait pousser des sourcils à l'instar d'un coq de bruyère, et s'imagine que par là il a traversé toutes les sciences. »

En devisant de la sorte, nous approchâmes du cabaret, vieille *isbâ* solitaire, sans cour ni clôture. Un chien maigre était couché en rond sous la fenêtre, et une poule non moins efflanquée grattait la poussière sous le nez du chien. Concombre fit asseoir le brigadier sur un petit banc en terre, et disparut immédiatement derrière la porte du cabaret. Pendant qu'il achetait ses petits pains et se traitait d'un verre d'eau-de-vie, je ne quittais pas des yeux le brigadier, que je persistais à regarder comme une énigme. Je suis sûr, me disais-je, que quelque chose d'extraordinaire s'est passé dans la vie de cet homme. Quant à lui, il ne semblait pas même me remarquer. Il était assis sur son banc, le dos voûté, et faisait rouler dans ses doigts quelques œillets qu'il avait cueillis dans le jardin de mon ami. Concombre reparut enfin avec un chapelet de petits pains. Son visage, rouge et en sueur, exprimait un étonnement béat, comme s'il venait d'apprendre quelque chose de très-agréable et d'inattendu. Il offrit aussitôt un des petits pains au brigadier; celui-ci le mit sous sa dent, et nous repartîmes.

## X

Le verre d'eau-de-vie avait, comme on dit chez nous, dévissé Concombre. Il se mit à prodiguer ses consolations au brigadier, qui se hâtait de marcher en avant, de son petit pas tremblotant et roide.

« Oh ! Votre Grâce, mon petit père, pourquoi n'êtes-vous pas gai ? Pourquoi laissez-vous pendre votre nez ? Permettez-moi de vous chanter une chansonnette ; vous en aurez aussitôt toute satisfaction. N'en faites aucun doute, reprit-il en se tournant de mon côté ; notre maître est un rieur ; oh ! grand Dieu ! quel rieur ! Hier, je vois une paysanne qui lavait dans l'étang les chausses de son mari. Et quelle grosse paysanne c'était ! Et notre maître, qui se tenait derrière, en mourait de rire, je vous le jure. Mais, permettez... connaissez-vous la chanson du lièvre ? Ne prenez pas garde que je ne suis pas beau de ma personne... Il y a chez nous, dans la ville, une Bohémienne, un vrai mufle... Elle se met à chanter : Vite un cercueil... Couchez-vous dedans, et mourez de plaisir. »

Concombre ouvrit largement ses grosses lèvres humides, et, la tête renversée, les yeux fermés à demi, entonna la chanson suivante :

« Le lièvre est couché sous un buisson ; des chasseurs traversent les champs ; le lièvre respire à peine ;

il se contente de lever une oreille, car il attend la mort.

« Quel dépit vous ai-je causé, mes petits chasseurs? Quel désagrément vous ai-je occasionné? Il est vrai que je visite les choux; mais je ne mange qu'une seule feuille à la fois, et c'est dans le potager du pope, hélas! »

La voix de Concombre s'élevait de plus en plus.

« Le lièvre bondit dans la sombre forêt, et montra par dérision sa queue aux chasseurs. Adieu, petits chasseurs, contemplez ma queue; quant à moi, je suis libre. »

Ici Concombre ne chantait plus; il hurlait.

« Les chasseurs errèrent tout un jour dans la plaine. Ils discutaient sur l'action du lièvre. Ils finirent par s'injurier, par se battre.

« Le lièvre ne sera pas à nous; ce vilain louche nous a bernés. »

Concombre chantait les deux premiers vers de chaque couplet d'une voix traînante, et les trois derniers au contraire avec agilité, en sautillant, et en poussant ses jambes l'une devant l'autre. A la fin de chaque couplet, il faisait « sa fioriture, » c'est-à-dire qu'il se frappait par derrière avec les talons. Après avoir crié le dernier vers à tue-tête, il fit la roue. Son attente se réalisa, le brigadier partit tout à coup d'un éclat de rire chevrotant et larmoyant; ce fut si fort qu'il ne put plus avancer et qu'il s'accroupit en frappant ses genoux de ses mains débiles. Je regardai son visage, devenu violet et convulsivement tordu, et dans ce moment-là plus qu'auparavant je fus pris d'une grande compassion pour ce pauvre vieillard. Animé par le succès, Concombre se mit à danser à la cosaque et finit par tomber la face contre terre. Le brigadier cessa de rire brusquement, et se remit en marche.

## XI

Nous fîmes encore un quart de verste. Un hameau apparut enfin, sur le bord d'un ravin peu profond. On y voyait une cabane à l'écart, avec un toit en chaume à demi découvert et une seule cheminée. Dans l'une des deux chambres de cette méchante *isbâ* habitait le brigadier. Le seigneur de ce hameau était M^me la conseillère d'État Lomof, qui résidait constamment à Saint-Pétersbourg. C'est elle, je l'appris plus tard, qui avait fait « donner ce coin » au brigadier. Elle lui avait aussi fait assigner pour sa nourriture un cens mensuel d'un *poud* de farine, avec quelque peu de sel et d'huile, et lui avait enfin attribué pour servante une jeune idiote prise parmi les serfs du hameau, laquelle, bien qu'elle n'entendît guère la parole humaine, suffisait cependant, au jugement de M^me la conseillère, pour balayer le plancher et cuire une soupe aux choux. Sur le seuil de cette cabane, le brigadier se retourna vers moi, et, me faisant entrer devant lui, avec son sourire du temps de l'impératrice Catherine, il me demanda si je voulais daigner visiter « son appartement. » Nous entrâmes dans cet appartement ; tout y était si sale, si dépourvu, si misérable, que le brigadier, ayant probablement saisi sur mon visage l'impression que me produisit la vue de sa demeure, me dit tout à coup, en haussant les épaules, et en français : « Ce n'est pas... œil-de-perdrix. » Je ne pus éclaircir ce qu'il avait voulu dire par ces mots, car, lui ayant adressé la parole en français, il ne me répondit plus dans cette langue. Deux objets m'avaient frappé surtout, et dès l'abord, dans la chambre du brigadier : une croix d'officier de Saint-Georges[1] dans un cadre noir, sous verre, accroché à la muraille, et portant l'inscription suivante en vieux caractères : « Reçue par le colonel du régiment de Tchernigof, Vassili Gousskof, pour la prise d'assaut de Praga, en 1794, » et puis un portrait à l'huile, en buste, d'une jeune femme, fort belle, aux yeux noirs, au teint brun, au visage allongé, avec une haute chevelure poudrée, des mouches à la tempe et au menton, vêtue d'une « robe ronde » à grands ramages, bordée de franges bleues, comme on en portait vers 1780. Ce portrait était mal peint sans doute ; mais il ne pouvait manquer d'avoir été ressemblant, tant on y sentait une vie particulière et indubitable. Ce visage ne regardait pas le spectateur ; il semblait s'en détourner et ne souriait point. Dans la courbe du nez étroit et serré, dans les lèvres régulières, mais plates et min-

---

[1] Ordre militaire, de premier rang, qui n'est accordé que pour des actions d'éclat, spécifiées par les statuts du Chapitre.

ces, dans la ligne presque droite des épais sourcils, se
lisait un caractère impérieux, hautain et colère. Il
n'était pas besoin de faire un effort d'imagination
pour se représenter comment ce visage pouvait subitement s'enflammer de passions et de violences. Sous
le portrait, sur un petit piédestal, se voyait un bouquet de fleurs des champs, à demi fanées, dans un
bocal de verre commun. Le brigadier s'approcha du
piédestal, plaça soigneusement avec les autres fleurs
les œillets qu'il avait cueillis, et, levant la main
dans la direction du portrait, il prononça d'une voix
respectueuse : « Agrippina-Ivanovna Téléghine, née
Lomofî » Les paroles de Narkiz me revinrent à l'esprit, et c'est avec un redoublement d'attention que
j'examinai les traits expressifs, mais secs et durs, de
la femme à qui le brigadier avait sacrifié toute sa
fortune.

« Je vois que vous avez assisté à l'assaut de Praga,
monsieur le brigadier, commençai-je en lui montrant la croix de Saint-Georges. Vous avez mérité
de recevoir une distinction rare dans tous les temps,
et plus rare alors. Vous vous souvenez de Souvorof?

— D'Alexandre Vassilitch? répondit le brigadier
après un moment de silence pendant lequel il avait
paru rassembler ses idées; oui, oui, je m'en souviens... un petit vieux... très-alerte... Tu te tiens
droit devant lui, tu respires à peine; et lui, il sau-
tille de çà, de là... »

Le brigadier partit d'un éclat de rire.

« Il est entré à Varsovie sur une rosse de Cosaque, et lui-même tout couvert de diamants; et il dit aux Polonais : Je n'ai pas de montre, je l'ai oubliée à Pétersbourg [1]; et eux de crier : Vivat! vivat!... Des farceurs, quoi! des farceurs... Eh ! Concombre, garçon, ajouta-t-il tout à coup en changeant et élevant sa voix (le plaisant sous-diacre était resté derrière la porte), où sont donc ces petits pains?... Et dis à Grounka d'apporter du kvass.

— Voilà ! Votre Grâce, voilà! » dit Concombre en entrant et remettant au brigadier le chapelet de petits pains.

En sortant de la cabane, il s'approcha d'un être en haillons, aux cheveux hérissés, qui était probablement l'idiote Grounka. En effet, autant que je pus distinguer à travers la vitre poudreuse, il se mit à lui demander à boire en portant à ses lèvres une de ses mains à laquelle il donnait la forme d'un entonnoir, tandis que de l'autre, il faisait des signes dans la direction de la chambre où nous étions entrés.

## XII

J'essayai de nouveau de reprendre la conversation avec le brigadier, mais il était visiblement fatigué; il se laissa tomber en gémissant sur une espèce de grabat, et après avoir dit d'une voix dolente : « Oh !

[1] Réponse de Souvorof aux parlementaires polonais qui demandaient une heure de réflexion avant de rendre la ville.

mes pauvres os, mes pauvres petits os ! » il commença à détacher ses jarretières. Je me souviens d'a-
voir été fort surpris qu'un homme portât des jarretières, mais j'avais oublié que de son temps c'était
un usage général. Le brigadier se mit à bâiller lon-
guement et naïvement sans me quitter de ses yeux
devenus troubles ; ainsi font les tout petits enfants.
Le pauvre vieillard ne semblait plus comprendre mes
questions... Et il avait pris Praga ! C'était lui qui,
l'épée à la main, à travers la fumée et la poussière,
un drapeau troué de balles sur sa tête, des cadavres
mutilés sous ses pieds, avait conduit les soldats de
Souvorof ; c'était lui, lui ! N'est-ce pas étrange ?
Mais il me semblait que, dans la vie du brigadier,
il avait dû se passer quelque chose de plus étrange
encore.

Concombre apporta du mauvais kvass blanc dans
une cruche en fer. Le brigadier but avec avidité. Ses
mains tremblaient ; Concombre soutenait le fond de
la cruche. Le vieillard essuya soigneusement sa bouche édentée avec la paume de ses mains, et, après
avoir regardé fixement, il se mit à mâchonner des
lèvres. Je compris qu'il voulait dormir ; je lui fis un
salut et m'éloignai.

« Sa Grâce va reposer maintenant, me dit Concombre, qui était sorti sur mes pas. Elle est très-
fatiguée aujourd'hui ; elle a fait son pèlerinage.

— Quel pèlerinage ?

— Mais, au tombeau d'Agraféna Ivanovna, à cinq
verstes d'ici, dans le cimetière de la paroisse ; Vassili
Fomitch y va chaque semaine, sans faute.

— Y a-t-il longtemps qu'elle est morte ?

— Il y aura bientôt vingt ans, au moins.

— C'était donc son amie ?

— Est-ce que vous ne savez pas qu'elle a passé toute sa vie avec lui ? A dire vrai, je n'ai pas connu la dame; mais il paraît qu'il y a eu entre eux des choses... des choses... Monsieur, ajouta-t-il précipitamment, voyant que je m'éloignais, ne me donnerez-vous pas encore de quoi boire à votre précieuse santé ? »

Je donnai à Concombre une autre pièce de vingt kopeks, et revins à la maison.


## XIII


Une fois de retour, j'allai aux renseignements auprès de Narkiz. Naturellement il fit le difficile, l'important. Il s'étonna que de telles misères pussent m'intéresser, et finit pourtant par me raconter ce qu'il savait. Voici ce que j'appris :

« Vassili Fomitch Gousskof avait fait la rencontre d'Agraféna Ivanovna Téléghine à Moscou, peu après le dernier désastre de la Pologne. Le mari d'Agraféna servait dans l'entourage du général-gouverneur de la province, et Gousskof était venu dans cette ville, en congé. Il s'éprit d'elle aussitôt, mais cependant ne quitta pas le service. Il avait une quarantaine d'années, était garçon et possédait une assez belle fortune.

Le mari d'Agraféna mourut peu après, et laissa sa veuve sans enfants, avec des dettes. Gousskof apprit cette situation, quitta immédiatement le service en prenant sa retraite, et après avoir retrouvé la veuve bien-aimée qui avait alors vingt-cinq ans, il paya toutes ses dettes et racheta ses domaines. Depuis lors ils ne se quittèrent plus, et Gousskof finit même par s'établir chez elle. Agraféna semblait aussi l'aimer ; mais elle ne consentit jamais à devenir sa femme. La défunte, dit à cette occasion Narkiz, avait la tête à l'envers ; c'était une vraie folle. Elle prétendait que sa liberté lui était plus chère que tout le reste. Mais, quant à profiter de lui, elle en profita largement. Tout l'argent qu'il pouvait avoir, il le traînait chez elle comme une fourmi. Cependant la folie d'Agraféna prenait maintes fois de trop grandes proportions. Elle était d'un caractère indomptable, jusqu'à ne pouvoir retenir ses mains. Un jour, elle jeta en bas de l'escalier un petit laquais cosaque qui lui avait apporté du lait aigre, et ce petit laquais tomba si malheureusement qu'il se cassa une jambe et deux côtes. Agraféna s'effraya outre mesure ; elle fit aussitôt enfermer le blessé dans un cabinet obscur, ne sortit plus elle-même de la maison, et ne donna à personne la clef de ce cabinet jusqu'à ce que les gémissements qu'on y entendait eussent complétement cessé. Le petit Cosaque fut enterré secrètement.

— Et si cette histoire, ajouta Narkiz à voix basse, en se penchant vers mon oreille, se fût passée du temps de l'impératrice, il n'en serait rien arrivé. Beaucoup d'histoires pareilles sont restées sous le

scellé. Mais alors — ici Narkiz se redressa et éleva la
voix — venait de monter sur le trône le juste tzar,
Alexandre-le-Béni-du-Ciel, et l'affaire s'entama. La
justice vint sur les lieux, on déterra le cadavre, on y
découvrit des traces de violence, et patati et patata...
Eh bien ! que croyez-vous ? Vassili Fomitch prit
tout sur lui : « C'est moi, dit-il, qui l'ai poussé, moi
qui l'ai enfermé. » Naturellement tous les gens de
justice, les magistrats, les greffiers, les hommes de
police, tout cela se rua sur lui comme une meute, et
ils le secouèrent, le bousculèrent jusqu'à ce que son
dernier sou lui eût sauté de la poche. Ils le relâchaient
pour quelque temps, et puis, paf! de nouveau la main
au collet. Jusqu'à la venue des Français en Russie,
en 1812, ils n'ont cessé de le mordre; ils ne l'aban-
donnèrent qu'à ce moment, comme un vieil os sans
moelle. Mais aussi, il avait sauvé Agraféna Ivanovna;
et ensuite, il continua à vivre chez elle jusqu'à ce
qu'elle fût morte, et l'on dit qu'elle en faisait un tor-
chon, de ce brigadier, à tel point que, de Moscou,
elle l'envoyait chercher à pied la redevance de ses
paysans. Je vous jure Dieu que c'est vrai. Pour cette
même Agraféna, il s'est battu à l'espadon avec le milord anglais Goussé-Gouse, et le milord anglais fut
obligé de prononcer un compliment excusatif. Quant
à présent, le brigadier n'est plus au nombre des hommes. C'est un vieux cheval sans sabots.

— Et quel est cet Alexis Ivanitch, le juif, qui est
aussi cause de sa ruine ?

— C'était un frère d'Agraféna. Une âme avide,
celui-là; un véritable Hébreu, un usurier. Il prêtait

à sa sœur à la petite semaine, et le brigadier servait de caution. Oh! on l'a bien dépouillé, comme un tilleul de son écorce [1].

— Et Théodulie la pillarde? qui était celle-là?

— Une sœur aussi, et aussi habile que le frère. Une vraie lance, toujours prête à percer. »

## XIV

Voilà donc que Werther a reparu! me disais-je le lendemain, en prenant de nouveau le chemin de la maison du brigadier. J'étais très-jeune alors, et précisément à cause de ma grande jeunesse, je me faisais un devoir de ne pas croire à la durée de l'amour. Cependant, très-frappé de tout ce que j'avais entendu, je conservai la plus grande envie d'exciter le vieillard à parler. Je mettrai de nouveau Souvorof sur le tapis, pensai-je en moi-même; il faut pourtant qu'une étincelle de feu guerrier ait survécu en lui; une fois qu'il sera échauffé, je l'amènerai sur le compte de cette... comment la nomme-t-on?... Agraféna... Nom bizarre pour une Charlotte!

Je trouvai Werther Gousskof à quelques pas de sa cabane, dans un tout petit potager, près des débris d'une vieille *isbá* détruite et déjà couverte par les orties. Le long des poutres vermoulues marchaient en

---

[1] Pour faire des *laptis* ou souliers d'écorce.

piaillant, en trébuchant, en agitant les ailes, une famille de maigres dindonneaux. De chétifs légumes poussaient sur deux ou trois plates-bandes. Le brigadier venait d'arracher de terre une jeune carotte, et après l'avoir nettoyée sous son bras, il s'était mis à la mâcher par la pointe. Je le saluai et demandai des nouvelles de sa santé. Il ne me reconnut pas sans doute, mais il porta la main à son bonnet, tout en continuant à mordre sa carotte.

« Vous n'êtes pas venu aujourd'hui prendre du poisson, commençai-je dans l'espoir de me rappeler à lui.

— Aujourd'hui... répéta-t-il, et il se mit à rêver, tandis que la carotte diminuait entre ses lèvres. Mais c'est Concombre qui prend le poisson... Et moi aussi on me le permet.

— Certainement, respectable Vassili Fomitch ; ce n'est pas de cela qu'il est question. Mais n'avez-vous pas bien chaud, comme cela, au soleil ? »

Le brigadier était vêtu d'une vieille et épaisse robe de chambre ouatée.

« Vraiment ?... il fait chaud !...»

Et ayant enfin achevé sa carotte, il se mit à regarder autour de lui d'un air effaré.

« Daignerez-vous passer dans mon appartement ? » dit-il tout à coup.

Le pauvre vieillard n'avait guère plus que cette phrase à sa disposition.

Nous sortîmes du potager ; mais là, je m'arrêtai involontairement. Entre nous et la cabane se tenait un énorme taureau. La tête baissée jusqu'à terre, il roulait des yeux farouches et colères, soufflait avec force de ses naseaux frémissants, et pliant brusquement l'un des pieds de devant, lançait en l'air, de son large sabot fendu, des poignées de poussière. En nous voyant, il recula un peu, frappa ses flancs de sa queue, secoua obstinément son puissant cou velu et poussa des mugissements sourds, plaintifs et menaçants. J'avoue que je fus tout déconcerté. Le brigadier s'avança avec le plus grand flegme ; et, ayant dit d'un ton d'autorité : Voyons donc, rustre, mal appris ! » il le frappa de son mouchoir entre les cornes. Le taureau recula encore, puis se jeta de côté, et partit au galop en agitant sa tête de droite et de gauche.

« Il a pris en effet Praga, » pensai-je en suivant le brigadier dans sa chambre.

Il arracha son bonnet de ses cheveux en sueur, fit un ouf! prolongé, et se laissa tomber sur le bord d'une chaise.

« Je suis venu aujourd'hui, Vassili Fomitch, dis-je, commençant ma circonvallation diplomatique, d'abord pour avoir le plaisir de vous voir, puis d'un autre côté, comme vous avez servi sous les ordres du grand Souvorof, que vous avez pris part à des événements de haute importance, j'aurais voulu savoir... »

Le brigadier leva tout à coup les yeux sur moi ; une étrange animation se peignit sur son visage. Déjà je m'attendais sinon à un récit, du moins à quelques paroles d'encouragement...

« Je vais probablement mourir bientôt, monsieur, me dit-il d'une voix basse.

— Pourquoi une telle supposition ? »

Le brigadier agita ses bras ensemble, de bas en haut, comme font aussi les petits enfants à la mamelle.

« Voici pourquoi, monsieur. Je vois souvent en rêve... vous le savez peut-être... Agrippina Ivanovna la défunte... que le royaume des cieux soit à elle!... et je ne puis jamais l'attraper. Je cours après elle, et ne puis jamais l'attraper. Mais, la nuit passée, je la vois... Elle se tient à demi tournée vers moi et me rit... Je cours aussitôt vers elle, et je l'attrape. Alors elle se tourne tout à fait de mon côté, et me dit : Eh bien ! mon petit Vassili, tu m'as donc enfin attrapée!...

— Et de cela que concluez-vous, Vassili Fomitch ?

— De cela je conclus, monsieur, que dorénavant nous serons ensemble. Et gloire en soit rendue à Dieu ! oserai-je ajouter ; gloire au Seigneur. Dieu, au Père, au Fils, au Saint-Esprit (ici le brigadier s'était mis à psalmodier), aujourd'hui, toujours, et dans les siècles des siècles, amen ! »

Il se mit à faire des signes de croix précipités. Je ne pus pas tirer de lui une parole de plus, et je n'eus qu'à me retirer.


## XV


Mon ami arriva le lendemain. Je lui parlai du brigadier, de mes visites à son hameau. « Ah! oui, je connais son histoire, me répondit mon ami ; je connais aussi cette M^me Lomof; et je dois avoir quelque part la lettre qu'il a écrite à cette dame, lettre à la réception de laquelle elle lui a donné l'asile où il demeure. »

Mon ami fouilla dans ses paperasses, et trouva effectivement la lettre du brigadier. La voici, mot à mot, à la seule exception des fautes d'orthographe; le brigadier ne la savait pas plus que les plus grands personnages de son époque. Conserver ces fautes ne nous semble d'aucune utilité, car cette lettre porte d'ailleurs le cachet de sa date :

« Très-respectée dame Raïssa Pavlovna !

« Après le décès de mon amie, votre tante, j'avais eu le bonheur de vous envoyer deux lettres : la première, du premier du mois de juin, et la seconde du sixième du mois de juillet 1815. Et votre tante était décédée le sixième du mois de mai de la même année. Dans ces lettres, j'avais ouvert tous les sentiments de mon âme et de mon cœur, et représenté dans toute sa plénitude mon désespoir cruel et vraiment digne de compassion. Ces deux lettres avaient été portées par la poste de l'État, et recommandées; de façon que je ne puis mettre en doute que vous les ayez reçues. Par la franchise de mes expressions, j'espérais attirer sur moi votre attention bienfaisante; mais votre pitié n'a pas voulu s'abaisser jusqu'à mon amertume ! Resté après mon unique amie, Agrippina Ivanovna, dans la situation la plus déplorable, la plus misérable, j'avais fait reposer, d'après ses propres paroles, tout mon espoir sur votre générosité ; car sentant déjà la fin de sa vie, elle me dit ces mots que je ne saurais pas plus oublier que s'ils étaient gravés sur son tombeau : « Mon ami, j'ai été ton serpent et la cause de tous tes malheurs. Je sens combien de sacrifices tu m'as faits, en retour desquels je te laisse dépouillé et nu comme un ver. Aie donc recours à Raïssa Pavlovna ; supplie-la, crie ; elle a une âme sensible, et je suis sûre qu'elle ne t'abandonnera pas, orphelin que tu es. » Madame, acceptez en témoignage le Créateur du monde, que ce sont bien ses propres paroles, et que c'est sa langue qui parle en ce moment dans ma bouche. Aussi, m'étant raffermi dans l'estime de votre vertu, c'est à vous la première que j'adressai avec confiance et sans détour mes lettres suppliantes. Mais, après une attente pleine d'angoisses, n'ayant reçu aucune réponse, que pouvais-je penser, infortuné que j'étais ? Mon désespoir s'en accrut. Que devais-je faire ? Où aller ? qui implorer ? je ne le savais plus. Ma raison était éperdue ; mon esprit errait ; enfin la Providence, pour achever de me perdre, pour me punir encore plus durement, voulut bien diriger mes pensées vers votre autre tante, défunte aussi, Théodulie Ivanovna, sœur d'A-grippina Ivanovna, sortie d'un même sein, mais non d'un même cœur ! M'étant représenté dans mon imagination que depuis plus de vingt ans j'avais été dévoué à toute votre maison de Lomof, et aussi à Théodulie Ivanovna, qui n'appelait jamais sa sœur Agrippina autrement que « ma petite amie de cœur, » et moi « très-respectable soutien de notre famille, »

— m'étant représenté tout ceci dans le silence fécond en soupirs et en larmes des longues et tristes veilles nocturnes, je me dis : Allons, brigadier, c'en est fait. Et m'étant retourné par lettres du côté de ladite Théodulie, je reçus l'assurance positive que l'on partagerait avec moi la dernière bouchée de pain. Cette promesse m'ayant rempli d'espoir, je rassemblai les chétifs débris de ce que j'avais possédé, et je me rendis chez Théodulie ! Les cadeaux que j'avais dû lui porter, et dont la valeur dépassait trois cents roubles, furent reçus avec une satisfaction marquée ; il plut ensuite à Théodulie Ivanovna de prendre sous sa garde tout l'argent que j'avais sur moi, sous prétexte de le conserver. Ce à quoi, par respect pour elle, je ne m'opposai point. Si vous me demandez, madame, d'où et pourquoi me vint une pareille confiance... à cela il n'y a qu'une seule réponse : Sœur d'Agrippina, et rameau de la famille Lomof ! Mais, hélas ! hélas !... bien vite je fus privé de tout cet argent. Et l'espérance que j'avais fondée sur Théodulie, qui voulait partager avec moi sa dernière bouchée de pain, se montra bientôt vaine et déçue. Tout au rebours, ce fut l'avide Théodulie qui s'engraissa de mon bien. Et nommément le jour de sa fête, le cinquième de février, j'eus l'honneur de lui présenter pour cinquante roubles d'étoffe verte française, à cinq roubles l'*archine;* et, quant à moi, je ne reçus d'elle, en tout et pour tout, que du piqué blanc pour un gilet et un mouchoir de cou en mousseline; lesquels cadeaux furent, en ma présence, achetés de mes propres deniers. Et voilà tous les bienfaits que je reçus d'elle ; voilà cette dernière bouchée ! Et j'aurais pu encore, avec la plus exacte vérité, vous dévoiler toutes les actions malveillantes de ladite Théodulie à mon égard, ainsi que mes dépenses qui passaient toute mesure, surtout pour fruits et bonbons que ladite Théodulie mangeait tout le long du jour. Mais je me tais sur tout ceci pour que vous ne preniez pas en mauvaise part toutes ces explications sur une défunte. De plus, comme Dieu l'a appelée à son jugement, tout ce que j'ai souffert d'elle s'est extirpé de mon cœur ; et, comme c'est mon devoir de chrétien, je lui ai pardonné depuis longtemps, et je supplie Dieu qu'il lui pardonne aussi.

« Mais, ô respectée dame Raïssa Pavlovna, pourriez-vous me faire un reproche de ce que j'ai été un ami si sincère et si fidèle de votre famille, et de ce que j'ai tant aimé, si invinciblement aimé Agrippina Ivanovna ; de ce que je lui ai sacrifié ma vie, ma fortune, mon honneur ; de ce que je suis resté en sa puissance de façon à ne pouvoir plus, à ne vouloir plus me diriger, ni diriger mes affaires, car tout cela était devenu sa propriété ? Vous ne pouvez pas ignorer non plus que, dans cette aventure avec le domestique, je subis innocemment une injure mortelle. J'ai transporté ce procès, après sa mort, au sixième département du Sénat, et il n'est pas encore décidé ; et je suis toujours en tutelle, et on me juge en cour criminelle. Dans mon rang, à mon âge, un pareil déshonneur m'est insupportable, et il ne me reste qu'à tranquilliser mon cœur par cette réflexion amère et douce, que, même après la mort d'Agrippina, c'est

encore pour elle que je souffre, et ceci montre bien
également les traces de mon inaltérable amour et de
ma vertueuse reconnaissance pour ses bienfaits!

« Dans mes lettres, j'avais fait parvenir à votre
connaissance tous les détails de l'enterrement d'A-
grippina Ivanovna, et comment je n'avais rien épar-
gné pour rendre cette cérémonie digne d'elle. Pour
tout cela, pour les messes commémoratives au bout
de quarante jours, pour la lecture continuelle des
psaumes pendant six semaines et d'autres menus
frais (item, cinquante roubles d'arrhes avancés par
moi pour l'achat d'une pierre funéraire, et malheureusement perdus par l'impossibilité de payer le
reste), pour tout cela, j'ai dépensé de mon propre et
dernier argent sept cent cinquante roubles, au nombre desquels je ne compte pas cent cinquante roubles
déposés à l'église pour la place au cimetière.

« Que ton âme bienfaisante écoute enfin la voix
d'un homme désespéré et tombé dans l'abîme des
plus cruelles souffrances! La seule générosité de ta
compassion peut lui rendre la vie. Hélas! si je suis
vivant, c'est malgré moi. Je suis vivant; mais, vu
l'état de mon âme et de mon cœur, je suis mort. Je
suis mort quand je me rappelle ce que je fus et ce
que je suis : je fus un guerrier, je servis ma patrie
en toute loyauté et droiture, comme il appartient
indubitablement à tout vrai Russe et tout fidèle sujet du tzar. Et j'en fus récompensé par des signes de
distinction; et j'eus une fortune convenable à ma
naissance et à mon rang. Et maintenant je me vois
obligé de courber l'échine pour ramasser le pain quo-

tidien. Je suis mort surtout quand je me rappelle quelle amie j'ai perdue... A quoi bon vivre? A quoi sert la vie après cela? Mais on ne peut pas hâter son sort. La terre ne s'ouvre pas pour vous recevoir; elle se changerait plutôt en pierre. Partant, je crie vers toi de nouveau, âme vertueuse; apaise le murmure populaire; ne permets pas qu'on dise qu'en récompense de mon dévouement sans bornes je n'ai pas où abriter ma tête; force la langue des ennemis et des envieux à célébrer tes bienfaits. Et, oserai-je ajouter en toute humilité, réjouis dans son tombeau ta chère et bien-aimée tante, Agrippina Ivanovna, qui, exauçant mes prières pécheresses, voudra bien, en retour de ton secours généreux, étendre sur ta tête ses mains protectrices! Donne enfin au vieillard solitaire qui pouvait attendre une autre destinée un moment de tranquillité au déclin de ses jours!

« Du reste, j'ai l'honneur d'être, avec la plus profonde vénération, très-respectée dame, votre très-humble serviteur.

« Vassili Gousskof,

« *Brigadier et chevalier de Saint-Georges.* »

## XVI

Quelques années plus tard, je visitai de nouveau le domaine de mon ami. Le brigadier n'existait plus depuis longtemps; il était mort bientôt après que je

l'avais connu. Concombre était toujours florissant.
Il me conduisit au tombeau d'Agraféna Ivanovna.
Une grille en fer entourait une large dalle portant
une épitaphe en termes minutieux et pompeux, et
là, tout près, comme aux pieds de la défunte, se voyait
un petit tertre surmonté d'une croix en bois déjà
penchée. On y lisait : « Le serviteur de Dieu, Vassili Gousskof, brigadier et chevalier, repose ci-des-
sous. » Ses restes avaient enfin trouvé un dernier
abri auprès des restes de cet être qu'il avait aimé
d'un amour presque immortel.

# HISTOIRE

## DU

# LIEUTENANT YERGOUNOF

## I

Ce soir-là, le lieutenant Yergounof nous raconta de nouveau son aventure. Il la redisait exactement une fois par mois, et nous l'écoutions chaque fois avec un nouveau plaisir, bien qu'en sachant par cœur presque tous les détails. Ces détails avaient successivement poussé, pour ainsi dire, autour de la tige primitive de l'histoire comme des champignons autour d'un tronc d'arbre coupé. Le caractère de notre narrateur nous était trop connu pour que nous eussions la moindre difficulté à combler ses omissions et ses lacunes ; mais depuis ce temps le lieutenant est mort, et personne ne reste pour raconter son aventure : c'est pourquoi nous nous décidons à la porter à la connaissance de tous.

La duchesse arriva dans la jeunesse du lieutenant, il y a de cela une quarantaine d'années. Lui-même disait, en parlant de sa propre personne, qu'il était alors un beau garçon, élégant, qu'il avait un de ces visages qu'on appelle en russe *sang et lait*, des lèvres vermeilles, des cheveux frisés et des yeux de faucon. Nous le croyions sur parole, bien que ne trouvant plus en lui rien de semblable. Le lieutenant nous paraissait un homme d'un extérieur fort ordinaire, son visage était vulgaire et comme endormi, sa taille gauche et mal prise; mais il ne faut pas oublier que nulle beauté ne résiste au temps. Les restes de l'élégance s'étaient mieux conservés chez le lieutenant. Il portait encore dans sa vieillesse des pantalons très-étroits avec des sous-pieds; il sanglait sa taille épaisse, se frisait le toupet, et se teignait les moustaches avec une certaine drogue persane, qui leur donnait des reflets rouges ou verts plutôt que noirs. A tout prendre, le lieutenant était un gentilhomme très-estimable, bien qu'en jouant au whist il aimât à glisser dans le jeu du voisin son petit œil gris; mais il faisait cela moins par amour du gain que par esprit d'économie, car il n'aimait pas à perdre inutilement son argent. C'est assez parler du lieutenant, venons à son histoire.

C'était dans la ville encore toute neuve alors de Nicolaïef[1]. On était au printemps. M. Yergounof, qui avait le grade de lieutenant dans la flotte, venait d'y être envoyé pour remplir une mission du gou-

---

[1] Fondée près de l'embouchure du Dniéper.

vernement. On lui avait confié, comme à un officier
solide et circonspect, la direction de certaines cons-
tructions maritimes; on lui remettait fréquemment
des sommes assez considérables, que, pour plus de
sûreté, il portait constamment dans une ceinture
de cuir bouclée autour de son corps. Le lieutenant
Yergounof se distinguait en effet, malgré son jeune
âge, par une grande prudence et une grande régula-
rité de conduite : il évitait avec soin toute action
inconvenante ; il ne touchait point aux cartes à cette
époque, ne buvait pas de vin et fuyait même toute
société, de sorte que, parmi ses camarades, les
bons sujets l'appelaient *la demoiselle*, tandis que
les tapageurs lui donnaient le sobriquet de *bonnet
de nuit*. Le lieutenant n'avait qu'une seule faiblesse : son cœur était trop sensible aux charmes
du beau sexe; mais de ce côté même il savait résister
aux élans de la passion, et se gardait bien de ce qu'il
eût appelé déroger. Il se levait et se couchait de
bonne heure, remplissait ponctuellement ses devoirs,
et n'avait d'autre distraction qu'une longue prome-
nade du soir dans les quartiers éloignés de Nicolaïef.
Il ne lisait jamais de livres, craignant l'afflux du sang
au cerveau; et même il était obligé chaque printemps
de combattre la pléthore par certaines décoctions.
Endossant son uniforme après s'être bien soigneusement brossé lui-même, notre lieutenant se dirigeait
chaque soir vers les jardins fruitiers des faubourgs,
dont il suivait à pas comptés les longues clôtures en
bois. Il s'arrêtait souvent, admirait la belle nature,
cueillait une fleur en guise de souvenir et ressentait

une certaine satisfaction ; mais il n'éprouvait de plaisir véritable que lorsqu'il rencontrait « un petit cupidon, » c'est-à-dire quelque jolie bourgeoise qui, portant sur les épaules la mante qu'on appelle « chaufferette de l'âme, » sur la tête un mouchoir bigarré, et tenant un léger paquet sous son bras nu, se hâtait de rentrer à la maison. Étant, comme il le disait lui-même, d'une complexion sensible, mais modeste, le lieutenant n'adressait jamais la parole au « petit cupidon. » Toutefois, il lui souriait avec affabilité et le suivait longtemps d'un regard caressant, puis il poussait un profond soupir, retournait dans sa chambre avec la même démarche solennelle, s'asseyait devant la fenêtre, et se livrait à ses réflexions pendant une demi-heure environ, en fumant avec précaution dans une grande pipe d'écume du tabac horriblement fort dont lui avait fait cadeau un officier de police allemand, son parrain. Ainsi se passaient les jours, sans tristesse et sans gaîté.

Il arriva que, retournant à la maison vers la tombée du jour par une ruelle déserte, le lieutenant entendit tout à coup derrière lui des pas précipités et des mots confus entrecoupés de sanglots. Il se retourna et aperçut une jeune fille d'une vingtaine d'années, dont le visage, fort agréable, était inondé de larmes. Un malheur aussi grand qu'inattendu semblait l'avoir frappée. Elle courait, elle trébuchait, elle se parlait à elle-même, elle levait les bras en gémissant. Ses blonds cheveux s'étaient dénoués, et son fichu (dans ce temps-là l'on ne connaissait ni mantille ni bournous) avait glissé de ses épaules et ne tenait plus que par une épingle. La jeune fille était habillée comme une demoiselle, non comme une simple bourgeoise.

Yergounof se rangea de côté. Un sentiment de compassion vainquit en lui la crainte constante de déroger; lorsqu'elle fut arrivée près de lui, il porta poliment la main à la visière de son shako, et lui demanda la cause de sa douleur. « En ma qualité de militaire, lui dit-il en portant la main à sa courte épée de marine, puis-je vous venir en aide? »

La jeune fille s'arrêta, et dans le premier moment ne parut pas comprendre l'offre du lieutenant; mais aussitôt, et comme enchantée de pouvoir ouvrir son cœur, elle se mit à parler très-vite et en assez mauvais russe : « De grâce, monsieur l'*offizir*, commença-t-elle, et sur-le-champ ses larmes jaillirent de nouveau, coulant goutte à goutte sur ses joues rondes et fraîches... C'est affreux, c'est horrible! Dieu sait çe que c'est! On nous a dévalisés... De grâce... la cuisinière a tout, tout emporté, la théière, la cassette, les robes... Oui, même les robes, et les bas, et le linge... Oui, et le ridicule de ma tante... Il y avait là, dans un étui, un billet de vingt-cinq roubles et deux cuillères en plaqué... et encore une pelisse... et tout, tout!.. » Je dis cela à M. l'officier de police, et M. l'officier me répond : « Allez-vous-en, je ne vous crois pas, je ne veux pas vous entendre. Vous êtes de la même bande. » Je lui dis : « De grâce... une pelisse! » Et lui de nouveau : « Je ne veux pas vous entendre, hors d'ici ! » — et il frappe du pied. Quelle insulte, monsieur l'officier !... hors d'ici !... et où veut-il que j'aille ? »

La jeune fille éclata de rechef en sanglots, et, tout à fait éperdue, elle appuya son visage contre le bras du lieutenant. Éperdu à son tour, Yergounof, sans bouger, se bornait à dire : « Allons, finissez, » et ne pouvait quitter du regard le cou palpitant de la jeune fille éplorée.

« Permettez, mademoiselle, je vais vous reconduire, dit-il enfin en touchant légèrement du doigt son épaule; ici... dans la rue... vous le voyez, c'est impossible. Vous m'expliquerez votre chagrin, et certainement, en vrai militaire, je mettrai tous mes soins... »

La jeune fille alors releva la tête, et parut pour la première fois se rendre compte de ce qu'était le jeune homme qui la tenait, on peut le dire, dans ses bras. Elle rougit, détourna la tête, et, tout en continuant à sangloter, elle s'éloigna de quelques pas. Le lieutenant réitéra son offre. La jeune fille lui jeta un regard en dessous à travers les longs cheveux blonds mouillés de larmes qui lui tombaient sur les yeux (à cet endroit du récit, Yergounof ne manquait jamais de nous dire que ce regard l'avait percé comme avec une alène, et même une fois il essaya de reproduire ce regard), puis, posant sa main sur le bras que lui offrait le galant lieutenant, ils s'éloignèrent ensemble du côté qui menait, disait-elle, à sa demeure.

Yergounof avait eu dans sa vie peu d'occasions de hanter les femmes, et, partant, ne savait pas trop par où commencer l'entretien; mais sa compagne le tira bientôt d'embarras. Elle se mit à bavarder avec volubilité, tout en essuyant du revers de sa main les

larmes qui venaient sans cesse mouiller ses paupières. Au bout de quelques instants, le lieutenant savait qu'elle se nommait Émilie Carlovna, qu'elle
était native de Riga, qu'elle était venue à Nicolaïef
en visite chez sa tante, qui était aussi native de Riga,
que son père, à elle, avait été militaire, qu'il était
mort de la poitrine, que sa tante avait pris une cuisinière russe, très-bonne cuisinière et pas chère,
mais sans passe-port, et que cette cuisinière, le jour
même, leur avait tout volé, et s'était enfuie on ne
sait où, qu'il avait fallu aller à la police... Ici le souvenir de l'insulte reçue lui revint à la mémoire, et de
nouveau éclatèrent les sanglots. Le lieutenant fut encore une fois embarrassé pour trouver à dire quelque
chose de consolant; mais la jeune fille, chez qui, pa-
raît-il, les impressions venaient et s'en allaient avec
la même rapidité, s'interrompit tout à coup pour
dire d'une voix calme en étendant la main : « Voici
notre maison.

Cette maison était une espèce de cabane à demi
enfoncée dans la terre, avec quatre petites croisées
donnant sur la rue. Derrière les vitres, on apercevait
la sombre verdure des pots de géranium, et à travers
l'une des fenêtres perçait la faible lueur d'une chandelle. La nuit tombait. De la maison même, et haute
comme le toit, s'étendait une clôture en planches percée
d'une porte bâtarde. La jeune fille s'en approcha, et,
la trouvant fermée, agita avec impatience le lourd
anneau de fer de l'antique serrure. Des pas traînants
se firent entendre derrière la clôture, comme ceux
d'une personne chaussée de vieilles pantoufles, et

une voix de femme enrouée fit en allemand une
question que le lieutenant ne comprit pas. En vrai
marin, il n'entendait que le russe. La jeune fille répondit de même en allemand. La porte s'entrebâilla,
laissa passer la jeune fille, et se referma brusquement
au nez de Yergounof, qui eut le temps néanmoins
de distinguer, dans le demi-jour, la figure d'une
grosse vieille femme en robe rouge, tenant une lanterne à la main. Frappé de surprise, le lieutenant
resta quelque temps immobile; mais bientôt, indigné
à l'idée qu'on osait se permettre une telle impolitesse à l'égard d'un officier, il fit brusquement
demi-tour et se dirigea vers son logement. A peine
avait-il fait dix pas que la même porte se rouvrit, et
la jeune fille, qui avait eu le temps de chuchoter à
l'oreille de la vieille, parut sur le seuil et dit à haute
voix : « Où allez-vous donc , monsieur l'officier ?
Est-ce que vous n'entrez pas chez-nous ? »

Yergounof hésita un moment, puis revint sur ses
pas.

Sa nouvelle connaissance, que nous allons dorénavant nommer Émilie, l'introduisit d'abord dans une
petite pièce humide et sombre, puis dans une chambre
assez grande, mais très-basse de plafond. Une vaste
armoire occupait, avec un sopha en toile cirée, l'une
des parois; au-dessus des portes et entre les fenêtres
se voyaient les portraits éraillés de deux archevêques
coiffés de la mitre, et d'un Turc en turban. Des
coffres et des cartons à chapeaux encombraient les
coins de la chambre, et, entourée de chaises boi-
teuses, se dressait une table de jeu ouverte, sur la-

quelle une casquette d'homme était posée près d'un
verre de *kvass* à demi vide. Sur les talons du lieutenant entra la vieille qu'il avait remarquée près de la
porte. C'était une Juive d'aspect repoussant; ses petits
yeux éraillés jetaient des regards sinistres, quelques
poils gris couvraient sa lèvre épaisse. Émilie la présenta au lieutenant : « Voici, dit-elle, ma petite
tante, Mme Fritsche. »

Le lieutenant ne put retenir un mouvement de
surprise; mais il crut de son devoir de décliner ses
noms et qualités. Mme Fritsche ne lui répondit que
par un regard oblique, et demanda en russe à sa
nièce si elle voulait du thé.

« Ah! oui, du thé! s'écria Émilie. N'est-ce pas,
monsieur l'officier, vous prendrez du thé? Oui, petite tante, apportez-nous le *samovar*. Pourquoi res-
tez-vous debout, monsieur, au lieu de vous asseoir?
Mon Dieu, que vous êtes cérémonieux ! Permettez-
moi d'ôter mon châle. »

Émilie, pendant qu'elle parlait, tournait la tête de
côté et d'autre, et donnait de petites secousses à ses
épaules. C'est ainsi que font les oiseaux quand ils
sont perchés au faîte d'un arbre, et que le soleil les
éclaire de tous côtés.

Le lieutenant prit une chaise, et, donnant à son
maintien la gravité nécessaire, il ouvrit la conversation sur l'affaire du vol; mais Émilie l'interrompit
aussitôt. « Ne prenez pas cette peine, dit-elle, ce n'est
plus rien; ma tante vient de m'apprendre que les
principaux objets sont retrouvés (ici Mme Fritsche
murmura quelques mots dans sa barbe et quitta la

chambre). Il n'était pas même besoin d'aller à la police; mais je ne puis jamais me retenir. Je suis... vous ne comprenez pas l'allemand, je suis si *rapide.* Regardez-moi, je n'y pense plus, plus du tout. »

Le lieutenant leva les yeux sur Émilie. Son visage en effet avait repris l'expression de l'insouciance. Tout souriait dans ce gentil visage, tout, les yeux entourés de longs cils cendrés, la bouche, les joues, le menton, jusqu'à la fossette du menton, jusqu'au bout du petit nez retroussé. Elle s'approcha d'un miroir ébréché, et, tout en chantonnant, tout en clignant les yeux, elle se mit à rattacher sa chevelure. Yergounof suivait avec attention chacun de ses mouvements, car elle lui plaisait beaucoup.

« Vous m'excuserez, n'est-ce pas, se reprit-elle à dire en minaudant devant son miroir, de vous avoir ainsi amené chez moi? Cela vous serait-il désagréable ?

—- Que dites-vous là ?

— Je vous l'ai déjà dit : je suis si *rapide!* J'agis d'abord, et puis je pense, et souvent même je ne pense pas du tout. Comment vous appelez-vous, monsieur l'officier? Peut-on le savoir ? » Ce disant, elle se plaça résolûment devant lui en croisant sur sa poitrine ses bras rondelets.

« Je m'appelle Yergounof Kouzma Vasilief, dit le lieutenant.

— Yergou... Ah ! ce nom ne me va pas, il est trop difficile à prononcer. Je vais vous appeler Florestan. Nous avions à Riga un monsieur Florestan qui vendait de l'excellent gros de Naples, et qui était beau !... pas moins que vous; mais quelle belle taille vous avez !... celle d'un véritable héros russe. J'aime les Russes, je suis Russe moi-même. Oui, je suis Russe, car mon père était officier; on voulait même lui donner une croix... Mais j'ai les mains plus blanches que les vôtres. » Elle leva ses bras au-dessus de sa tête, agita ses mains pour faire descendre le sang, et les abaissant brusquement : « Voyez, dit-elle, je les lave avec du savon grec parfumé. Sentez un peu... Ah! mais... pas de baiser... Ce n'est pas pour cela que je vous les montre. Où servez-vous ?

— Je sers dans la flotte, au 19e équipage de la mer Noire.

— Ah ! vous êtes marin... Avez-vous un gros traitement?

— Non, pas trop.

— Vous devez être très-brave. Je vois cela dans vos yeux. Quels épais sourcils vous avez! on dit qu'il faut les frotter de suif la nuit pour qu'ils poussent; mais pourquoi n'avez-vous pas de moustaches?

— Le règlement ne le permet pas.

— Fi ! qu'il est bête, votre règlement! Est-ce un couteau que vous avez là?

— C'est un poignard. Le poignard est le signe distinctif du marin.

— Ah! un poignard! Ça coupe-t-il? voyons un peu. »

Et fermant les yeux, se mordant les lèvres, elle tira avec effort la lame du fourreau, et s'appliqua le tranchant sur le nez : « Mais il est ébréché, votre poignard, dit-elle. Et pourtant je puis vous tuer d'un seul coup. » Elle menaça le lieutenant, qui fit semblant d'avoir peur et partit d'un gros rire. Elle se mit à rire aussi.

« Je vous fais grâce, dit-elle en prenant une pose majestueuse. Allons, reprenez votre arme. A propos, quel âge avez-vous?

— Vingt-cinq ans.

— Et moi dix-neuf. Dieu, que c'est drôle ! »

Émilie se mit alors à rire avec tant d'abandon qu'elle s'en renversa en arrière. Le lieutenant restait immobile sur sa chaise, ne pouvant détourner ses regards de ce visage frais et rose, tout frémissant de l'éclat de rire. Elle lui plaisait de plus en plus.

Émilie s'arrêta tout à coup, et après avoir examiné le lieutenant avec attention, comme si elle le voyait pour la première fois, elle se rapprocha du miroir tout en chantonnant entre ses dents (c'était son habitude). « Savez-vous chanter, monsieur Florestan? demanda-t-elle.

— Non, mademoiselle ; on ne m'a point appris le chant quand j'étais petit.

— Et jouer de la guitare, pas davantage? Moi, je sais. J'ai une guitare tout incrustée de nacre de perles; seulement les cordes sont cassées. Vous me donnerez bien de quoi les remplacer, monsieur l'officier ? Alors je vous chanterai une belle romance allemande, si touchante!... Et savez-vous danser?... Non ? C'est impossible! Je vous apprendrai l'écossaise et la valse cosaque. Tra la la, tra la la... Et Émilie se mit à sauter par la chambre. — Voyez quelles jolies bottines je porte. Elles viennent de Varsovie... Mais comment m'appellerez-vous ? »

Le lieutenant rougit jusqu'aux oreilles : « Je vous appellerai l'adorable Émilie.

— Vous devez m'appeler *mein ʒucker püppchen* [1]. Voyons, répétez après moi.

— Avec le plus grand plaisir ; mais je crains que ce ne soit un peu trop difficile pour ma langue...

— C'est égal, c'est égal ; dites : *mein...*

— *Mahin...*

— *Zucker...*

— *Tsouker...*

— *Püppchen, püppchen, püppchen.*

— *Pu...* Non, je ne puis : ça ne peut pas sortir.

— Si, si, il le faut. Savez-vous ce que cela signifie ? C'est en allemand le mot le plus agréable aux demoiselles. Je vous l'expliquerai plus tard, car voici la petite tante qui nous apporte le *samovar*. » Émilie battit des mains. « Petite tante, je prendrai mon thé avec de la crème. Y en a-t-il ?

— Tais-toi donc, » dit la tante en allemand d'un ton bourru.

Le lieutenant resta chez Mme Fritsche jusqu'à la nuit. Depuis son arrivée à Nicolaïef, il n'avait pas encore passé de si agréable soirée. A la vérité, il lui vint en tête plus d'une fois qu'il ne convenait guère à un officier, à un gentilhomme, de frayer avec des personnes comme la demoiselle de Riga et sa petite tante ; mais Émilie était si jolie, elle babillait si drô-

[1] Ma petite poupée de sucre.

lement, elle le regardait avec des yeux si espiègles, qu'il refoula tous ses scrupules pour vivre cette fois à coudées franches, comme le lui conseillait un pope de ses amis. Une seule circonstance le troubla quelque peu et lui laissa une impression pénible. Pendant le feu de sa conversation avec Émilie et la tante, la porte de la chambre s'entre-bâilla et donna passage à un bras d'homme dans une manche, de couleur sombre, portant un assez gros paquet enveloppé dans une serviette. Les deux dames s'en approchèrent avec empressement pour regarder ce qu'il contenait. « Ce ne sont pas les mêmes cuillères ! » s'écria Émilie ; mais la tante la poussa du coude et se hâta d'emporter le paquet, sans même attacher les bouts de la serviette, sur l'un desquels le lieutenant crut apercevoir une tache rouge semblable à une tache de sang. « Qu'est-ce ? demanda-t-il. Vous a-t-on rapporté quelques autres objets volés ?

— Oui..., dit Émilie avec une certaine hésitation, on a rapporté...

— Qui les a trouvés ? Votre domestique ? » Émilie fronça le sourcil. « Quel domestique ? dit-elle. Nous n'en avons pas.

— Un homme donc ?

— Jamais aucun homme ne vient chez nous.

— Permettez, permettez, j'ai parfaitement reconnu la manche d'une *venguerka,* et puis cette casquette...

— Jamais, jamais aucun homme ne vient chez nous, répéta Émilie avec insistance. Qu'avez-vous pu ovir ? Vous n'avez rien vu... Cette casquette est à moi.

— Comment, à vous ?

— A moi. Il m'arrive quelquefois d'aller au bal masqué. En un mot, elle est à moi, cela suffit.

— Mais alors qui donc vous a apporté ce paquet ? »

Émilie ne répondit rien et sortit brusquement sur les talons de sa tante. Quelques minutes plus tard, elle rentra seule. Lorsque le lieutenant voulut l'interroger de nouveau, elle le regarda entre les deux yeux, et tandis qu'elle lui disait qu'il était honteux à un cavalier de se montrer si curieux, son visage changea, s'assombrit, et bientôt, tirant de la table un vieux jeu de cartes, elle demanda au lieutenant de lui dire sa bonne aventure sur le roi de cœur.

Yergounof se mit à rire, prit les cartes, et toutes les pensées de soupçon qu'il pouvait avoir le quittèrent immédiatement ; mais ces mauvaises pensées lui revinrent encore, et dans le courant de la même soirée. Il avait même déjà franchi la petite porte s'ouvrant dans la haie sur la rue, il avait crié pour la dernière fois à Émilie : *Adié, Zuckerpüppchen!* lorsqu'un homme de petite taille le frôla brusquement, et la lune, qui jetait un vif éclat, lui fit apercevoir un maigre visage de bohémien avec des moustaches noires, un nez recourbé et des yeux brillants sous d'épais sourcils. Cet homme se jeta prestement derrière l'angle d'une maison. Toutefois le lieutenant crut reconnaître, non pas son visage, qu'il n'avait jamais vu, mais la manche aux trois boutons d'argent de sa redingote à brandebourgs. Une sorte d'inquiétude s'éveilla dans l'âme du prudent jeune homme. Rentré à la maison, il n'alluma point, suivant sa constante

habitude, sa grande pipe d'écume de mer. Du reste
la rencontre inattendue qu'il avait faite de la charmante Émilie et les heures agréables qu'il venait de
passer avec elle pouvaient expliquer l'agitation de ses
sentiments.

## II

Quelles que fussent les appréhensions du lieutenant, elle se dissipèrent rapidement, sans laisser de
traces. Il continua de visiter de plus en plus fréquemment les deux dames de Riga. D'abord Yergounof alla chez elles en cachette, ayant quelque
honte d'une telle intimité; puis, peu à peu il préféra
ouvertement la demeure de ses nouvelles connaissances à toute autre maison, sans excepter naturellement les tristes quatre murs de sa chambre. Mme Fritsche n'excitait plus en lui de sensations désagréa-
bles, bien qu'elle continuât de le traiter d'une façon
peu avenante et presque farouche. Les dames de cette
espèce apprécient principalement dans leurs visiteurs
la générosité, et le lieutenant n'était pas sans quelque avarice. En fait de cadeaux, il donnait plus vo-
lontiers des noix, des raisins secs et du pain d'épice.
Une fois seulement il s'était ruiné, suivant sa propre
expression : il avait offert à Émilie un petit fichu en
soie rose et de véritable fabrique française. Le jour
même, elle en brûla les bouts à la chandelle; il lui

fit des reproches : alors elle attacha le fichu à la queue de sa chatte ; il se fâcha, elle lui rit au nez. Le lieutenant dut enfin s'avouer que non-seulement il n'inspirait aucun respect aux dames de Riga, mais qu'il n'avait pas même acquis leur confiance, car on ne le laissait jamais entrer d'emblée et sans un examen préalable. Souvent on le faisait attendre, d'autres fois on le congédiait sans façon, et, pour ne pas le mettre dans les confidences, on parlait allemand devant lui. Émilie ne lui rendait aucun compte de ses actions, et à toutes les questions qu'il pouvait faire elle trouvait toujours des échappatoires; mais ce qui l'intriguait le plus, c'était de se voir constamment fermer certaines chambres de la maison de M<sup>me</sup> Fritsche, qui, bien qu'elle eût toutes les apparences d'une cabane, était assez spacieuse. Malgré tout, Yergounof était toujours aussi assidu chez Émilie. Il rencontrait là, comme nous disons, des âmes vivantes, et son amour-propre était secrètement flatté de ce que sa jeune amie qui continuait à l'appeler Florestan, admirât de plus en plus sa mâle beauté, et trouvât que ses yeux ressemblaient à ceux d'un oiseau de Paradis.

Un jour, au plus fort de l'été, à midi, le lieutenant, après avoir passé toute sa matinée en plein soleil avec les ouvriers du chantier, se traîna, harassé, jusqu'à la petite porte de lui trop connue. Il frappa ; on ne le fit pas attendre. A peine entré dans ce qu'on nommait le salon, il se laissa tomber sur le sofa. Émilie s'approcha et essuya avec son mouchoir le front baigné de sueur du lieutenant.

« Qu'il est fatigué! qu'il a chaud! dit-elle avec compassion. Pauvre ami! S'il avait seulement décroché les agrafes de son hausse-col! O Seigneur, on voit sauter sa petite âme dans sa poitrine!

— Je n'en puis plus, répondit Yergounof en gémissant. Debout depuis le matin, et ce soleil brûlant sur mon shako! Je voulais d'abord me réfugier à la maison; mais ces serpents de fournisseurs m'y attendent. Ici, chez vous, quelle fraîcheur! je crois que, si j'osais, je ferais un petit somme.

— Eh bien! dors; personne ici ne te gênera.

— Mais j'ai conscience...

— Quelle idée! dors. Je vais te bercer. »

Et elle se mit à fredonner une berceuse. L'autre dit : « Si je buvais d'abord un peu d'eau?

— Tiens, en voici, fraîche comme du cristal. Attends, je vais te mettre un petit coussin sous la tête... Et encore ceci... contre les mouches... »

Elle lui couvrit le visage de son fichu.

« Grand merci, mon petit cupidon, » dit l'autre, et déjà il s'était endormi. Émilie chantonnait en se balançant comme si elle l'eût bercé, et riait elle-même de son geste et de sa chanson.

Au bout d'une heure, Yergounof s'éveilla. Il lui avait semblé, à travers son sommeil, que quelqu'un l'avait touché en se penchant sur lui. Il enleva le fichu qui lui couvrait les yeux... Émilie se tenait à genoux tout près du sofa avec une expression de visage qui lui parut étrange. Elle se releva précipitamment et courut vers la fenêtre en cachant quelque chose dans sa poche. Le lieutenant s'étira les membres. « J'ai pourtant bravement dormi! dit-il. Venez un peu vers moi, ma chère demoiselle. « Émilie se rapprocha ; il se souleva brusquement du sofa, enfonça sa main dans la poche d'Émilie, et en tira... une paire de petits ciseaux. « Jésus! s'écria involontairement Émilie.

— Ce sont des ciseaux ? balbutia le lieutenant.

— Certainement. Que croyais-tu donc trouver ? un pistolet ? Oh! quelle drôle de figure il a ! les joues plissées comme un coussin, et les cheveux tout droits sur la nuque ! Il ne sourit même pas. Oh! »

Émilie se tordit de rire.

« Assez, assez, dit le lieutenant d'un ton fâché. Si tu ne peux rien trouver de plus spirituel, je m'en vais... Je pars, » ajouta-t-il, en voyant qu'elle ne cessait pas de rire, et il prit son shako. Émilie se tut. « Fi! qu'il est méchant, dit-elle ; un vrai Russe ; tous les Russes sont méchants. Voilà qu'il s'en va. Fi! hier il m'a promis cinq roubles ; aujourd'hui il ne m'a rien donné, et il s'en va.

— Je n'ai point d'argent sur moi, murmura le lieutenant, déjà sur le seuil de la porte. Adieu. »

Émilie le suivit des yeux et le menaça du doigt « Entendez-vous ce qu'il dit : il n'a point d'argent. Oh! tous ces Russes sont trompeurs! mais attendez, attendez, monsieur l'enjôleur! Petite tante, venez ici ; j'ai quelque chose à vous confier. »

Le soir du même jour, en se déshabillant pour se coucher, le lieutenant s'aperçut que le rebord supérieur de sa ceinture, de cette ceinture qu'il portait toujours sur lui, était décousu de la longueur d'un doigt. En homme d'ordre qu'il était, il prit aussitôt du fil et une aiguille, cira le fil et répara soigneusement la déchirure. Du reste, il ne prêta aucune attention à cette circonstance insignifiante.

Toute la journée suivante fut consacrée par le lieutenant aux devoirs du service. Il ne sortit pas de la maison même après dîner, et jusqu'à la nuit, à la sueur de son front, il rédigea et copia des rapports à l'autorité, confondant impitoyablement l'accent grave avec l'accent aigu, plaçant chaque fois après *mais* un point d'exclamation, et après *cependant* un point et une virgule. Le lendemain matin, un enfant juif, pieds nus et couvert d'une souquenille en loques, lui apporta une lettre d'Émilie, la première qu'il eût reçue d'elle. « Mon très-cher Florestan, lui écrivait-elle, es-tu maintenant fâché contre ta *Zuckerpüppchen*, que tu n'es pas venu hier? De grâce, ne sois pas trop fâché, si tu ne veux pas que ton aimable Émilie pleure beaucoup, beaucoup, et viens ce soir à cinq heures sans faute (le chiffre 5 était entouré d'une double petite couronne de fleurs dessinées à la plume). Ton aimable Émilie. »

Le lieutenant s'étonna; il ne croyait pas son Émilie si savante. Il donna un sou à l'enfant et fit répondre qu'il irait.

Yergounof tint parole. Cinq heures n'avaient pas encore sonné que déjà il frappait à la porte de Mme Fristche; mais, à sa grande surprise, Émilie n'était point à la maison. Ce fut la tante qui le reçut, et après lui avoir fait, chose étonnante, une révérence préliminaire, elle lui apprit que des circonstances

imprévues avaient forcé Émilie à s'absenter, mais
qu'elle serait bientôt de retour, et qu'elle le priait
de l'attendre. M^me Fritsche s'était coiffée d'un bonnet
tout blanc, elle souriait, elle parlait d'une voix
caressante, et s'efforçait évidemment de donner une
expression aimable à son visage refrogné, qui du
reste ne gagnait rien à ses efforts, et prenait au
contraire je ne sais quelle teinte équivoque et louche.« Prenez place, monsieur, prenez place, disait-elle
en lui avançant un fauteuil, et, si vous le permettez,
nous aurons le plaisir de vous offrir une petite collation. » M^me Fristche fit une autre révérence, sortit
de la chambre, et revint bientôt avec une tasse de
chocolat sur un plateau de fer-blanc. Le chocolat
n'était pas de qualité supérieure; cependant le lieutenant le but avec plaisir, mais il essayait vainement
de comprendre d'où venait le subit empressement de
M^me Fristche, et ce que tout cela signifiait. Émilie ne venait point. Il commençait à perdre patience,
lorsque tout à coup les sons d'une guitare se firent
entendre dans la maison, derrière le mur de la chambre. Ce fut un accord, un second, un troisième, de
plus en plus forts et pleins . Le lieutenant fut frappé
d'étonnement. Émilie avait bien une guitare, mais
cette guitare n'avait que trois cordes ; il n'avait pas encore trouvé le temps d'acheter les autres. D'ailleurs
Émilie n'était pas à la maison. De rechef un accord
résonna, si fort cette fois qu'il semblait partir de la
chambre même. Le lieutenant tourna sur ses talons,
et faillit pousser un cri de surprise et d'effroi...
Devant lui, sur le seuil d'une petite porte basse

qu'il n'avait pas remarquée jusqu'alors, cachée qu'elle était par la lourde armoire, se tenait un être inconnu, étrange... ni un enfant, ni une jeune fille non plus. Cette créature était vêtue d'une robe blanche bigarrée de dessins de couleur, et portait des chaussures rouges à talons. Retenus au sommet du front par un cercle d'or, ses cheveux noirs, épais et lourds, tombaient comme un manteau de sa petite tête sur son corps grêle et fluet. Sous cette masse, deux grands yeux brillaient d'un éclat sombre, et deux bras minces et hâlés, chargés de bracelets d'or, tenaient des deux mains une guitare. A peine pouvait-on apercevoir le visage, tant il semblait étroit et obscur ; seulement un nez effilé s'y dessinait en ligne droite au-dessus de lèvres rouges. Le lieutenant resta pétrifié. Il regardait sans cligner des yeux cet être bizarre qui le regardait aussi les yeux fixes et sans prononcer une parole. Il revint pourtant à lui, et s'approcha à petits pas. Le visage sombre se mit peu à peu à sourire, des dents blanches brillèrent tout à coup ; la tête se releva, et, secouant sa lourde chevelure, se montra dans toute sa beauté fine et acérée.

« Quel est ce diablotin ? » murmura le lieutenant, et, s'approchant encore davantage, il dit à voix basse : « Petite, petite, qui es-tu ? — Ici, répondit-elle d'un timbre voilé, avec une prononciation étrangère qui transposait l'accent, ici... » Puis elle fit un pas en arrière. Le lieutenant franchit le seuil après elle et se trouva dans une très-petite chambre, sans aucune fenêtre, dont les murs et le plancher étaient recouverts d'épais tapis en poil de chameau.

Une forte odeur de musc le prit à la gorge ; deux fines bougies en cire jaune brûlaient sur une table ronde devant un sofa très-bas, à la turque ; un très-petit lit se voyait dans un coin, caché sous des rideaux en mousseline orientale à rayures de satin, et un chapelet d'ambre terminé par un gland de soie rouge était suspendu à la tête du lit.

« Mais permettez..., qui êtes-vous enfin ? répéta le lieutenant.

— Sœur..., sœur d'Émilie.

— Vous êtes sa sœur ? Vous demeurez ici ?

— Oui. »

Le lieutenant étendit de nouveau la main vers elle, et de nouveau elle recula.

« Comment se fait-il donc qu'elle ne m'ait jamais parlé de vous ? Vous cacheriez-vous ? »

L'autre dit oui d'un signe de tête.

« Vraiment ! vous avez des raisons pour vous cacher ? Voilà donc pourquoi je ne vous ai jamais aperçue. J'avoue que je ne soupçonnais pas même votre existence.... Quoi ! cette grosse vieille M^me Fritsche est votre tante ?

— Oui.

— Hum !... On dirait que vous ne comprenez pas très-bien le russe. Comment vous appelle-t-on ?

— Colibri.

— Hein ?

— Colibri.

— Colibri ! voilà un nom extraordinaire. N'est-ce pas, il y a en Afrique des insectes qui se nomment ainsi ? »

Colibri se mit à rire d'un rire court et bizarre, comme si des verres s'entre-choquaient dans son gosier. Elle secoua gravement la tête, jeta un rapide coup d'œil autour d'elle, et, posant la guitare, elle s'approcha de la porte en un saut et la ferma brusquement. Chacun de ses mouvements était preste, agile, avec le frôlement sec d'un lézard. Ses cheveux lui tombaient plus bas que les jarrets. « Pourquoi fermez-vous la porte? lui demanda le lieutenant. » Colibri posa un doigt sur ses lèvres :

« Pour Émilie. »

Le lieutenant eut un sourire de fatuité.

« Seriez-vous jalouse?

— Quoi? dit Colibri en levant la tête et en prenant, comme à chaque question qu'elle faisait, une expression enfantine.

— Jalouse,…? fâchée… Oh! oui.

— C'est beaucoup d'honneur que vous me faites. Écoutez : quel âge avez-vous?

— Dix et sept.

— Dix-sept ans, vous voulez dire?

— Oui. »

Le lieutenant parcourut d'un nouveau regard plus scrutateur sa bizarre compagne.

« Mais vous êtes une vraie petite merveille de beauté. Quels cheveux! quels yeux! et ces sourcils! oh !... »

Colibri se mit à rire encore, et fit lentement rouler ses yeux magnifiques.

« Oui, je suis une beauté, dit-elle avec une gravité

étrange. Asseyez-vous... Moi, près de vous... Tenez, une fleur, belle fleur, qui sent bon. »

Elle tira de sa ceinture une branche de lilas blanc, et regarda le lieutenant par-dessus les fleurs dont elle mordillait un pétale. « Tenez, voulez-vous des confitures de Constantinopoli ? *cherbett ?* »

Colibri se leva rapidement, s'approcha d'une commode, l'ouvrit et en tira un petit pot doré enveloppé dans un morceau d'étoffe rouge parsemée de paillettes en acier, puis une cuiller en vermeil, une carafe en cristal à facettes remplie d'eau et un verre pareil. « Prenez du *cherbett*, signore, bien bon, et je chanterai. Voulez-vous ? »

Elle saisit la guitare. « Vous chantez ? » demanda le lieutenant en se mettant dans la bouche une cuillerée de ce cherbett, qui était excellent en effet.

Colibri saisit des deux mains son épaisse chevelure, la rejeta en arrière, pencha la tête de côté et pinça quelques accords en regardant avec attention le bout de ses doigts et le manche de sa guitare ; puis elle se mit à chanter d'une voix agréable et plus forte qu'on ne pouvait l'attendre d'un être si frêle, mais qui parut bizarre au lieutenant. « Comme elle miaule, la petite chatte ! « se dit-il en lui-même. »

Elle chantait une chanson mélancolique ; ce n'était ni du russe ni de l'allemand, c'était une langue absolument inconnue à Yergounof. Des sons gutturaux, étranges, se mêlaient fréquemment à son chant, et pour terminer elle prononça lentement le mot *sinzimar*, *sintamar*, ou quelque chose d'approchant. Ensuite elle appuya sa tête sur sa main, poussa un soupir et posa la guitare sur ses genoux. « Eh bien ! demanda-t-elle, voulez-vous encore ?

— Avec plaisir, répondit le lieutenant ; mais pourquoi toujours le visage si triste ? Prenez un peu de *cherbett*.

— Non, mangez, vous. Cette fois ce sera plus gai. »

Alors elle chanta une autre chansonnette à la façon d'un air de danse, mais dans la même langue incompréhensible et avec les mêmes sons de gorge. Ses doigts basanés couraient sur les cordes comme de vraies petites araignées, et elle finit en jetant un grand cri sur le mot *hassa* et en frappant à coups violents et répétés avec son petit poing sur la table. Ses yeux brillaient d'un éclat sauvage.

Le lieutenant était, comme nous disons, *embrouillardé* ; la tête lui tournait. Tout était si nouveau pour lui : cette odeur de musc, ces chants bizarres, ces bougies en plein jour, ce *cherbett* à la vanille, et puis cette Colibri qui s'approchait de lui plus près et plus près, ces cheveux qui luisaient et bruissaient comme la soie, et ce visage toujours si triste. « C'est une *roussalka*[1], se dit-il, éprouvant un malaise singulier. Ma petite âme,... avouez... qui vous a donné l'envie de m'appeler aujourd'hui ?

— Vous êtes jeune, joli garçon, j'aime ceux-là.

— Ah ! ah !... Mais que dira Émilie ? Elle va venir, elle m'a écrit ce matin.

----

[1] Espèce d'ondine ou de dryade malfaisante dans la mythologie slave.

— Rien à Émilie.... elle me tuerait. »

Le lieutenant partit d'un éclat de rire. « La croyez-vous si méchante ? »

Colibri hocha la tête. «Il n'y a pas que les méchants qui tuent... Rien non plus à M^me Fritsche. »

Elle lui frappa plusieurs fois le front du bout du doigt : « Comprenez-vous, officier? »

Le lieutenant fronça le sourcil. « Bon, bon ! je garderai ton secret ; mais en récompense tu me donneras un baiser.

— Non, après, quand tu partiras...

— Tout de suite. »

Il se pencha vers elle ; mais elle recula lentement, se redressa et se raidit comme une couleuvre sur laquelle on a marché dans l'herbe épaisse d'un bois. Le lieutenant la regarda dans le blanc des yeux. «Est-elle méchante ! dit-il... A ton aise, et que Dieu te bénisse ! »

Colibri se mit à rêver un instant, et elle se décidait à se rapprocher du lieutenant, lorsque trois coups sourds retentirent dans la maison. Colibri se leva brusquement, avec un rire forcé: «Aujourd'hui, non; demain, oui. Viens demain...

— A quelle heure?

— Le soir, à sept heures.

— C'est bien ; mais demain tu me diras pourquoi tu t'es si longtemps cachée de moi.

— Oui, oui, demain la fin, mon officier.

— Allons, tiens ta parole, et je t'apporterai un joli petit cadeau.

— Jamais! dit-elle en frappant du pied. Cela, cela,

cela (montrant ses habits, ses bijoux, tout ce qui l'entourait), cela à moi. Des cadeaux, jamais !

— Ne vous fâchez pas, mademoiselle, je ne force personne. Il faut donc partir. Adieu, mon petit joujou... Et le baiser ? »

Colibri bondit légèrement, et, jetant ses deux bras autour du cou du jeune lieutenant, elle lui donna un baiser, qui fit à Yergounof l'effet d'un coup de bec. Il voulut l'embrasser à son tour; mais elle s'échappa vivement et s'abrita derrière le petit sofa.

« Ainsi donc à sept heures, demain? » dit le lieutenant un peu confus. Elle lui répondit par un signe de tête, et, prenant du bout des doigts une de ses longues tresses de cheveux, elle se mit à les mordiller de ses dents aiguës. Le lieutenant lui fit de la main un geste d'adieu et tira la porte sur lui; il entendit Colibri s'en approcher en courant et la fermer à double tour.

Il n'y avait personne dans le salon de Mme Fritsche; le lieutenant, qui ne se souciait pas de rencontrer Émilie, se hâtait de sortir; mais en arrivant au perron il vint se heurter contre la maîtresse du logis. « Vous partez, monsieur le lieutenant? dit celle-ci avec la même grimace affectée et sinistre; vous n'attendrez pas Émilie ? »

Le lieutenant mit son shako : « Je dois, madame, vous faire savoir que je n'ai pas l'habitude d'attendre. Il est fort probable que je ne viendrai pas demain non plus. Informez-en votre nièce.

— Bien, bien, dit l'autre; mais vous ne vous êtes pas ennuyé, monsieur le lieutenant?

— Non, madame, je ne me suis point ennuyé.

— C'est tout ce que nous voulions savoir. Nous vous présentons nos hommages.

— Je vous salue, madame. »

Le lieutenant rentra chez lui, et, se jetant sur son lit, s'enfonça dans un dédale de réflexions. « Que diable est-ce cela ? s'écria-t-il plus d'une fois à voix haute ; pourquoi Émilie m'a-t-elle écrit ? Elle me donne un rendez-vous et n'y vient pas ! » Il prit la lettre d'Émilie, la tourna dans ses mains, la flaira. Elle sentait le tabac à fumer, et dans un endroit l'on avait remplacé un verbe au masculin par la terminaison féminine. De cela que pouvait-on conclure ? « Est-il possible que cette vieille Juive, que Dieu confonde, ne sache rien ? Elle surtout, qui est-elle ? »

La charmante Colibri ne lui sortait pas de la tête, et il attendait impatiemment la soirée du lendemain, bien que, dans le fond de son âme, il eût presque peur de ce « petit joujou. »

## III

Avant l'heure du dîner, le lieutenant passa par le bazar, et, après avoir obstinément marchandé, il acheta une petite croix en or pendue à un ruban de velours noir. « Bien qu'elle affirme, se disait-il, qu'il ne lui faut aucun cadeau, nous savons ce que cela veut dire. Du reste, si elle a une âme si désintéressée, Émilie

ne fera pas fi de l'objet. » Vers les six heures du soir,
le lieutenant se rasa avec un soin extrême, envoya
chercher un coiffeur du voisinage et lui recommanda
de bien friser et bien pommader son toupet, ce que
l'autre fit en conscience et sans épargner le papier
officiel du gouvernement, dont il fit des papillotes.
Ensuite le lieutenant endossa son uniforme le plus
neuf, prit dans sa main droite une paire de gants
qu'il n'avait pas encore portés, et après s'être bien
aspergé d'eau de lavande, il sortit de la maison. S'il
avait soigné sa toilette beaucoup plus que lorsqu'il
faisait la cour à sa *Zuckerpüppchen*, ce n'était pas
que Colibri lui plût davantage, mais il y avait dans
celle-ci quelque chose qui excitait même l'imagination paresseuse de notre officier.

Mme Fritsche vint à sa rencontre selon sa coutume,
et, comme s'ils se fussent mis d'accord pour un men-
songe convenu, elle lui annonça qu'Émilie s'était encore absentée pour quelques instants et qu'elle le priait
de l'attendre. Le lieutenant inclina la tête en signe
d'assentiment et prit place sur une chaise. Mme Fritsche sourit de nouveau, c'est-à-dire montra ses longues dents jaunes, et se retira, mais sans lui offrir de
chocolat cette fois.

Aussitôt le lieutenant fixa ses regards sur la porte
mystérieuse. Elle restait fermée. Il toussa deux fois
pour annoncer son arrivée. La porte ne s'ouvrit point.
Il retint sa respiration, tendit l'oreille : rien; pas le
moindre léger bruit, on eût dit que tout était mort à
l'entour. Le lieutenant se leva, s'avança sur la pointe
des pieds vers la porte, chercha à tâtons le bouton

de la serrure et, n'en trouvant pas, poussa la porte du genou. Elle résista; il se pencha alors, et d'une voix basse, étranglée, il prononça deux fois : « Colibri, Colibri! » Aucune réponse. Alors il se releva, tira des deux côtés les basques de son uniforme, puis, frappant cette fois du talon sur le plancher, revint près de la fenêtre et se mit à tambouriner sur les vitres d'un air dépité. L'honneur militaire blessé se révoltait en lui. « Diable! pour qui me prend-on? S'il en est ainsi, je vais frapper à poings fermés, elle sera bien obligée d'ouvrir, et si la vieille sorcière nous entend, ma foi, tant pis, ce ne sera pas ma faute. » Il fit brusquement volte-face. La porte était ouverte à demi.

Aussitôt, le lieutenant, se remettant sur la pointe des pieds, s'élança vers la chambre secrète. Sur le sofa, vêtue d'une robe d'un jaune éclatant, la taille serrée par une large ceinture rouge, était couchée Colibri, qui, se cachant le bas du visage avec son mouchoir, riait aux larmes, mais sans bruit. Elle avait, cette fois-ci, arrangé sa chevelure; elle en avait fait deux grosses et longues tresses entrelacées de rubans rouges. Ses souliers rouges de la veille se voyaient à ses petits pieds, qu'elle tenait croisés l'un sur l'autre; mais les pieds étaient nus. On eût dit qu'elle avait mis des bas de soie brune. Le sofa était placé autrement que la veille, plus près du mur, et sur la table un plateau du Japon portait une cafetière au large ventre, un sucrier en cristal taillé, et deux toutes petites tasses en porcelaine bleue. Sur la même table était posée la guitare, et une fumée grisâtre s'élevait en fine spirale de la pointe d'une pastille du sérail.

Le lieutenant, qui avait embrassé tous ces objets du premier regard, s'approcha du divan; mais, avant qu'il eût eu le temps de prononcer une parole, Colibri avança la main sans cesser de rire dans son mouchoir, et, enfonçant ses petits doigts durs dans les cheveux du lieutenant, détruisit d'un tour de poignet tout le bel édifice de sa coiffure. « Qu'est-ce que cela? s'écria le lieutenant, fort peu satisfait d'une familiarité si déplacée; voyez-vous l'effrontée! » Colibri découvrit son visage : « Auparavant, mal, dit-elle; comme cela, mieux. » Elle se recula vers un bout du sofa, et replia ses jambes sous elle : « Asseyez-vous là, là-bas. » Le lieutenant s'assit à la place qu'elle lui désignait. « Pourquoi donc m'éloignes-tu? demanda-t-il après un court silence; as-tu peur de moi? »

Colibri se pelotonna comme un chat, et le regarda de côté. « Moi? Non.

— Tu ne dois pas faire ainsi la sauvage, continua le lieutenant d'un ton paterne. Tu te souviens, n'est-ce pas, de ta promesse d'hier? »

Colibri serra ses deux genoux dans ses bras, posa la tête dessus, et regarda encore de côté :

« Je me souviens.

— Dans ce cas,... fit Yergounof, prêt à s'avancer.

— Pas si vite, signore. »

Colibri dégagea ses tresses de cheveux, dont elle avait enlacé ses genoux, et du bout de l'une d'elles lui cingla la main.

Le lieutenant resta tout penaud. « Quels yeux elle

a, la mauvaise! murmura-t-il involontairement. Mais alors... pourquoi m'as-tu fait venir ? »

Colibri tendit le cou avec un mouvement d'oiseau et se mit aux écoutes.

« Émilie ? dit le lieutenant d'un air effaré ; quelque autre?.. »

Colibri haussa les épaules.

« Mais tu entends quelque chose? reprit Yergounof.

— Rien. »

Elle retira avec un autre mouvement d'oiseau sa petite tête de forme allongée, dont les tresses épaisses étaient séparées par une raie soigneusement faite, qui se perdait en un fouillis de petits cheveux frisés couvrant la nuque. « Rien, répéta-t-elle en se pelotonnant de nouveau.

— Personne! dit le lieutenant. Je puis donc... Il étendit la main et la retira aussitôt ; une goutte de sang se voyait sur son doigt. Quelle bêtise, s'écria-t-il en secouant la main, toujours vos éternelles épingles! Mais quelle maudite épingle est-ce cela? ajouta-t-il en voyant une espèce de dard en or qu'elle replaçait dans sa ceinture. C'est un poignard, c'est un aiguillon. Et toi, tu es une guêpe, entends-tu? une guêpe! »

Colibri sembla goûter fort la comparaison du lieutenant; elle rit de son petit rire cristallin. « Oui, je piquerai... je piquerai. »

Yergounof la regarda de travers. «Elle rit, pensa-t-il et le visage reste toujours triste. Regarde un peu ceci, ajouta-t-il à haute voix.

— Quoi ? demanda Colibri avec son expression enfantine.

— Ceci ; et le lieutenant tira de sa poche la petite croix d'or, qu'il fit briller en la tournant en l'air entre ses doigts. C'est joli, n'est-ce pas ? »

Colibri leva les yeux d'un air d'indifférence.

« Ah ! une croix, dit-elle, nous n'en portons pas.

— Comment ! vous ne portez pas de croix ! Tu es donc une Juive ou une Turque ?

— Nous n'en portons pas, » répéta Colibri ; puis, se levant tout à coup et regardant en arrière, par-dessus son épaule : « Voulez-vous que je chante ? Je vais chanter. »

Le lieutenant remit précipitamment la croix dans sa poche et se retourna aussi, car il avait cru entendre une sorte de craquement dans le mur. « Que bruit fait-on là ?

— Souris, souris ! » se hâta de répondre Colibri ; puis de la façon la plus inopinée pour le lieutenant, elle lui enlaça la tête de ses bras souples et lisses, et d'un rapide baiser lui brûla la joue comme avec un fer rouge. Il serra Colibri à son tour ; mais elle glissa de son étreinte comme un serpent, chose facile avec sa taille mince et onduleuse. « Attends, attends, dit-elle à voix basse. Auparavant du café...

— Quelle idée ! Après...

— Non, tout de suite, à présent brûlant, froid plus tard. »

Elle saisit la cafetière par l'anse, et se mit à verser de haut dans les deux tasses. Le café tombait en jet tordu et fumant, et Colibri, penchant la tête sur son

épaule, le regardait tomber. Yergounof jeta un morceau de sucre dans la tasse, qu'il avala d'un trait. Le
café lui sembla très-fort et très-amer. Colibri le regardait faire en souriant et en dilatant ses narines au-
dessus de la tasse, qu'elle avait portée à ses lèvres et
qu'elle reposa lentement sur la table.

« Pourquoi ne bois-tu pas ? demanda le lieutenant.

— Moi, peu à peu.

— Mais, voyons, assieds-toi donc enfin près de
moi, dit le lieutenant en frappant de la main sur le
sofa.

— A l'instant. »

Elle étendit la main, et sans quitter Yergounof des
yeux elle prit sa guitare : « Avant, je vais chanter.

— Oui, oui, mais assieds-toi.

— Et je vais danser. Veux-tu ?

— Tu danses !... Ah ! je voudrais bien voir cela ;
pourtant, si tu dansais après ?

— Non, non ; mais je t'aime beaucoup, moi.

— Vraiment ? Allons, danse, obstinée que tu es. »

Colibri se plaça de l'autre côté de la table, et,
après avoir pincé quelques accords, elle entonna, à la
grande surprise du lieutenant, qui attendait quelque
chanson gaie et animée, une sorte de récitatif lent et
monotone, accompagnant chacun des sons qui semblaient sortir avec effort de son gosier d'un balance-
ment mesuré de tout son corps à droite et à gauche.
Elle ne souriait point. Elle avait même rapproché ses
sourcils hauts et arqués, entre lesquels se voyait distinctement un petit signe de couleur bleue, sembla-

ble à une lettre de quelque langue orientale, qui avait été probablement tracée avec de la poudre. Elle avait presque fermé les yeux ; mais ses prunelles brillaient encore d'un éclat morne entre ses paupières abaissées, et elle s'obstinait à regarder le lieutenant avec la même fixité. Lui aussi ne pouvait détacher les yeux de ces yeux magnifiques et menaçants, de ce visage basané qu'une faible rougeur colorait de plus en plus, de ces lèvres à demi ouvertes et immobiles, de ces serpents noirs qui se balançaient en cadence aux deux côtés de cette tête élégante. Colibri continuait ses mouvements sans quitter la place ; ses pieds ne faisaient que se soulever tantôt sur la pointe, tantôt sur le talon. Une fois seulement elle se tourna avec violence, et poussa un cri perçant en agitant la guitare au-dessus de sa tête, et de nouveau reprit la même danse balancée avec le même chant lent et monotone. Cependant Yergounof était assis très-commodément sur le sofa, et continuait, sans mot dire, à regarder Colibri. Il éprouvait une sensation étrange et inaccoutumée ; il se sentait léger et libre, presque trop léger; il n'avait plus de corps, il nageait dans l'espace. En même temps de petites fourmis froides lui glissaient le long du dos; je ne sais quelle agréable défaillance énervait ses jambes, et la somnolence lui chatouillait les coins des lèvres et des yeux. Il ne désirait plus rien, ne pensait plus à rien ; il se sentait bercer doucement, et murmurait du bout des lèvres : « Oh! mon petit joujou. » De temps à autre le visage du « petit joujou » semblait se voiler. — Pourquoi donc ? se disait le lieutenant. Ah! c'est de la fumée... il y a... ici... de la fumée bleue. — Et quelqu'un se remettait à le bercer et à lui murmurer à l'oreille des mots agréables qui commençaient et ne finissaient point.

Mais voilà que tout à coup il voit les yeux du petit joujou s'ouvrir énormes, d'une grandeur démesurée, comme les arches d'un pont. La guitare roula, et se heurtant sur le plancher, sembla résonner des dernières profondeurs de l'abîme. Je ne sais quel ami, le plus intime du lieutenant, l'embrassa tendrement et fortement par derrière, et lui arrangea le nœud de sa cravate ;... puis il aperçut tout contre son visage les moustaches épaisses, le nez crochu et les yeux perçants de l'inconnu aux trois boutons d'argent, et bien que les yeux fussent à la place des moustaches et les moustaches à la place des yeux, bien que le nez fût également renversé, le lieutenant ne s'en étonna point. Il trouva même que ce devait être ainsi, et fut sur le point de dire à ce nez : « Bonjour, frère Grégoire ; » mais il ajourna cette intention et préféra... préféra partir immédiatement avec Colibri pour Constantinople afin d'y célébrer leur mariage, Colibri étant Turque, et lui venant d'être fait mahométan...

Cela lui fut d'autant plus facile qu'un petit bateau se présenta... Il y porta le pied, et, bien que par maladresse il se fût heurté à ce point qu'il ressentit une douleur si vive qu'il ne savait plus où étaient ses membres, il se remit en équilibre, et, s'étant assis sur un petit banc qui se trouvait à la poupe du bateau, il se mit à descendre ce même grand fleuve qui, sous le nom de fleuve du Temps, se voit accroché dans les colléges de Nicolaïef, et qui mène droit à Constantinople. Cette navigation lui causait un plaisir extrême. Il rencontrait à chaque instant de grandes sarcelles rouges, qui par malheur ne se laissaient pas approcher et plongeaient aussitôt, ne laissant à leur place que de larges taches sanguinolentes. Colibri voyageait avec lui ; mais, désireuse d'éviter la chaleur, elle avait pris place dans l'intérieur du bateau, et de temps en temps frappait de petits coups contre le fond. Voici enfin Constantinople ; les maisons sont comme il convient aux maisons d'être, en forme de chapeaux tyroliens, et tous les Turcs ont des faces si larges et si graves... Seulement il ne faut pas les regarder trop longtemps; bientôt elles se déforment, font des grimaces et fondent comme des tas de neige au printemps... Voici le palais qu'il va habiter avec Colibri... Comme tout y est bien arrangé! Des épaulettes partout, des soldats chevronnés sonnant de la trompette dans tous les coins, et naturellement sur tous les murs le portrait de Mahomet en général russe. Mais pourquoi Colibri court-elle devant lui de chambre en chambre, traînant ses queues après elle? Et pourquoi ne veut-elle pas se retourner? Et puis elle rapetisse, elle rapetisse toujours; ce n'est plus Colibri, c'est un petit gentilhomme en veste ronde, et il est son gouverneur, et le voilà forcé de grimper après lui dans l'intérieur d'une lunette d'approche, et cette lunette se resserre de plus en plus; on ne peut plus s'y mouvoir, ni en avant, ni en arrière; on ne peut plus respirer, et un poids énorme s'écroule sur son dos; il a la bouche pleine de terre...

## IV

Le lieutenant ouvre enfin les yeux... Il fait clair et tout est calme autour de lui. Cela sent le vinaigre, la menthe. Au-dessus, à droite, à gauche, quelque chose de blanc l'enveloppe ; il regarde, il examine : ce sont les rideaux d'un lit. Il veut soulever la tête, impossible ; la main..., impossible également. Qu'est-ce que cela signifie ? Il baisse les yeux : un long corps est étendu devant lui, caché sous une couverture en laine grossière avec des bandes brunes aux deux bouts. Ce corps, vérification faite, est le sien même. Il essaie de pousser un cri : rien ne sort ; il essaie de nouveau, il rassemble toutes ses forces : une espèce de son décrépit tremblote sous son nez. Des pas lourds se font entendre, une main écarte le rideau. Un vieil invalide vêtu d'une redingote militaire rapiécée se tient devant le lieutenant. Tous deux semblent diversement étonnés. Une grande cruche d'étain vient s'appliquer sur les lèvres du lieutenant, qui boit de l'eau fraîche avec avidité. Sa langue se délie. « Où suis-je ? »

L'invalide le regarde une seconde fois, s'éloigne et revient avec un autre homme en uniforme. « Où suis-je ? répète le lieutenant.

— Allons ! il n'en mourra pas, dit l'homme en uniforme. Vous êtes à l'hôpital, reprit-il à voix haute ;

mais il ne faut pas parler. Taisez-vous et dormez. »

Le lieutenant va s'étonner encore ; mais il retombe dans le néant.

Le lendemain apparut le médecin de l'hôpital. Yergounof avait repris ses sens. Le docteur le félicita de sa guérison, et commanda que l'on changeât les bandages qui enveloppaient sa tête. « Comment, la tête ? Est-ce que j'ai quelque chose ?..

— Vous ne devez point parler, interrompit le docteur, ni vous agiter. Restez tranquille et remerciez le Très-Haut. Où sont les compresses, Popof ?

— Mais l'argent,... l'argent de la couronne...

— Allons, voilà qu'il délire de nouveau. De la glace, Popof, encore de la glace ! »

Une semaine se passa. Le lieutenant était assez remis pour qu'on crût pouvoir lui révéler ce qui lui était arrivé. Voici ce qu'il apprit : le 16 juin, à sept heures du soir, avait eu lieu sa dernière visite chez M^me Fritsche, et le 17, vers l'heure du dîner, c'est-à-dire presque vingt-quatre heures plus tard, un berger l'avait trouvé dans un ravin, près de la grande route de Kherson, à deux werstes environ de Nicolaïef, sans connaissance, la tête fendue et des tâches bleuâtres autour du cou. Son uniforme et son gilet étaient déboutonnés, toutes les poches retournées ; son shako et son poignard avaient disparu, ainsi que sa ceinture de cuir. A en juger par l'herbe foulée, par une large trace laissée dans le sable et la terre glaise, le lieutenant avait dû être traîné de la route jusqu'au fond du ravin, et là seulement on lui avait porté sur la tête un coup avec une arme tranchante,

peut-être avec son propre poignard. En effet sur toute
la trace on n'avait pas vu une seule goutte de sang,
tandis qu'autour de sa tête il s'en était trouvé toute
une mare. Les assassins avaient dû d'abord lui faire
perdre connaissance, puis essayer de l'étrangler ; ensuite, l'ayant porté hors de la ville, ils lui avaient
asséné le dernier coup au fond du ravin. Le lieutenant
n'avait échappé à la mort que grâce à son tempérament de fer, car il n'avait repris connaissance que le
23 juillet, cinq semaines après l'événement.

Yergounof fit immédiatement son rapport à l'autorité, raconta par écrit et verbalement toutes les circonstances du malheur qui l'avait frappé, et indiqua
clairement la maison de M^{me} Fritsche. La police y
courut, mais n'y trouva plus personne ; les oiseaux
avaient déjà quitté le nid. On empoigna le maître de
la maison, on le traîna devant la justice. On ne put
tirer grand'chose de cet homme, bourgeois de la
ville, extrêmement vieux et non moins sourd. Il habitait lui-même un autre quartier de Nicolaïef, et
tout ce qu'il savait, c'est que, quatre mois auparavant,
il avait loué sa maison à une Juive pourvue d'un passe-port et nommée Schmoul ou Schmoulke, et qu'il
l'avait, selon son devoir, immédiatement déclarée à la
police. Une jeune fille, ajouta-t-il dans sa déposition,
également pourvue d'un passe-port, était venue rejoindre la vieille Juive.

Quel était le métier de ces femmes ? Il n'en savait
rien. Avaient-elles d'autres locataires ? Il ne le savait
pas davantage. Et quant au petit garçon qui avait
été le gardien de sa maison, il était parti pour Odessa,

ou pour Pétersbourg, ou pour toute autre ville. Le nouveau gardien n'était entré en fonctions qu'au 1er juillet.

On fit alors des recherches sur les registres de la police et des investigations dans le voisinage, et l'on apprit que la Schmoulke avec sa compagne dont le vrai nom paraissait être Frederica Bengel, avait quitté Nicolaïef vers le 20 juin pour une destination inconnue. Quant à l'homme mystérieux, à la mine de bohémien et aux trois boutons d'argent, ainsi que la fille étrangère au teint basané et à la grosse tresse de cheveux, personne ne les avait vus ou personne n'osa l'avouer.

Dès que le lieutenant put sortir de l'hôpital, il alla revoir lui-même la maison qui lui avait été si fatale. Dans la petite chambre où il avait eu ses causeries avec Colibri, et qui sentait encore l'odeur du musc, on avait découvert une autre petite porte, contre laquelle, à sa seconde visite, avait été adossé le sofa, et par où, selon toute vraisemblance, était entré l'assassin. Le lieutenant présenta aussitôt une supplique en forme. L'enquête commença. Une foule d'ordonnances portant les numéros de leur série furent rendues et communiquées dans toutes les directions. Une foule de réponses également numérotées revinrent en temps et lieu ; mais ce fut tout. Les personnes suspectes avaient disparu, et avec elles l'argent de la couronne, s'élevant à mille neuf cent dix-sept roubles et plusieurs kopeks, somme assez importante à cette époque. Pendant dix années, le malheureux lieutenant subit des retenues pour restituer la somme, jusqu'à ce qu'enfin il eut la chance d'en acquitter le reliquat à la faveur d'une amnistie qui étendit sa grâce sur lui.

Dans les premiers temps, il était resté fermement convaincu que la cause de tout le malheur, que la tête de la conspiration ourdie contre lui avait été Émilie, sa perfide *Zuckerpüppchen*. Il se souvenait que le jour de sa dernière entrevue avec elle, il s'était imprudemment endormi sur le sofa; qu'à son réveil il avait remarqué le trouble de cette femme, et que le soir même il avait découvert cette fente faite à sa ceinture, évidemment avec les ciseaux qu'elle avait cachés dans sa poche. « Elle a tout vu, se disait-il; elle l'aura dit à cette vieille diablesse et à ces deux autres démons. Elle m'a tendu un piége en m'écrivant cette lettre, et je me suis livré; mais qui aurait put s'attendre à cela d'elle? » Alors il se représentait le bon et joli visage d'Émilie, ses yeux clairs et riants. « O femmes, femmes! répétait-il en grinçant des dents, race de crocodiles! » Mais, lorsqu'il eut quitté définitivement l'hôpital pour rentrer dans son logement, il apprit une circonstance qui dérouta complétement ses conjectures. Le jour même où on l'avait ramené dans la ville plus qu'à demi mort, une jeune fille qui, d'après tous les signalements donnés, était le propre portrait d'Émilie, était accourue tout en larmes et les cheveux épars à la maison du lieutenant, d'où, ayant demandé des nouvelles à son brosseur, elle était partie comme une folle pour l'hôpital. Là, on lui dit que le lieutenant ne passerait pas la journée, et elle disparut aussitôt en se tordant les bras et en donnant tous les signes du plus violent désespoir. Il devenait donc évident qu'elle ne s'était point attendue à l'assassinat. Ou bien l'aurait-on trompée elle-même ? n'aurait-elle point reçu sa part ? le remords se serait-il éveillé en elle ? Et pourtant elle avait quitté Nicolaïef avec cette abominable vieille qui devait certainement être au courant de tout... Le lieutenant ne savait que penser, et il n'ennuya pas peu souvent son brosseur en lui faisant répéter le signalement de la jeune fille et les paroles qu'elle lui avait dites.

Dix-huit mois plus tard, le lieutenant reçut d'Émilie, *alias* Frederica Bengel, une lettre en allemand qu'il se fit traduire aussitôt, et que depuis il nous montra plus d'une fois. Elle était tout émaillée de fautes d'orthographe, mais surtout de points d'exclamation. L'enveloppe portait le timbre de Breslau. En voici la traduction à peu près fidèle :

« Mon cher et incomparable Florestan ! Monsieur le lieutenant Jorgenhof ! combien de fois me suis-je juré de vous écrire, et toujours, à mon grand regret, j'ai remis, quoique l'idée que vous puissiez me tenir pour complice de ce crime affreux ait toujours été pour moi la plus affreuse pensée ! Oh ! mon cher monsieur le lieutenant, croyez-moi, le jour où j'ai appris que vous étiez sain et sauf a été le plus beau jour de ma vie ! Mais je ne puis prétendre à me justifier complétement ; je ne veux pas mentir : c'est moi en effet qui ai découvert votre habitude de porter votre argent sur votre estomac (du reste, dans nos contrées, tous les bouchers et marchands de bestiaux

font de même), et j'ai eu l'imprudence d'en parler !
J'ai même dit, comme par plaisanterie, qu'il n'y aurait pas grand mal à vous prendre un peu de cette
somme ! La vieille sorcière (oh ! monsieur Florestan,
elle n'était pas ma tante !) entra immédiatement en
conspiration avec ce monstre impie de Luigi et son
autre complice ! Je vous jure, sur le tombeau de ma
mère (qui était une honnête femme, pas comme
moi !), que j'ignore jusqu'à présent quels étaient ces
gens. Tout ce que je sais, c'est que lui se nommait
Luigi, et qu'ils étaient arrivés tous deux de Bucha-
rest, et que c'étaient certainement de grands crimi-
nels, car ils se cachaient de la police, et ils avaient
de l'argent et des objets précieux. Ce Luigi était un
terrible personnage ; tuer son semblable n'était rien
pour lui ! Il parlait toutes les langues, et c'est lui
qui a écrit ma lettre. C'est lui qui a recouvré
les objets volés par la cuisinière. Il pouvait tout
faire, tout, tout ! C'était un terrible personnage !
Il a persuadé à la vieille qu'il ne ferait que vous
étourdir un peu en vous donnant une certaine bois-
son, qu'ensuite il vous emmènerait hors de la ville et
dirait qu'il ne sait rien, que c'est vous qui aviez pris
un peu trop de vin ; mais le scélérat avait déjà dans
l'esprit qu'il valait mieux vous faire un mauvais parti
pour qu'après aucun coq n'en pût rien chanter ! Il
écrivit cette horrible lettre, et la vieille m'éloigna par
ruse, et je puis dire par force ! Je ne soupçonnais rien,
et j'avais une peur horrible de ce Luigi qui me disait : « Je te couperai le cou comme à un poulet ! »
Et en disant cela, il remuait si affreusement ses mous-

taches! Et voilà comment, par ruse, on m'a emmenée dans une certaine société... Oh! monsieur Florestan, j'ai bien honte et je pleure des larmes bien amères, car il me semble que je n'étais pas née pour un semblable métier! La pensée que j'avais été jusqu'à un certain point la cause de votre malheur m'a rendue presque folle, et pourtant je suis partie avec ces gens-là, car si la police nous avait découverts, que serais-je devenue? Mais bientôt je les ai quittés tous, et quoique maintenant je vive dans la misère, souvent sans un morceau de pain, mon âme est tranquille! Ne me demandez pas pourquoi j'étais venue moi-même à Nicolaïef, je ne pourrais répondre; j'ai prêté un serment terrible! Je finis ma lettre par une supplication, monsieur Florestan: de grâce, si jamais vous pensez à votre pauvre petite Émilie, ne pensez pas à elle comme à une noire scélérate! Le Dieu éternel voit mon cœur en ce moment: j'ai une mauvaise moralité et je suis légère, mais je ne suis pas méchante. Et je vous aimerai toujours, mon incomparable Florestan! et je vous souhaiterai toujours ce qu'il y a de meilleur sur ce globe terrestre! Si ma lettre parvient jusqu'à vous, écrivez-moi quelques lignes pour que je sache que vous l'avez reçue. Vous rendrez par là très-heureuse votre fidèlement dévouée

« ÉMILIE. »

« *P. S.* Je vous ai écrit en allemand; je n'aurais pas pu exprimer en une autre langue tous les sentiments qui m'oppressent; mais vous pouvez m'écrire en russe. »

« Eh bien! lui avez-vous répondu? demandâmes nous au lieutenant.

— J'en ai eu souvent l'intention; mais comment écrire? Je ne sais pas l'allemand, et quant au russe, quoi qu'elle en ait dit, il eût fallu se le faire traduire. Alors vous comprenez,... cette correspondance,... la dignité de l'épaulette,... enfin je n'ai pas écrit. »

Et chaque fois qu'il achevait son récit, le lieutenant Yergounof hochait la tête, poussait un soupir. «Voilà, disait-il, ce que c'est que la jeunesse! » Et si parmi les auditeurs il se trouvait un novice qui entendait raconter pour la première fois la célèbre aventure, il lui prenait la main, la posait sur son crâne et lui faisait tâter la cicatrice de sa blessure. Elle était énorme en effet, et s'étendait d'une oreille à l'autre.

# APPARITIONS

## I

Je ne pouvais dormir et m'agitais en vain dans mon lit d'un côté et de l'autre. — Le diable soit des tables tournantes, pensais-je, qui vous agacent les nerfs ! — Pourtant je commençais à m'assoupir lorsque je crus entendre résonner près de moi une corde d'instrument; elle rendait une note triste et tendre.

Je soulevai la tête. En ce moment la lune venait de dépasser l'horizon, et ses rayons tombaient sur mon visage. Blanc comme la craie était le parquet de ma chambre à l'endroit éclairé par la lune. Le bruit se renouvela, et cette fois plus distinct.

Je m'appuyai sur le coude. Le cœur me battait un peu... Une minute se passa, puis une autre... Quelque part, au loin, un coq chanta ; plus loin encore, un autre coq lui répondit.

Ma tête retomba sur l'oreiller. — « Me voilà bien ? me dis-je. Est-ce que les oreilles me tinteront toujours ? »

Enfin je m'endormis, — ou je crus m'endormir. J'avais des rêves étranges. Je m'étonnais de me trouver couché dans ma chambre, dans mon lit,... sans pouvoir fermer les yeux. — Encore le même bruit ! Je me retourne. Le rayon de la lune sur le parquet commence doucement à se rassembler,... à prendre une forme... Il s'élève... Debout devant moi, transparente comme un brouillard, se dresse une figure blanche de femme.

« Qui est là ? » demandai-je en faisant un effort.

Une voix faible comme le bruissement du feuillage répond : « C'est moi, moi ; je viens te voir.

— Me voir ! Qui es-tu ?

— Viens à la nuit, au coin du bois, sous le vieux chêne ; j'y serai. »

Je veux regarder les traits de cette mystérieuse figure et je frissonne involontairement. Je me sens comme transi de froid. Je suis, non plus couché, mais assis sur mon lit, et à la place où j'ai cru voir un fantôme il n'y a plus qu'un blanc rayon de la lune s'allongeant sur le parquet.

## II

Le jour tarda bien à se faire. Je voulus lire, travailler!... Rien n'allait. Enfin la nuit vint; mon cœur battait dans l'attente de quelque événement. Je me couchai le visage tourné vers la muraille...

« Pourquoi n'es-tu pas venu? » murmura une petite voix, faible, mais distincte, tout près de moi dans ma chambre...

C'est elle! le même fantôme mystérieux avec ses yeux immobiles, son visage immobile, le regard plein de tristesse...

« Viens ! murmura-t-elle de nouveau.

— J'irai! » répondis-je, non sans effroi. Le fantôme parut faire un mouvement vers mon lit. Il chancela,... sa forme devint confuse et troublée comme une vapeur. Au bout d'un instant, il n'y avait plus que le blanc reflet de la lune sur le parquet poli.

## III

Je passai toute la journée suivante dans une grande agitation. A souper, je bus presque toute une bouteille de vin. Un instant je sortis sur le perron, mais je rentrai presque aussitôt et me jetai sur mon lit ; mon pouls battait avec force.

Encore une fois ce frémissement de corde se fit entendre. Je frissonnais et n'osais regarder... Tout à coup... il me sembla que quelqu'un, posant ses mains sur mes épaules par derrière, murmurait à mon oreille : « Viens, viens, viens ! » Tremblant, je répondis avec un grand soupir : « Me voici ! » et je me soulevai sur mon lit. La femme blanche était là, penchée sur mon chevet ; elle me sourit doucement et disparut aussitôt. Pourtant j'avais pu jeter un regard sur son visage : il me sembla que je l'avais vue quelque part, mais où et quand ?... Je me levai fort tard, et toute la journée je ne fis que me promener dans les champs. Je m'approchai du vieux chêne à la lisière du bois, et j'examinai avec soin tous les alentours.

Vers le soir, je m'assis à la fenêtre dans mon cabinet ; ma vieille femme de charge m'apporta une tasse de thé, mais je n'y touchai pas. Je ne pouvais prendre une résolution, et je me demandais à moi-même si je ne devenais pas fou. Cependant le soleil allait disparaître ; au ciel, pas un nuage. Soudain le paysage prit une teinte de pourpre presque surnaturelle ; vernissés de cette teinte laqueuse, le feuillage, l'herbe n'avaient plus d'ondulations, et semblaient pétrifiés. Cet éclat et cette immobilité, la netteté lumineuse de tous les contours et ce morne silence offraient un contraste étrange et inexplicable. Sans s'annoncer par le moindre bruit, un assez gros oiseau brun s'abattit tout à coup sur le bord de ma fenêtre : je le regardai ; lui aussi me regarda, de côté, de son œil rond et profond. « On t'envoie sans doute

pensai-je, pour que je n'oublie pas le rendez-vous. »
Aussitôt l'oiseau agita ses ailes doublées de duvet
et s'envola sans plus de bruit qu'il n'était venu.
Longtemps encore je demeurai assis à ma fenêtre,
mais déjà toute irrésolution avait cessé. Je me sentais pris dans un cercle magique. Inutile de résister, entraîné que j'étais par une force secrète : c'est
ainsi qu'une barque est inévitablement emportée par
des rapides à la cataracte qui doit l'abîmer. Je me secouai enfin ; la couleur empourprée du paysage avait
disparu, ses teintes brillantes s'étaient assombries et
allaient bientôt s'éteindre dans l'obscurité. Cette immobilité magique avait aussi cessé ; un vent léger
s'élevait, et la lune montait brillante dans le ciel
bleu ; sous ses froids rayons, les feuilles des arbres
tremblotaient, tantôt noires, tantôt argentées. Ma
femme de charge entrait avec une bougie allumée,
mais une bouffée de vent arriva de la fenêtre et l'éteignit. Je me levai brusquement, j'enfonçai mon chapeau sur mes yeux, et me dirigeai à grands pas vers
le coin du bois où était le vieux chêne.


# IV


Il y avait bien des années que ce chêne avait
été frappé de la foudre : sa cime, brisée, était
morte, mais le reste de l'arbre avait encore de la vie
pour plusieurs siècles. Comme je m'approchais, un

petit nuage passait devant la lune, et il faisait très-sombre sous l'épais feuillage du chêne. D'abord je ne remarquai rien d'extraordinaire, mais en portant mes regards de côté, — les battements de mon cœur s'arrêtèrent tout à coup — j'aperçus une figure blanche, immobile auprès d'un buisson, entre le chêne et le bois. Mes cheveux se dressaient sur ma tête, j'avais peine à respirer : pourtant je m'avançai vers le bois.

C'était bien elle, la dame aux visites nocturnes. Au moment où je m'approchai d'elle, la lune sortit du nuage qui l'obscurcissait. Le fantôme me parut formé d'un brouillard laiteux, à demi transparent. A travers son visage, je distinguais derrière sa tête une ronce balancée par le vent. Seulement ses yeux et ses cheveux étaient d'une teinte plus sombre. J'observai encore qu'à l'un de ses doigts, tandis qu'elle tenait ses mains entre-croisées, elle avait un petit anneau d'or, pâle et brillant. Je m'arrêtai à deux pas d'elle et voulus lui adresser la parole; mais ma voix expira dans ma gorge, et pourtant ce n'était pas précisément une sensation de terreur que j'éprouvais. Elle tourna ses yeux vers moi. Son regard n'exprimait ni la tristesse ni la gaîté, rien qu'une attention morne. J'attendais qu'elle parlât, mais elle demeurait muette, immobile, attachant sur moi un regard fixe et mort.

« Me voici ! m'écriai-je enfin d'un effort suprême. Ma voix retentit avec un son sourd et rauque.

— Je t'aime, répondit-elle de sa petite voix.

— Tu m'aimes! m'écriai-je stupéfait.

— Donne-toi à moi, murmura-t-elle.

— Me donner à toi ! mais tu es un fantôme, tu n'as pas de corps ! » Toutes mes idées étaient bouleversées. « Qui es-tu ? Une vapeur, un brouillard, une forme aérienne ?... Que je me donne à toi !... D'abord apprends-moi qui tu es. As-tu vécu sur la terre ? D'où viens-tu ?

— Donne-toi à moi. Je ne te ferai pas de mal. Dis seulement ces deux mots : *Prends-moi.* »

Je la regardais ébahi. « Que me dit-elle ? que signifie tout cela ? pensais-je. Tenterai-je l'aventure ?..

« Eh bien ! m'écriai-je tout d'un coup et avec une force inattendue, comme si quelqu'un m'eût poussé par derrière : Prends-moi ! »

A peine avais-je prononcé ces mots que la mystérieuse figure, avec un rire intérieur qui fit trembler un instant tous ses traits, s'avança vers moi ; ses mains se désunirent et s'allongèrent... Je voulus sauter en arrière, mais déjà j'étais en son pouvoir. Elle me tenait dans ses bras. Mon corps était soulevé de terre d'une demi-archine, et tous deux nous volions, modérément vite, au-dessus de l'herbe immobile.

## V

Tout d'abord la tête me tourna, et involontairement je fermai les yeux. Quand je les rouvris un moment après, nous volions toujours, et déjà je ne voyais plus mon bois. Au-dessous de nous s'étendait une vaste plaine couverte de taches sombres. Je m'aperçus avec stupéfaction que nous étions à une hauteur prodigieuse.

« Je suis au pouvoir du démon ! » Cette pensée me frappa comme un coup de foudre. Jusqu'alors l'idée du pouvoir diabolique, de ma perdition possible, ne s'était pas présentée à mon esprit... Et cependant nous volions toujours, et il me semblait que nous nous élevions de plus en plus.

« Où m'emportes-tu ? m'écriai-je enfin.

— Où tu voudras, répondit ma compagne en me serrant plus étroitement dans ses bras. Son visage touchait le mien, et pourtant c'est à peine si j'en sentais le contact.

— Remets-moi à terre. Je me trouve mal à mon aise à cette hauteur.

— Bien ! mais ferme les yeux et ne respire pas. »

J'obéis, et aussitôt il me sembla que je tombais comme une pierre. Le vent fouettait mes cheveux... Lorsque je pus retrouver mon sang-froid, je vis que nous volions lentement au-dessus de terre, rasant les tiges des hautes herbes.

« Dépose-moi ici, lui dis-je. Quelle idée de voler ! Je ne suis pas un oiseau.

— Je croyais te faire plaisir. Pour nous, nous ne faisons pas autre chose.

— Vous ?... mais qui êtes-vous ? »

Point de réponse.

« Tu n'oses me le dire ? »

Un son plaintif, semblable à cette note mélancolique qui m'avait réveillé la première nuit, résonna à mon oreille, et toujours nous volions près de terre dans l'atmosphère humide.

« Dépose-moi donc à terre, » lui dis-je. Elle baissa la tête en signe d'obéissance, et je me trouvai sur mes pieds. Elle demeura debout devant moi, et de nouveau ses mains se joignirent dans l'attitude de l'attente. Je commençais à me rassurer et je me mis à la considérer avec attention. Comme la première fois, son expression me parut celle d'une résignation triste.

« Où sommes-nous ? lui demandai-je, car je ne reconnaissais pas le lieu où nous nous étions arrêtés.

— Loin de ta maison ; mais nous pouvons y être dans un moment.

— Comment cela ?... Me fierai-je encore à toi ?

— Je ne t'ai pas fait de mal et je ne t'en ferai pas. Nous volerons ensemble jusqu'à l'aube ; voilà tout. Partout où ira ta pensée, je puis te porter, dans tous les pays de la terre. Donne-toi à moi... Dis encore : *Prends-moi.*

— Eh bien ! prends-moi ! »

Ses bras m'enlacèrent de nouveau ; je perdis terre, et nous recommençâmes à voler.


# VI


« Où veux-tu aller ? me demanda-t-elle.

— Tout droit devant nous.

— Mais voici une forêt.

— Passons au-dessus ; mais pas si vite. »

Aussitôt nous nous élevâmes en tournoyant comme la bécasse qui gagne la cime d'un bouleau, puis nous reprîmes la ligne droite. Ce n'étaient plus les herbes, c'étaient les sommets des grands arbres qui semblaient glisser sous nos pieds : étrange spectacle que cette forêt vue d'en haut avec ses sommités hérissées qu'éclairait la lune ! On eût dit un énorme animal étendu, endormi et ronflant avec un grondement sourd et indistinct. Par moments nous passions au-dessus d'une clairière, et je voyais la ligne d'ombre dentelée que projetaient les arbres. De temps en temps un lièvre faisait entendre son cri plaintif dans le fourré. Plaintif aussi était le cri de la chouette qui passait à nos côtés. L'air nous apportait les senteurs de la livèche, des champignons, des bourgeons se gonflant sous la rosée. La lumière de la lune se répandait autour de nous, froide et sévère, et la Grande Ourse scintillait gravement au-dessus de nos têtes. Bientôt la forêt disparut derrière nous. Nous vîmes une plaine où se dessinait une longue ligne de vapeur grise : elle marquait le cours d'une rivière. Nous suivîmes une de ses rives au-dessus de buissons affaissés sous la lourde humidité de la nuit. L'eau tantôt reluisait d'un éclat bleuâtre, tantôt tourbillonnait sombre et menaçante. Par places, quelques flocons de vapeur tremblotaient au-dessus du courant. Je voyais çà et là des lis d'eau étaler leurs blancs pétales, montrant leurs trésors de beauté comme des vierges qui se croient à l'abri de tout regard. Je voulus cueillir une fleur, et déjà je touchais presque le miroir de l'eau, mais une fraîcheur désagréable me jaillit au visage au moment où j'arrachais la rude tige d'un lis.

Nous nous mîmes à voler d'une rive à l'autre à la manière des courlis, et de fait nous en faisions lever à chaque instant. Plus d'une fois nous passâmes au-dessus de jolies nichées de canards sauvages, rassemblés en un petit groupe au milieu des roseaux. Ils ne s'envolaient pas. Un d'eux retirait précipitamment sa tête de dessous son aile, regardait, regardait,..... puis, d'un air affairé, remettait son bec sous le duvet soyeux, tandis que ses compagnons laissaient échapper un faible *kouin, kouin.* Nous réveillâmes un héron dans un buisson de cytise. En le voyant sauter à pieds et secouer gauchement ses ailes, je crus voir un Allemand [1]. Quant aux poissons, nous n'en aperçûmes pas un seul, tous dormaient au fond. Je commençais à m'habituer à la sensation de voler et même à y trouver du plaisir. Quiconque a rêvé qu'il volait me comprendra. Complétement rassuré, je m'appliquai à bien observer l'être étrange à qui je devais de jouer un rôle dans cette incroyable aventure.

[1] Le peuple en Russie donne aux Allemands le surnom de « Héron. »

# VII

C'était une jeune femme dont les traits n'avaient rien du type russe. Sa forme d'un blanc grisâtre, à demi transparente, des ombres à peine indiquées rappelaient ces figures sculptées sur un vase d'albâtre qu'une lampe éclaire à l'intérieur. Il me sembla de nouveau que ses traits ne m'étaient pas inconnus.

« Puis-je te parler ? lui demandai-je.

— Parle.

— Je te vois un anneau au doigt... As-tu vécu sur la terre ? As-tu été mariée ? » Je m'arrêtai ; elle ne répondait pas.

« Comment t'appelles-tu ? ou comment t'appelait-on ?

— Appelle-moi Ellis.

— Ellis ? C'est un nom anglais. Es-tu Anglaise ?... M'as-tu connu autrefois ?

— Non.

— Pourquoi est-ce à moi que tu es venue apparaître ?

— Je t'aime.

— Es-tu heureuse ?

— Oui... Planer, voler avec toi dans l'air pur !...

— Ellis, m'écriai-je tout à coup, n'es-tu pas une réprouvée ? N'es-tu pas une âme en peine ?

— Je ne te comprends pas, murmura-t-elle, baissant la tête.

— Au nom de Dieu, je t'adjure,... commençais-je; elle m'interrompit.

— Que me dis-tu là? reprit-elle, comme si elle ne me comprenait pas en effet. Je ne sais ce que tu veux dire. » Je crus sentir un faible mouvement dans le bras qui m'entourait comme une ceinture froide.

« N'aie pas peur, reprit-elle. Ne crains rien, ami. » Son visage se pencha sur le mien. Sur mes lèvres, je sentis une sensation étrange, quelque chose comme la piqûre d'un aiguillon émoussé,... comme l'attouchement d'une sangsue qui ne mord pas encore.

## VIII

Nous planions à une hauteur considérable. Je regardai en bas. Nous passions au-dessus d'une ville à moi inconnue, bâtie sur le penchant d'une large colline. Des églises s'élevaient au-dessus d'une masse de toits en planches et de sombres vergers. Un grand pont se détachait en noir sur la rivière dans un de ses tournants. Des coupoles dorées, des croix de métal brillaient d'un éclat amorti. Silencieuses se dessinaient sur le ciel les longues perches des puits parmi des bouquets de saules. Silencieuse également une chaussée blanchâtre s'enfonçait en flèche étroite dans un bout de la ville et ressortait, toujours silencieuse, à l'autre bout pour aller se perdre dans l'obscurité monotone de plaines sans fin.

« Quelle est cette ville ? demandai-je à Ellis.

— N.

— Dans le gouvernement de *** ?

— Oui.

— Nous sommes bien loin de chez moi.

— Pour nous, point de distance.

— En vérité ? » Une audace soudaine s'empara de moi. « Porte-moi dans l'Amérique du Sud.

— Impossible. Il y fait jour.

— Ah ! nous sommes des oiseaux de nuit... Eh bien ! n'importe où, mais bien loin.

— Ferme les yeux, et ne respire pas, répondit Ellis, et nous partîmes avec la rapidité de l'ouragan. »

L'air s'engouffra dans mes oreilles avec un bruit déchirant. Nous nous arrêtâmes bientôt, mais le bruit ne cessait pas : au contraire il redoublait. C'était comme un hurlement terrible, un immense fracas.

« A présent ouvre les yeux, » me dit Ellis.

## IX

J'obéis. « Bon Dieu ! où suis-je ? »

Sur nos têtes des nuages bas, lourds, épais, se pressant, se poussant comme une meute de monstres en fureur ; — au-dessous de nous, un autre monstre, une mer enragée, oui, enragée. Lancée par convulsions, une écume blanche s'élève en montagnes bouillonnantes, des vagues déchirées battent avec un fracas brutal des rochers plus noirs que la poix. Le mugissement de la tempête, le souffle glacé sortant du fond des abîmes, le retentissement de la lame heurtant les falaises, où l'on croit entendre tantôt des plaintes lamentables, tantôt une décharge d'artillerie dans le lointain, ou bien encore le tintement des cloches... puis le grincement des galets roulant sur le rivage... parfois le cri d'une mouette invisible... sur une échappée du ciel la silhouette incertaine d'un vaisseau... Partout la mort, la mort et l'épouvante !... De nouveau je fermai les yeux, saisi d'horreur.

« Qu'est cela ? où sommes-nous ?

— Sur la côte sud de l'île de White, devant les rochers de Blackgang, où bien souvent se perdent des vaisseaux, répondit Ellis avec une maligne expression de joie, à ce qu'il me sembla.

— Emporte-moi loin d'ici ! loin d'ici ! chez moi. »

Je me pelotonnai en me couvrant les yeux. Il me sembla que nous volions avec plus de rapidité encore que tout à l'heure. Le vent ne sifflait plus — il hurlait, il gémissait dans mes habits, dans mes cheveux... Je ne pouvais respirer.

« Tiens-toi debout, » me dit Ellis.

Je fis un effort pour reprendre mes esprits. Je sentais la terre sous mes semelles, et je n'entendais aucun bruit. Tout autour de moi paraissait mort ; mais le sang battait à mes tempes avec violence, et la tête me tournait avec un faible tintement intérieur. Peu à peu l'étourdissement se dissipa ; je me redressai et j'ouvris les yeux.

# X

Nous étions sur la chaussée de mon étang. Droit devant nous, à travers des feuilles pointues d'une rangée de saules, on voyait une grande nappe d'eau au-dessus de laquelle dormaient, comme accrochés à la surface, quelques minces filaments de brouillard : — à droite, la verdure terne d'un champ de seigle ; à gauche, sortant de la brume, mon verger avec ses grands arbres immobiles et humides.. Déjà le matin les avait touchés de son souffle. Sur le ciel pâle s'étendaient en raies obliques deux ou trois petits nuages jaunâtres, atteints qu'ils étaient par le premier rayon de l'aurore, partant Dieu sait de quel point de l'horizon, car dans la pâleur uniforme du ciel rien n'annonçait de quel côté le soleil allait se montrer. Les étoiles avaient disparu. Rien ne bougeait encore, et pourtant tout se réveillait déjà dans le calme magique du premier crépuscule.

« Voici le jour, me dit Ellis à l'oreille. Adieu, à demain! »

Je me tournai vers elle ; déjà elle avait quitté terre et s'élevait en l'air devant moi. Tout à coup je la vis porter ses deux mains au-dessus de sa tête. Cette tête, ces mains, ces épaules avaient revêtu soudain une teinte de chair ; dans ses yeux sombres frémirent deux vivantes étincelles ; un sourire d'une mystérieuse mollesse toucha ses lèvres rougissantes..., une charmante jeune femme m'apparut... Cela ne dura qu'un instant. Comme saisie d'un éblouissement, elle se rejeta en arrière et fondit aussitôt ainsi qu'une vapeur. Quelque temps je demeurai stupéfait, immobile. Quand je fus en état d'observer, il me sembla que cette teinte de chair, cette teinte d'un rose pâle qui avait subitement animé l'apparition, ne s'était pas dissipée et que l'air qui m'entourait en était imprégné... c'était l'aurore qui s'allumait. Je me sentis tout à coup une lassitude accablante, et je me dirigeai vers la maison. En passant devant le poulailler, j'entendis les oisons qui caquetaient. Ce sont les premiers oiseaux à se réveiller... Le long du toit, à l'extrémité des perches qui retiennent le chaume, il y avait des corneilles en sentinelle. Toutes, fort empressées de faire leur toilette matinale, se profilaient nettement sur un ciel laiteux. Par moments toutes se levaient à la fois et s'envolaient pour aller à quelques pas se ranger en ligne, sans faire un cri. Dans le bois voisin, par deux fois retentit le gloussement enroué et frais du coq de bruyère, déjà en quête de baies sauvages dans la verdure humide. Pour moi, me sentant gagner par un léger frisson, j'allai me jeter sur mon lit, où me cloua bientôt un lourd sommeil.

## XI

La nuit suivante, lorsque je m'approchai du vieux chêne, Ellis vint à ma rencontre comme une vieille connaissance. De mon côté, toute crainte avait disparu, et je la retrouvai presque avec plaisir. J'avais cessé de faire des efforts pour comprendre mon aventure, et je ne pensais plus qu'à voler encore et à satisfaire ma curiosité.

Bientôt le bras d'Ellis m'enlaça, et nous prîmes notre essor.

« Allons en Italie, lui dis-je à l'oreille.

— Où tu voudras, ami, » répondit-elle avec une gravité lente — et lentement et gravement elle pencha sa tête vers moi. Je crus remarquer que son visage était moins transparent que la veille, ses traits plus féminins, moins vaporeux; elle me rappelait cette belle créature qui s'était montrée à moi le matin un moment avant de disparaître...

« Cette nuit, continua Ellis, c'est la grande nuit. Elle vient rarement ; quand sept fois treize... »

Ici je perdis quelques mots.

« ... Alors, poursuivit-elle, on peut voir ce qui est caché en d'autres temps.

— Ellis! lui dis-je d'un ton suppliant, qui es-tu ? Dis-le-moi à la fin ! »

Sans répondre, elle étendit sa longue et blanche

main. De son doigt, sur le ciel sombre elle indiquait un point où, parmi de petites étoiles, brillait une comète d'aspect rougeâtre.

« Comment te comprendre? Vis-tu comme cette comète, errante entre les planètes et le soleil, vis-tu errante entre les hommes.. eh quoi? Ou bien ?... » — Mais la main d'Ellis se porta tout à coup sur mes yeux. Un brouillard blanc et lourd comme celui qui vient du fond des vallées m'enveloppa soudain.

« En Italie! en Italie! murmurait-elle. Cette nuit, c'est la grande nuit! »

## XII

Le brouillard se dissipa, et je vis au-dessous de nous une plaine sans fin; mais déjà la sensation d'un air mou et tiède sur mes joues m'avait averti que je n'étais plus en Russie, et d'ailleurs cette plaine ne ressemblait pas aux nôtres : c'était une immense surface, terne, sans herbes, déserte. Çà et là sur toute étendue, semblables aux morceaux d'un miroir cassé, brillaient des flaques d'eau stagnante. Plus loin on distinguait vaguement une mer immobile et sans bruits. De grandes et belles étoiles scintillaient dans les intervalles de grands et beaux nuages. Et de toutes parts s'élevait un trille fredonné par mille voix, incessant, mais contenu. Ces tons pénétrants et sourds à la fois étaient la voix du désert.

« Les Marais Pontins, dit Ellis. Entends-tu les grenouilles ? Sens-tu le soufre ?

— Les Marais Pontins ! — Et une impression de tristesse solennelle m'envahit. — Pourquoi me mener dans ce pays morne et abandonné ? Nous ferions mieux d'aller à Rome.

— Rome est proche, dit-elle, prépare-toi. »

Nous prîmes notre vol au-dessus de l'antique Voie Latine. Plongé dans un bourbier visqueux, un buffle leva lentement sa tête difforme dont les soies courtes et rudes s'élevaient en touffes entre ses cornes tordues en arrière. Il montrait le blanc de ses yeux stupides et méchants en soufflant avec force de ses humides naseaux. Sans doute il nous avait sentis.

« Rome ! voici Rome ! dit Ellis, regarde devant toi. »

Quelle est cette masse noire au-dessus de l'horizon ? Sont-ce les arches d'un pont de géants ? Quel fleuve traverse-t-il ? Pourquoi est-il démoli par places ? Non, ce n'est pas un pont, c'est un aqueduc antique. Voici bien la sainte campagne romaine ; là-bas, les monts Albins. Leurs sommets et la fabrique grisâtre de l'aqueduc s'éclairent faiblement aux rayons de la lune qui se lève.

Nous nous élançâmes subitement, et nous nous trouvâmes suspendus devant une ruine isolée. Personne n'eût su dire ce qu'elle avait été, un tombeau, un palais, des thermes ?... Un lierre noir l'enveloppait de sa triste étreinte, et dans le bas, telle qu'une gueule béante, s'ouvrait la voûte à demi effondrée d'un souterrain. Je fus frappé d'une odeur de sépulcre sortant de toutes ces petites pierres si bien appareillées, dont le revêtement de marbre avait depuis longtemps disparu.

« Ici ! continua Ellis en étendant la main, ici ! Prononce à haute voix, trois fois de suite, le nom d'un grand Romain.

— Qu'arrivera-t-il ?

— Tu verras. »

Je réfléchis un instant. « *Divus Caïus Julius Cæsar !* m'écriai-je. — *Divus Caïus Julius Cæsar !* répétai-je en prolongeant le son. — *Cæsar !...* »

## XIII

Les derniers éclats de ma voix retentissaient encore, quand j'entendis,... mais je désespère de décrire ce que j'éprouvai. — D'abord ce fut un bruit confus, à peine perceptible pour l'oreille et sans cesse répété, de trompettes et de battements de mains. Il me semblait que quelque part, dans un éloignement prodigieux, ou dans un abîme sans fond, s'agitait une foule innombrable : elle s'élevait, elle montait en flots pressés, toujours poussant des cris, mais de ces cris étouffés, tels qu'ils s'échappent de la poitrine dans ces rêves accablants qu'on croit durer des siècles ; puis l'air se troubla et s'assombrit au-dessus de la ruine. Alors il me sembla voir surgir et défiler des ombres, des myriades d'ombres, des millions de formes, les

unes s'arrondissant en casques, les autres se projetant
comme des piques. Les rayons de la lune se divisaient
en d'innombrables étincelles bleues sur ces piques et
ces casques, et toute cette armée, toute cette multitude se pressait, se poussait, avançait, grandissait...
On la sentait animée d'une indicible énergie, capable de soulever le monde. Pas une forme cependant n'était distincte... Soudain un mouvement
étrange agite toute cette foule : on dirait des flots
immenses, qui s'écartent, qui se retirent. *Cæsar !*
*Cæsar venit !* répètent mille voix confuses, semblables
au frémissement des feuilles dans une forêt où s'abat
l'ouragan. Un coup sourd retentit, et une tête pâle,
sévère, les paupières fermées, ceinte d'une couronne
de lauriers, la tête de l'*imperator*, sortit lentement
de la ruine.

Non, il n'y a pas de mots dans une langue humaine pour exprimer l'épouvante qui s'empara de
moi. Je me dis que, si cette tête ouvrait les yeux, si
ces lèvres se desserraient, j'allais mourir à l'instant.
« Ellis, m'écriai-je, je ne veux pas, je ne puis
pas !... Ote-moi de Rome, de cette brutale et terrible Rome ! Partons !

— Cœur faible ! » murmura-t-elle, et nous reprîmes
notre essor. Derrière-moi, j'entendis le cri, retentis-
sant cette fois, le cri de fer des légions romaines ; puis
tout devint sombre.

# XIV

« Regarde, me dit Ellis, et calme-toi. »

Je me souviens que ma première sensation fut si douce, que d'abord je ne pus que soupirer. Je ne sais quoi d'un azur vaporeux, de mollement argentin, ni lumière, ni brouillard, m'enveloppait. D'abord je nc distinguais rien : cette lueur bleue m'aveuglait. Mais peu à peu se dessinèrent à mes yeux les nobles profils de belles montagnes boisées. Un lac s'étendait sous moi avec des étoiles tremblotantes dans la profondeur de ses eaux. J'entendais le long murmure des vagues clapotant sur le rivage. Le parfum des orangers m'arriva, pur et fort, comme un flot — et avec lui, aussi purs, aussi puissants, arrivèrent les sons d'une jeune voix de femme... Attiré, fasciné par ces parfums et cette voix, je voulus descendre. Nous nous dirigeâmes vers un magnifique palais de marbre adossé à un massif de cyprès. Les sons partaient des fenêtres tout ouvertes. Le lac, semé de pollen de fleurs, battait de ses douces ondulations les murs du palais, et, droit en face, une île revêtue de la sombre verdure des orangers et des lauriers, enveloppée d'une vapeur lumineuse, couverte de portiques, de colonnades, de temples, de statues, se dressait du sein des eaux, haute et arrondie.

« L'Isola-Bella, le Lac-Majeur, » dit Ellis.

Je ne répondis que : Ah! Et nous continuâmes à descendre. — La voix s'élevait toujours plus éclatante, et m'attirait irrésistiblement. Je voulus voir la figure de celle qui faisait entendre de tels accents par une telle nuit. Nous étions près de la fenêtre.

Au milieu d'un salon meublé dans le style de Pompéi, et plus semblable à un musée d'antiquités qu'à un appartement moderne, entourée de sculptures grecques, de vases étrusques, de plantes rares, de tissus précieux, éclairée d'en haut par deux lampes enfermées dans des globes de cristal, une jeune femme était assise devant un piano. La tête légèrement renversée en arrière, les yeux à demi clos, elle chantait un air italien. Elle chantait et souriait. Elle souriait, et un faune de Praxitèle, jeune et nonchalant comme elle, comme elle amolli et voluptueux, souriait aussi, comme il me semblait, de sa niche de marbre, entouré de lauriers-roses, à travers la légère vapeur qui s'échappait d'une cassolette antique posée sur un trépied de bronze. La jeune femme était seule. Enchanté de ces sons, de cette beauté, enivré de l'éclat et des parfums de la nuit, ému jusqu'au fond de l'âme par ce spectacle de jeunesse, de fraîcheur et de bonheur, j'oubliai complétement ma compagne de voyage; j'oubliai par quelle mystérieuse aventure je pénétrais les secrets d'une existence si éloignée et si étrangère...

Je voulais monter sur la fenêtre et parler...

Tout mon corps trembla d'une commotion violente, comme si j'avais touché une bouteille de Leyde. En dépit de sa transparence, le visage d'Ellis était

devenu sombre et menaçant. Dans ses yeux démesu-
rément ouverts brûlait une expression de profonde
malignité.

« Partons ! » dit-elle brusquement. Et de nouveau
le vent, le bruit, l'étourdissement... Au lieu du cri
des légions, ce fut la dernière note aiguë de la chan-
teuse qui longtemps vibra dans mes oreilles.

Nous nous arrêtâmes ; mais cette note aiguë, cette
même note résonnait toujours, bien que je sentisse
un autre air et d'autres émanations. Une fraîcheur
fortifiante m'arrivait comme d'une grande rivière,
avec des senteurs de foin, de chanvre, de fumée. A
cette note longtemps soutenue succéda une autre
note, puis une troisième, mais d'un caractère si prononcé, avec des modulations de moi si connues, que
je me dis à l'instant : Voilà un chanteur russe, un
air russe ! Et en même temps tous les objets autour
de moi m'apparurent distinctement.

## XV

Nous étions sur la rive d'un grand fleuve. A gauche
s'étendaient à perte de vue des prairies fauchées, avec
des meules énormes ; à droite, également à perte de
vue, on distinguait la surface de l'eau. Près du rivage, de longues barques se balançaient doucement
sur leurs ancres, agitant leurs mâts élancés comme
des doigts, comme des index faisant un signe. Dans
une de ces barques, d'où partaient les chants, bril-

lait un petit feu dont la lueur se reflétait en longues raies rouges et tremblotantes sur les flots de la rivière. Partout, et sur le fleuve et dans la campagne scintillaient d'autres feux. Étaient-ils loin de nous ou rapprochés ? La vue ne pouvait s'en rendre compte. Tantôt ils s'éteignaient brusquement, tantôt on les voyait jaillir en jetant un vif éclat. D'innombrables grillons chantaient incessamment dans l'herbe, non moins acharnés que les grenouilles des Marais Pontins. Le ciel était sans nuages, mais bas et sombre, et de temps en temps des oiseaux qui planaient invisibles, poussaient des cris plaintifs.

« Ne sommes-nous pas en Russie ? demandai-je à mon guide.

— Voici le Volga, » répondit-elle.

Nous volions le long du fleuve. « Pourquoi m'as-tu arraché tout à l'heure à ce délicieux pays ? lui demandai-je. Il te déplaisait sans doute ; n'aurais-tu pas éprouvé un mouvement de jalousie ? »

Les lèvres d'Ellis tremblèrent, son regard devint menaçant, mais presque aussitôt ses traits reprirent leur immobilité ordinaire.

« Je voudrais retourner chez moi, lui dis-je.

— Attends ! attends ! répondit-elle. Cette nuit, c'est la grande nuit. Elle ne reviendra pas de si tôt. Tu peux assister... Attends un peu... »

Aussitôt nous traversâmes le Volga, rasant l'eau obliquement et par élans successifs à la manière des hirondelles fuyant devant la tempête. Les flots profonds murmuraient au-dessous de nous ; un vent aigre nous battait de son aile froide et puissante.

Bientôt la rive droite du fleuve se montra dans la demi-obscurité, et nous aperçûmes des falaises escarpées avec de grandes crevasses. Nous nous en approchâmes.

« Crie : *Saryn na Kitchkou*[1], » me dit tout bas Ellis.

J'étais encore mal remis de l'effroi que m'avait causé l'apparition des fantômes romains, fatigué d'ailleurs, et en proie à je ne sais quel vague sentiment de tristesse... Bref, le cœur me manquait. Je ne voulais pas prononcer ces paroles fatales, persuadé qu'elles allaient, comme dans la Vallée-au-Loup de *Freyschütz*, faire apparaître quelque prodige effrayant ; mais, malgré moi, mes lèvres s'ouvrirent, et d'une voix faible et forcée je criai : *Saryn na Kitchkou.*

## XVI

De même que devant la ruine romaine, tout d'abord demeura silencieux. Tout à coup, à mon oreille même, retentit un gros rire brutal, suivi d'un gémissement et du bruit d'un corps tombant dans l'eau et se débattant. Je regardai autour de moi, personne ;

---

[1] Ces mots, qui appartiennent, je crois, à un dialecte tatare, étaient le cri de guerre des pirates du Volga. A ce cri, les équipages des bateaux abordés par les corsaires se couchaient à plat ventre sous peine d'être égorgés.

mais, au bout d'un moment, l'écho du rivage me renvoya les mêmes sons, et bientôt de toutes parts s'éleva un vacarme épouvantable. C'était un vrai chaos de bruits : des cris humains, des coups de sifflet, des vociférations furieuses, avec des rires,... des rires plus effrayants que tout le reste,... le clapotement de rames sur l'eau, des coups de hache, le fracas de portes et de coffres brisés, la plainte d'agrès qu'on manœuvre, le grincement de roues sur la grève, le piétinement d'une multitude de chevaux, le glas du tocsin, le cliquetis des chaînes, le crépitement lugubre de vastes incendies, des chansons d'ivrognes, des grincements de dents et des jurons atroces, des lamentations, des prières désespérées, des commandements militaires, des râlements de mort mêlés aux sons joyeux du fifre et à la cadence de rondes forcenées. On distinguait ces cris : « Tuele! pends-le! à l'eau! brûle! à l'ouvrage! à l'ouvrage! pas de quartier! » J'entendais jusqu'au souffle haletant qui sortait de poitrines épuisées,... et cependant, partout où ma vue pouvait s'étendre, rien ne paraissait... Nul changement dans l'aspect du pays. Devant nous, la rivière coulait silencieuse et sombre; le rivage semblait plus inculte et plus désert encore. Je me tournai vers Ellis : elle posa un doigt sur ses lèvres.

« Stepàn Timoféitch ! voici Stepàn Timoféitch [1] »

---

[1] Stepàn ou Stenka Razine, cosaque du Don, d'abord pirate sur le Volga et dans la mer Caspienne, puis chef d'une insurrection formidable de serfs, qui prit Astrakhan et dévasta plusieurs provinces de la Russie méridionale vers le milieu du xvii⁰ siècle. Il fut roué vif.

Un cri s'éleva sur toute la plaine : « Vive notre petit père ! notre ataman ! notre père nourricier ! » Soudain, quoique je continuasse à ne rien voir, il me sembla sentir un corps gigantesque s'avancer vers moi et une voix épouvantable se mit à crier : « Frolka [1], où es-tu, chien ? Du feu partout ! Allons ! un coup de hache à ces mains blanches [2] ! qu'on m'en fasse de la chair à pâté ! »

Je sentis la chaleur d'une flamme tout près de moi, l'odeur âcre de la fumée pénétra dans mes narines, et en même temps quelque chose de chaud et de liquide, comme des gouttes de sang, jaillit sur mon visage et mes mains. Des rires sauvages éclatèrent autour de nous.

Je perdis connaissance, et quand je revins à moi, je me retrouvai avec Ellis, planant doucement à la lisière de mon bois, à peu de distance du vieux chêne.

« Vois-tu ce joli petit sentier, me dit-elle, là-bas où tombe la lune, où se balancent ces deux bouleaux ! Veux-tu que nous allions là ? »

J'étais si accablé, si brisé, que je ne pus que lui répondre : « A la maison !

— Tu es à la maison, » dit Ellis.

En effet, j'étais à ma porte, seul. Ellis avait disparu. Le chien de garde s'approcha, me considéra avec défiance et s'enfuit en hurlant. Je gagnai mon lit, non sans effort, et je m'endormis sans m'être déshabillé.

[1] Diminutif de Flore, nom du frère de Stenka.

[2] C'est ainsi que dans le peuple on désigne les gentilshommes.

## XVII

Le lendemain, pendant toute la matinée, j'eus la migraine, et c'est à peine si je pus faire quelques mouvements ; mais ce malaise corporel n'était pas ce qui me préoccupait le plus. J'étais honteux de ma conduite et dépité contre moi-même. « Cœur faible ! me répétais-je. Oui, Ellis a raison ; pourquoi m'effrayer ? pourquoi ne pas profiter de l'occasion ? J'aurais pu voir César en personne, et la peur m'a fait perdre la tête, j'ai piaillé, je me suis enfui comme un enfant à la vue des verges... Quant à Razine, c'était une autre affaire... En ma qualité de gentilhomme et de propriétaire... Mais là encore, pourquoi avoir peur ?... Cœur faible ! cœur faible !

« Tout cela, d'ailleurs, ne serait-ce pas en rêve que je l'aurais vu ? » me demandai-je à la fin. J'appelai ma femme de charge.

« Marfa, à quelle heure me suis-je couché hier ? Te le rappelles-tu ?

— Dame ! qui pourrait te le dire, mon père nourricier ? Un peu tard, je crois bien. Quand il a commencé à faire noir, tu es sorti de la maison,... et dans ta chambre à coucher tu tapais de tes talons de bottes jusqu'après minuit... Vers le matin... oui, vers le matin... oui. Et voilà deux jours que cela dure. Est-ce que tu as du chagrin ?

— Bon ! Ces courses, pensai-je, ces courses en l'air,

le moyen d'en douter maintenant ?... Marfa, quelle mine ai-je aujourd'hui ? lui demandai-je brusquement.

— Quelle mine ? Pardon, que je te regarde... Tu as les joues un petit peu creuses, oui, et tu es pâle, mon père nourricier... Tiens ! et tu es jaune comme cire. »

Un peu décontenancé, je renvoyai Marfa.

« J'y mourrai ou j'en perdrai l'esprit, me disais-je, méditant près de ma fenêtre. Il faut que cela finisse, c'est terrible. Le cœur me bat si étrangement. Quand je vole, il me semble qu'on me boive le sang de mon cœur, ou qu'il se distille, comme le bouleau en été laisse couler sa séve quand il a été entamé par la hache... Tout cela n'est pas naturel... Et |Ellis ?... Elle joue avec moi comme un chat avec une souris... et pourtant elle n'a pas l'air de me vouloir du mal ?... Allons ! c'est la dernière fois que je me fie à elle... Je regarderai tant que je pourrai... et... Mais si elle buvait mon sang ? quelle horreur !... D'ailleurs des courses si rapides doivent faire du mal. On dit qu'en Angleterre il est défendu sur les *rail-ways* de faire plus de 120 verstes à l'heure...

Je méditai longtemps ; mais à dix heures du soir j'étais auprès du vieux chêne.


## XVIII


La nuit était sombre, triste et froide ; l'air sentait la pluie. A ma grande surprise, je ne trouvai personne sous le chêne. Je me promenai quelque temps aux environs ; j'allai jusqu'au bois, je revins, essayant toujours de pénétrer la profondeur des ténèbres... Personne ! J'attendis assez longtemps, puis j'appelai Ellis à plusieurs reprises élevant, toujours la voix de plus en plus, mais toujours inutilement. J'étais triste, presque affligé. Déjà je ne pensais plus au danger qui tout à l'heure me préoccupait. Je ne pouvais me faire à l'idée qu'Ellis ne reviendrait plus.

« Ellis ! Ellis ! » viens donc ! Ne viendras-tu pas ? » criai-je une dernière fois. Un corbeau, éveillé par ma voix, s'élança tout à coup de la cime d'un arbre voisin, se débattant à grand bruit au milieu des branchages. Ellis ne paraissait pas.

La tête baissée, je m'en retournai à la maison. J'étais déjà sur la chaussée de l'étang, et la lumière qui sortait de la fenêtre de ma chambre tantôt brillait en plein, tantôt disparaissait interceptée par le feuillage de mes pommiers. Elle me semblait l'œil d'un gardien chargé de veiller sur moi. Tout à coup une sorte de petit frôlement aigu dans l'air se fit entendre derrière moi, et aussitôt je me sentis soulevé... absolument comme une caille est emportée, *troussée* par un épervier. C'était Ellis. Sa joue touchait la mienne, et je sentais son bras m'enlaçant comme un anneau étroit. Elle parla, et sa voix, toujours contenue comme un petit murmure, en entrant dans mon oreille, me fit l'effet d'un souffle glacé. « C'est moi ! » dit-elle. J'éprouvais tout à la fois du plaisir et de la terreur. Nous volions à peu de distance du sol.

« Tu ne voulais donc pas venir aujourd'hui ? lui demandai-je.

— Tu en étais fâché ? Tu m'aimes donc ! Oh ! tu es à moi ! »

Ces derniers mots me troublèrent ; je ne savais que lui dire.

« On m'a retenue, poursuivit-elle. Ils me gardaient.

— Qui donc a le pouvoir de te retenir ?

— Où veux-tu aller ? me demanda Ellis sans répondre plus que d'habitude à ma question.

— Porte-moi en Italie... au bord du lac... tu sais... »

Elle secoua la tête pour dire non. En ce moment, pour la première fois, je remarquai que son visage n'était plus transparent. On eût dit qu'une faible rougeur s'était étendue sur sa blancheur de lait. Je considérai ses yeux, et son regard me frappa désagréablement. Il y avait au fond de ses yeux un mouvement sinistre, presque imperceptible, mais incessant qui faisait penser à un serpent engourdi que le soleil commence à réchauffer.

« Ellis, m'écriai-je, qui es-tu ? Dis-le-moi, je t'en supplie. »

Elle haussa les épaules. J'étais piqué, et je voulus lui donner une leçon. L'idée me vint de lui demander de me mener à Paris. Là, pensai-je, elle aura bien occasion d'avoir de la jalousie. « Ellis, lui dis-je, tu n'as pas peur des grandes villes ? De Paris, par exemple ?

— Non.

— Non ? Ni des endroits fort éclairés, comme les boulevards ?

— Ce n'est pas la lumière du jour.

— Très-bien. Alors porte-moi au boulevard des Italiens. »

Elle jeta sur ma tête un bout de sa longue manche. Aussitôt je me trouvai au milieu de ténèbres blanchâtres, imprégnées d'une odeur de pavots. Tout disparut à la fois, la lumière, le bruit et presque la conscience... A peine sentais-je que je vivais encore, et cette espèce d'anéantissement n'était pas sans douceur. Tout d'un coup le brouillard se dissipa. Ellis retirait sa manche de dessus ma tête, et je voyais au-dessous de moi un grand nombre de vastes édifices, beaucoup de lumière et de mouvement... J'étais à Paris.

## XIX

J'étais déjà allé à Paris, et je reconnus aussitôt l'endroit où Ellis m'avait transporté. C'était le jardin des Tuileries, avec ses vieux marronniers d'Inde, ses grilles de fer, ses fossés de forteresse et ses zouaves en faction semblables à des bêtes fauves. Nous passâmes devant le palais, devant Saint-Roch, et nous nous arrêtâmes au boulevard des Italiens. Une foule de gens, jeunes et vieux, ouvriers en blouse, femmes en toilette, se pressaient sur les trottoirs. Des restaurants et des cafés dorés à outrance étincelaient de mille feux. Omnibus, fiacres, voitures de toute espèce et de toute apparence se croisaient sur la chaussée. Tout cela brillait, grouillait à ne pas savoir

où porter les yeux. Pourtant, chose étrange, je n'é-
tais nullement tenté de quitter mon observatoire
aérien, si haut et si pur, pour me mêler à cette four-
milière humaine. Je sentais monter jusqu'à moi une
vapeur rouge, chaude, lourde et d'odeur douteuse.
Trop de vies humaines s'étaient entassées dans cette
cohue... J'hésitais, quand, aigre et âpre comme un
grincement de ferraille, la voix d'une lorette s'éleva
jusqu'à moi. Cette voix effrontée me fit l'effet d'une
piqûre de vermine. Alors je me représentai un
visage de pierre, plat, mafflé, une vraie mine parisienne, des yeux d'usurier, du blanc, du rouge, des
cheveux crêpés, un bouquet criard de fleurs artifi-
cielles sous un chapeau exigu, des ongles taillés en
griffes et une informe crinoline. Je me représentai
en même temps un de nos bons provinciaux de la
steppe fraîchement débarqué à Paris et trottillant mi-
sérablement après cette vile poupée vénale. Je le vis
tachant de cacher sa gaucherie sous un air de gros-
sièreté, grasseyant, parlant en fausset, s'efforçant
d'imiter les façons des garçons de Véfour, faisant des
courbettes et des platitudes. Saisi de dégoût, je me
dis : Ce n'est pas ici qu'Ellis sera jalouse.

Cependant je remarquai que nous commencions à
descendre... Paris envoyait à notre rencontre tous ses
bruits et toutes ses odeurs.

« Arrête ! dis-je à Ellis. Est-ce que tu ne trouves
pas qu'on étouffe ici ?

— C'est toi-même qui as voulu venir à Paris.

— J'ai eu tort, je change d'idée. Emporte-moi loin
d'ici, Ellis, je t'en prie. Tiens ! voici justement le

prince Koulmametof qui trotte sur le boulevard et
son ami Serge Varaxine qui lui fait signe de la main,
et lui crie : « Ivan Stépanitch, allons souper, j'ai
engagé Rigolboche en personne! » Emmène-moi,
Ellis, loin de Mabille, de la Maison-Dorée, loin
du Jockey-Club, loin des soldats au front rasé et de
leurs belles casernes, loin des sergents de ville avec
leur impériale au menton, loin des verres d'absinthe
trouble, des joueurs de domino et des joueurs à la
Bourse, des rubans rouges à la boutonnière de l'habit et à la boutonnière du paletot, loin de M. de
Foy, inventeur de la spécialité des mariages, loin des
consultations gratuites du docteur Charles Albert,
loin des cours de littérature et des brochures gou-
vernementales, loin des comédies parisiennes, des
opérettes parisiennes, des politesses parisiennes et de
l'ignorance parisienne. Partons partons ! partons ! —
Regarde en bas, me dit Ellis. Déjà tu n'es plus
au-dessus de Paris.»

J'ouvris les yeux. En effet, une plaine sombre,
sillonnée çà et là de lignes blanchâtres tracées par les
routes, fuyait rapidement au-dessous de nous, et loin
à l'horizon, telle que la lueur d'un immense incendie,
s'élevait vers le ciel la réverbération des innombrables
lumières éclairant la capitale du monde.

# XX

La manche d'Ellis tomba de nouveau sur mes
yeux; de nouveau je perdis connaissance, puis le
nuage se dissipa.

Qu'est cela? quel est ce parc avec des allées de tilleuls taillés en murailles, des sapins isolés qui ressemblent à des parasols, des portiques et des temples
dans le goût Pompadour, des statues de tritons rococo
et des nymphes dans le style du Bernin au milieu de
bassins bizarrement découpés, entourés de balus-
trades de marbre enfumé? Serait-ce Versailles?...
Non, ce n'est pas Versailles, : un petit palais à l'ar-
chitecture également rococo se détache sur un
massif de chênes touffus. La lune est un peu terne,
voilée par une légère brume; on dirait que sur le sol
s'étend une mince couche de fumée. L'œil ne peut
deviner ce que c'est. Est-ce le reflet de la lune ou
bien une vapeur? Plus loin, sur un des bassins,
flotte un cygne endormi. Son dos allongé me rappelle
la neige de nos steppes raffermie par la gelée. Çà et là
des vers luisants brillent comme des diamants au milieu du gazon et sur les socles des statues.

« Nous sommes près de Mannheim, dit Ellis, et
voici le parc de Schwetzingen. »

Ah! nous sommes en Allemagne, pensai-je, et
je prêtai l'oreille. Tout était muet, sauf une source

solitaire et invisible qui tombait dans une vasque. Il me sembla que l'eau répétait toujours ces mêmes mots : « Là, là, là, toujours là. » Au milieu d'une allée, entre deux murailles de verdure, j'aperçus un gentilhomme en habit galonné, talons rouges, manchettes arrondies, l'épée battant les mollets, qui donnait la main avec une grâce exquise à une belle dame en paniers, frisée, poudrée à frimas.... Pâles et étranges figures !... Je veux les voir de plus près, mais elles disparaissent aussitôt, et je n'entends que le babillement incessant de la source.

« Ce sont des rêves qui se promènent, me dit Ellis. Hier on pouvait voir bien autre chose... beaucoup de choses... Cette nuit, les rêves eux-mêmes fuient les regards humains. Allons ! allons ! »

Nous nous élevâmes et nous mîmes à voler si droit que je ne sentais pas le moindre mouvement et que tous les objets au-dessous de nous semblaient accourir à notre rencontre. Des montagnes sombres, dentelées, couvertes de bois, croissaient, fuyaient sous nos yeux, suivies par d'autres montagnes avec leurs ondulations, leurs ravins, leurs clairières, leurs points lumineux sortant des chalets endormis au bord des ruisseaux... Et toujours aux montagnes succédaient d'autres montagnes. Nous étions au milieu de la Forêt-Noire.

Toujours des montagnes, toujours des forêts, d'admirables forêts, vieilles, mais vigoureuses. La nuit est claire ; je distingue toutes les espèces d'arbres, surtout les hauts pins au tronc droit et blanc. Par moments, à la lisière des bois, se montrent des chevreuils. Élégamment campés sur leurs jambes menues, tournant la tête avec grâce, ils font le guet, dressant avec vigilance leurs fines oreilles. Les ruines d'un donjon au sommet d'un rocher nu élèvent tristement leurs dentelures ébréchées. Au-dessus des vieilles pierres oubliées scintille paisiblement une étoile. D'un petit lac noir sort comme une plainte mystérieuse, la note cristalline des crapauds se répondant en tierce. D'autres sons prolongés et mélancoliques comme les frémissements de la harpe éolienne arrivent jusqu'à moi. Nous sommes dans le pays des légendes. Ici encore cette mince vapeur rasant la terre, que j'avais remarquée à Schwetzingen, s'étend de tout côté. C'est dans les vallons surtout qu'elle est le plus intense. J'en compte cinq, six, dix nuances distinctes sur les versants des montagnes, et sur cette vaste et monotone étendue règne paisiblement la lune. L'air est vif et léger. Je me sens léger moi-même, et singulièrement calme.

« Ellis, dis-je, tu dois aimer ce pays ?

— Moi ? je n'aime rien.

— Comment ? pas même moi !

— Ah ! oui, toi, » répondit-elle nonchalamment.

Je crus sentir que son bras me serrait avec une force nouvelle.

« En avant ! en avant ! » s'écria-t-elle avec une sorte d'emportement froid.

## XXI

Un cri éclatant et prolongé comme par roulades
retentit inopinément au-dessus de nos têtes et se
répéte aussitôt en avant de nous.

« C'est l'arrière-garde des grues en marche vers le
nord, me dit Ellis. Joignons-nous à elles, veux-tu ?
— Oui, volons avec les grues. »

Treize puissants et beaux oiseaux, rangés en triangle, s'avançaient rapidement en agitant à de rares
intervalles leurs vigoureuses ailes bombées. Raidis-
sant le col et les pattes, présentant leurs fortes poitrines, ils s'élançaient avec tant d'impétuosité que
l'air sifflait autour d'eux. C'était étrange de voir à
cette hauteur, si loin de tout être vivant, cette vie
énergique et hardie, cette volonté irrésistible. Sans
trêve et sans relâche, tout en fendant victorieuse-
ment l'air, les grues échangeaient de temps en temps
quelques cris avec leur camarade à la pointe du
triangle, et il y avait quelque chose de fier et de
grave, comme un sentiment de confiance inébranlable, dans ces cris retentissants, dans cette conversation aérienne. — Nous volerons jusqu'au bout malgré la fatigue : semblaient-elles se dire, en s'encou-
rageant l'une l'autre. — Et il me vint à l'esprit qu'en
Russie... et dans le monde entier... il n'y a que peu
d'hommes qui ressemblent à ces oiseaux.

« Maintenant, nous volons en Russie, » me dit Ellis.

Ce n'était pas la première fois que j'en faisais la remarque : la plupart du temps, Ellis connaissait ma pensée. « Veux-tu changer de route ? me demanda-t-elle.

— Changer ?... non, je viens de Paris, porte-moi à Pétersbourg.

— Maintenant ?

— Tout de suite. Seulement couvre-moi de ta manche, de peur du vertige. »

Ellis étendit la main ;... mais, avant que le brouillard m'enveloppât, je sentis sur mes lèvres le contact de ce dard émoussé dont j'avais déjà éprouvé la molle piqûre.

## XXII

« Garde à vous... ou... ou... ou ! » Ce cri prolongé retentit à mes oreilles. « Garde à vous... ou... ou... ou... ! » répondit-on dans le lointain d'un effort désespéré. « Garde à vous... ou... ou ! » Le cri expira quelque part au bout du monde. Je me secouai. Une grande flèche dorée se dressait devant mes yeux. Je reconnus la forteresse de Pétersbourg.

Pâle nuit du nord !... mais est-ce la nuit ? n'est-ce pas plutôt un jour blafard et malade ? Je n'ai jamais aimé les nuits de Pétersbourg, mais cette fois j'en fus presque effrayé. Le contour d'Ellis avait complètement disparu, dissous, fondu comme un brouillard matinal par le soleil de juillet, et cependant je continuais à voir distinctement mon corps lourdement suspendu dans l'air à la hauteur de la colonne d'Alexandre. Ainsi, nous voilà à Pétersbourg! C'est bien cela: ces rues désertes, larges, couleur de cendre; ces maisons gris blanchâtre, jaune grisâtre, gris lilas, couvertes de stuc éraillé, avec leurs fenêtres enfoncées dans le mur, leurs enseignes de couleurs criardes, leurs auvents en fer au-dessus des perrons; les sales boutiques de fruits, les frontons grecs en plâtre, les écriteaux, les auges pour les fiacres, les corps de garde de police! Voici la coupole dorée de Saint-Isaac, la Bourse, qui ne sert à rien, et ses bariolages, les murs de granit de la forteresse et le pavé en bois tout brisé. Je reconnais ces barques chargées de foin et de fagots. Je retrouve ces senteurs de poussière, de choux, de nattes, d'écorce et d'écurie, ces portiers pétrifiés dans leurs pelisses, ces cochers de louage qui dorment ratatinés sur leurs vieux *drochki*. Oui, voilà bien notre Palmyre du nord. Tout est éclairé, tout se dessine avec une netteté qui fait mal au cœur, et tout dort tristement entassé au milieu de cette atmosphère trouble, mais diaphane. Le rose du crépuscule d'hier soir, ce rose de poitrinaire, n'est pas encore effacé; il durera jusqu'au matin dans un ciel blanc sans étoiles. Ses reflets tombent en longues raies sur la surface moirée de la Néva, qui murmure et pousse doucement ses flots bleus et froids vers la mer.

« Volons, » s'écria Ellis.

Et, sans attendre ma réponse, elle m'emporta à l'autre rive du fleuve, au delà de la place du Palais, près de la Fonderie. Au-dessous de nous, j'entendis des pas et des voix. Dans la rue passait une bande de jeunes gens à la mine fatiguée, qui parlaient entre eux d'un bal de grisettes. « Sous-lieutenant Stolpakof VII[1] ! » s'écria tout à coup une sentinelle réveillée en sursaut auprès d'un tas de boulets rouillés. Un peu plus loin, à la fenêtre ouverte d'une grande maison, j'aperçus une jeune personne en robe de soie chiffonnée, les bras nus, les cheveux dans une résille de perles, une cigarette à la bouche. Elle lisait dévotement un livre. C'était un volume dû à la plume d'un Juvénal très-moderne.

« Envolons-nous bien vite, » dis-je à Ellis.

En un instant, les petits bois de sapins rabougris et les marais moussus qui environnent Pétersbourg avaient fui au-dessous de nous. Nous nous dirigions droit vers le sud. Le ciel et la terre devenaient peu à peu de plus en plus sombres. Nuit maladive, jour maladif, cité maladive, nous laissâmes tout loin en arrière.

## XXIII

Nous volions plus lentement que de coutume, et je pouvais suivre de l'œil les changements qui par

---

[1] Les officiers du même nom dans l'armée russe sont distingués par un numéro.

degrés se manifestaient sur ma terre natale. C'était
un panorama sans fin : des bois, des bruyères, des
champs, des ravins, des rivières ; de loin en loin, des
églises et des villages, puis encore des champs, des
ravins, des rivières. J'étais de mauvaise humeur,
indifférent, ennuyé. Et si j'étais ennuyé et chagrin,
ce n'était pas parce que je volais au-dessus de la Russie. Non ! mais cette terre, cette étendue plate au-
dessous de moi, tout le globe du monde avec sa
population éphémère, chétive, suffoquant de besoins,
de douleur, de maladies, attachée à cette motte de
misérable poussière,.. cette écorce fragile et rugueuse,
cette excroissance par-dessus le grain de sable de
notre planète, sur laquelle a filtré une moisissure enno-
blie par nous du nom de règne végétal,... ces hommes-
mouches, mille fois plus méprisables que les mouches,
leurs demeures de boue, les petites traces de leurs
misérables et monotones querelles, leurs ridicules
batailles contre l'immuable et l'inévitable... Ah ! que
tout cela m'était odieux ! Mon cœur se soulevait,
et je ne voulus plus contempler un tableau si
insignifiant, une caricature si triviale. J'étais ennuyé, plus qu'ennuyé : je n'éprouvais même plus
de pitié pour mes semblables. Tous mes sentiments
se fondaient en un seul, que j'ose à peine avouer, le
dégoût, et, qui pis est, le dégoût de moi-même.

« Cesse ! murmura Ellis, cesse, ou je ne pourrais
plus te porter. Tu deviens lourd. »

— A la maison ! lui dis-je, du même ton que j'aurais parlé à mon cocher, vers quatre heures du matin,
sortant de dîner chez un de mes amis de Moscou,

après avoir causé de l'avenir de la Russie et de ce qu'il faut entendre par *principe de la commune.*

— A la maison! » lui dis-je, et je fermai les yeux.

## XXIV

Je les rouvris bientôt. Ellis se serrait contre moi d'une manière étrange, elle me poussait presque. Je la regardai, et tout mon sang se glaça. Celui qui a vu un visage humain exprimer inopinément l'effroi le plus vif sans cause apparente, celui-là comprendra mon impression. L'épouvante, la plus poignante terreur contractait, bouleversait les traits d'Ellis. Je n'avais encore rien observé de semblable sur un visage vivant... Un fantôme inanimé, une créature surhumaine, une ombre, et cette épouvante inouïe!...

« Ellis, qu'as-tu? lui demandai-je.

— Elle! C'est elle! répondit Ellis avec effort. C'est elle!

— Qui? Elle?

— Ne prononce pas son nom! ne le prononce pas! balbutia-t-elle précipitamment. Il faut fuir! Tout finit... et pour jamais!... Regarde! la voilà. »

Je tournai les yeux dans la direction de sa main tremblante, et j'aperçus quelque chose..., quelque chose de vraiment effroyable.

Ce quelque chose était d'autant plus effroyable

qu'il n'avait pas une forme déterminée... C'était une
lourde masse, sombre, d'un noir jaunâtre, tacheté
comme le ventre d'un lézard. Ce n'était ni un nuage
ni une vapeur. Cela s'étendait sur la terre lentement,
à la manière d'un reptile ; puis des mouvements énormes, tantôt en haut, tantôt en bas, de grands balancements réguliers, rappelaient les battements d'ailes
d'un oiseau de rapine s'apprêtant à saisir sa proie.
Par moments, cela s'abaissait sur la terre par bonds
hideux .. C'est ainsi que l'araignée se jette sur la
mouche prise dans sa toile. « Quelle es-tu, masse
épouvantable ?... » A son approche, — je le voyais et
je le sentais, — tout était saisi d'engourdissement,
tout tombait en dissolution. Un froid vénéneux
et empesté se répandait alentour, et à la sensation
de ce froid, le cœur se soulevait, les yeux cessaient
de voir, les cheveux se hérissaient sur la tête. C'était
une force en mouvement, une force insurmonta-
ble, que rien n'arrête, qui, sans forme, sans vision,
sans pensée, voit tout, sait tout, aussi ardente que
l'oiseau de proie à saisir sa victime, aussi rusée que
le serpent, et comme lui léchant et égorgeant sa
proie de son aiguillon de glace.

« Ellis ! Ellis ! m'écriai-je en frissonnant, c'est
la Mort ! c'est elle ! »

Le son plaintif, que j'avais entendu déjà, sortit
des lèvres d'Ellis ; mais cette fois c'était plutôt l'accent du désespoir humain. Nous précipitâmes notre
vol qui devint désordonné : tour à tour Ellis s'élevait et plongeait dans l'air, tournant sans cesse et
changeant de direction à la manière d'une perdrix

blessée, ou comme celle qui cherche à éloigner le chien de chasse de sa couvée. Et cependant de cette masse horrible se détachaient de longs tentacules, grêles et hideux comme ceux des polypes, s'allongeant à notre poursuite, étendant vers nous des espèces de griffes... Un spectre gigantesque monté sur un cheval pâle parut tout à coup dans le ciel... Ellis redoublait ses efforts désespérés. « Elle a vu!... c'en est fait! je suis perdue, s'écriait-elle au milieu de sanglots entrecoupés. Hélas, malheureuse! j'aurais pu... La vie eût été pour moi... et maintenant! anéantie! anéantie! »

En entendant ces derniers mots à peine articulés, je perdis connaissance.

## XXV

Quand je revins à moi, j'étais étendu à la renverse sur le gazon, et dans tous mes membres je ressentais une douleur sourde comme à la suite d'une chute violente. L'aube paraissait, et les objets étaient déjà distincts. A quelque distance de moi, une route bordée de petits saules passait le long d'un bois de bouleaux. Ce lieu m'était connu. Je commençai à me rappeler tous les événements de la nuit, et je frissonnai en pensant à l'horrible apparition qui s'était présentée à mes yeux. « Mais pourquoi, me disais-je, pourquoi Ellis a-t-elle été si effrayée ? Est-elle, elle aussi, soumise à *son* empire? Peut-être n'est-elle pas immortelle, peut-être est-elle prédestinée à la destruction, à l'anéantissement! Comment est-ce possible? »

Un faible soupir se fit entendre auprès de moi ; je tournai la tête. A deux pas de moi gisait, étendue, sur l'herbe, une jeune femme sans mouvement, vêtue d'une longue robe blanche. Ses longs cheveux étaient épars, et une de ses épaules découverte. Sa main gauche était derrière sa tête, l'autre reposait sur sa poitrine ; ses yeux étaient clos, et sur ses lèvres j'aperçus comme une légère écume rouge. Était-ce Ellis? Mais Ellis était un fantôme, et devant moi était une femme en chair et en os. Je me traînai vers elle, et me penchant sur son visage : « Ellis, lui dis-je, est-ce toi ? » Aussitôt, avec un lent frisson, ses paupières s'ouvrirent, et ses grands yeux noirs se fixèrent sur moi. J'étais comme transpercé, imbibé de son regard... et presque au même moment, sur mes lèvres se collèrent des lèvres chaudes, douces, mais avec une odeur de sang. Je sentis son sein brûlant pressé sur ma poitrine, tandis que ses bras s'enlaçaient autour de mon cou. « Adieu ! adieu pour toujours! » dit-elle d'une voix mourante... Et tout disparut.

Je me levai chancelant comme un homme ivre, et je cherchai longtemps autour de moi, tout en me passant à chaque instant les mains sur le visage. Enfin je me retrouvai sur la route de N... à deux verstes de ma maison. Le soleil était levé lorsque je regagnai mon appartement.

La nuit suivante, j'attendis, et non sans terreur, je l'avoue, l'apparition de mon fantôme ; mais il ne revint plus. Une fois j'allai la nuit sous le vieux chêne, mais je ne vis rien d'extraordinaire. Je ne regrettais guère ces entrevues étranges. Longtemps j'ai médité sur mon aventure ; je m'assurai que la science ne pouvait l'expliquer, et que les légendes et les traditions ne rapportent rien de semblable. En effet, qui était Ellis ? Une apparition, une âme en peine, un malin esprit, un vampire... Souvent il m'a semblé qu'Ellis était une femme que j'avais connue autrefois... J'ai fait des efforts inouïs pour me rappeler où je l'avais vue... Une fois... aujourd'hui, dans ce moment même, je me souviens... Où ?... Non ; tout se confond dans ma mémoire comme dans un songe... Oui ; j'ai longtemps réfléchi là-dessus, et, ce qui ne surprendra personne, je n'en suis pas plus avancé. Demander conseil à mes amis, je n'ai pu m'y décider de peur de passer pour fou. Enfin je pris le parti de n'y plus songer, et au vrai, j'avais bien d'autres affaires en tête... D'un côté est venue l'émancipation des serfs, avec les arrangements de propriétés ; d'un autre côté, ma santé est gravement altérée. Je souffre de la poitrine, j'ai des insomnies, une toux sèche. J'ai beaucoup maigri. Mon visage est pâle comme celui d'un mort. Le docteur assure que mon sang est appauvri. Il appelle mon état maladif une *anémie*. Il m'envoie à Gastein. Mon homme d'affaires jure que sans moi il ne saura s'arranger avec les paysans. Ma foi ! qu'il s'arrange !

Mais que signifient des sons parfaitement distincts

et clairs, des sons d'harmonica que j'entends toutes les fois qu'on parle devant moi de la mort de quelqu'un ? Ils deviennent de plus en plus forts, de plus en plus éclatants. Et pourquoi ce frisson si pénible à la seule pensée de l'anéantissement ?

**FIN**

# TABLE

—

2228 — Paris. Imp. Laloux fils et Guillot, 7, rue des Canettes.

www.ingramcontent.com/pod-product-compliance
Lightning Source LLC
Chambersburg PA
CBHW050152030726
47505CB00005B/1338